中国专业作家散文典藏文库

孙少山卷

钱多少够用

孙少山 ◎ 著

中国文史出版社

目　录

第 一 辑

第 二 辑

第 一 辑

钱多少够用

这年头儿，认识有钱人引以为荣。我小时候一块儿放猪的伙伴成了房地产大老板，一座座楼盘杵在那儿，谁也不会怀疑他是亿万富翁，可是他用的电脑比我的差了三代。我说，起码儿，你摆那儿不雅观吧？他自嘲道，节约闹革命嘛。当年一块儿在井下推车的搭档成了煤老板，人民币水一样从地下冒，压都压不住，可他那身行头——我都想从自己身上扒下件来给他穿上。他笑道，这穷山沟里，穿啥都一样。还有一个多年的老朋友，某歌星的前夫，此歌星被称为女歌手中的"大姐大"，这朋友中国富豪榜上有名，可到网上一看，他们分手还是因为经济上不能满足歌星的需求。还有一朋友，上市公司老板，现在说话是三年前了吧，"抽逃资金"，父女双双进去了，我认识这女儿时她才十三岁，现在也不过三十吧？这么年轻进那地方，叫人心疼。这些亿万富翁有一个共同的特点，他们的钱从来不够用的，每天都在辛辛苦苦地拼命挣钱，你看他们那焦虑的眼神儿，就知道他们一年三百六十日都过得紧紧巴巴。钱多少能够用？

终于，在哈尔滨我遇到了一位声称钱够用的人，这是我的山东老乡。老乡见老乡，两眼泪汪汪，自然无话不谈。他说他的钱已经够用的了。看我奇怪的样子，他用笔在一张纸上把收入、开销，一笔一笔算给我看，我不得不心服口服，他的钱够用的了。这个钱够用的人，他，是个修鞋匠。

钱够用的老乡专门在校园里给大学生们修鞋，由于手艺高超价格低廉，有口皆碑，哈尔滨师范大学为了方便学生，出钱在校园里给他建了一个修鞋铺。那年哈尔滨师范大学在松花江北岸建新学区，又在新学区给他建了一个修鞋铺。这样钱倒是更够用的了，时间却紧张起来，他只能江南江北地跑，这边修几天，那边修几天。他说，别看报纸上常报道现在的大学生挥霍无度，其实，还是穷人多。他指着刚修好的一双皮鞋说，你看，那个孩子在我旁边磨蹭了老半天，直等到别人都走了他才把报纸打开给我看，问我，师傅，五毛钱，能不能修？我一看，鞋底都磨穿了，我能说什么？我说能修，能修。你看吧，五毛钱，成本都不够。

这位钱够用的师傅修鞋时，口里不是哼着歌曲儿就是吹着口哨儿，满脸春光，仿佛他不是在干活儿，而是在玩儿一种非常喜爱的游戏。钱够用的，生活自然就充满了幸福啊。为了证明他确实是钱够用的，他又说出了一个让人难以置信的事情，他说很多大学生向他借过钱。他说，不多，也就是十块八块的。我一愣，继而一想，明白了，并不是所有的穷学生都喜欢接受捐赠的，谁没年轻过？抛头露面上电视上报纸，将来怎么做人？宁肯偷偷地向一个修鞋匠借钱也不愿向学校声明贫穷，更不愿向有钱的同学借钱。显然，一个修鞋匠到什么时候也绝不会看不起他，尽管他借给了他钱。我看到了阳光明媚校园生活的另一面，只有他这样的人才能告诉我。

我在电视上看过一个捐赠晚会，那位接受捐赠的大学生当场给那位捐助者跪下了，虽然这位捐赠者把他扶了起来，但那种当之无愧的嘴脸让人很不舒服。听听基督徒捐助他人时是如何说的——我应该感谢你给了我一个服务于上帝的机会。

　　既然是老乡，我走进了他的家，一家三口租住在十多平方米的棚子里。家里没有一件木器家具，全部是纸箱。他不解地反问我：这有什么不好的吗？

残存的生命

　　李家沟是只有四十多户人家的小山村，除夕夜响过一阵鞭炮之后就归于沉寂了。我是为了逃避这个冬季的严寒而躲到这里来的。天龙花园今年冬天停止供暖，我住五楼又不能生炉子，只好到李家沟来过冬。二十世纪五十年代的土屋，低矮狭小，但是土打的墙非常厚，高级保温，我和老伴儿到山上捡了几天柴，足够一个冬天烧的。

　　老伴儿在看电视上的春晚。我独自走出院外，体会这别有风味的山村除夕夜，小街几盏红灯笼也颇有年的气氛了。走了几步就到村头，忽然心中一动，我向黑洞洞的西山走去，虽然没有灯光，但地上的雪足以让我辨得清脚下的小道。越走我越有些胆怯起来，西山黑黢黢的比白天显得高大许多，简直顶得着天上的星星了。我鼓励自己，那里还住着人哪，你怕什么？三年前，我的一个远房大娘委托我到李家沟来看望她的一个老姐妹，她怕我找不到就专门在一张纸上歪歪扭扭地写了——筱昆童三个大字，好奇怪的名字，我记住了。筱昆童就住在这个西山上。我那位远房大娘没有孩子，她属于解放初期那批强制从良的窑姐儿，嫁给了我的一个远房大伯。当年她们用的避孕方法相当残忍，这一批从良的年轻女人后来都不生育，筱昆童当然也是孤寡一人。那年我来看她时，筱昆童已经八十八岁了，和她这个年龄的老太太一样，毫无区别，只是戴一副眼镜。我那位远房大娘去年就去世了，这个筱昆童今年应该是九十一岁。我这次来李家沟过冬去看过她一次，她好像和三年前没有区别。

步步上坡，积雪在脚下咯吱咯吱响着，这段路大约有五里，她住的这个山坡原来有五户人家，后来老的都死了，年轻的都走了，这个山坳里就只剩下她一人了。一阵山风下来，柞树林子一片飒飒响，寒彻肌骨，毛发悚立，我又想到一个九十一岁的老人独自生活在这荒野里的凄凉。那间小土屋可以看到了，屋东头是一株高大的白杨树。我不想进去，从她的房后绕过，为了暖和，这种土屋没有后窗，前头还有一座土屋，那是别家遗弃的，大门和院墙都倒塌了。我脚下的路和他们的屋顶齐平，可以看到她院子里烧的三炷香，三个红红的小点儿。窗户还有微弱的灯光，她也在守岁？但是看不到她的人。我可以想到她此时正默默地坐在那狭小的土炕上，她在想什么呢？想那些过去的岁月，那些灯红酒绿的舞会，还是那些恩爱过的无数的男人？后来她嫁给了李家沟这位庄稼汉。别人都到村里盖房搬下山去居住，不知道什么原因他们仍旧留在了山上。据村里人说那个庄稼汉早在三十年前就死了，她就独自一人孤零零地在这荒山沟里生活。

这是一棵老椿树，今年冬天被风吹倒了，白天我看到过，虫子把它几乎蛀空了，倒地之后树皮全部脱落。我在白色的树干上面坐下来，邻村还有鞭炮声在响，从这里可以看到青岛那边灯火照亮的天空，除夕夜尤其明亮，下面这间土屋里的人当年就在那里度过了她的青春年华。现在，这荒凉的山坳里，这漆黑的夜晚，九十一岁的高龄……我犹豫着，该不该下去推开她的门？她应该不会害怕吧？她到这岁数了，而且一贫如洗，应该是没有什么可怕的了。但是，我一直没有勇气。见到她，在这除夕夜，说什么呢？最终我还是站起来，慢慢地下山。这残存的生命，还能再过一个年吗？

生　存

　　一到晚上八点钟，黑暗的杨树林里开始电光闪烁，大大小小的手电光在游走，交集，像那传说中的鬼市，只见灯笼在行走，不见人形。这是人们在捉借柳鬼儿了。据学生物的儿子说，借柳鬼儿是在地下生活十七年之久，然后才来到地面上的。但据我所观察到的只有三年，我举出了许多证据，都是我亲眼所见。儿子又查资料，最终确定说，大部分借柳鬼儿都是在地下生活十七年，最短的也有在地下生活三年的。那么我所在的这片杨树林里的借柳鬼儿就是在地下生长期最短的种类了。但这也该是昆虫中寿命最长的了吧？

　　借柳鬼儿其实就是蝉的幼虫，我们都叫蝉是"借柳"，它的幼虫自然就叫"借柳鬼儿"了。"借柳"这一名称最早出现在书上，是蒲松龄老先生的《聊斋志异》中。读《聊斋》读到"借柳"时，大约很多人不知道是什么东西吧？

　　蝉的一生大体是这样，先是在细树枝上产卵，它有一种什么体液，只要一产上卵树枝立刻就被杀死了。枯死的树枝掉落在地下，卵孵化成了幼虫，钻进地里，在地下开始了漫长的生长期。长成之后，钻出地面，蜕化成蝉。蝉的生命大约只有一个月，秋风一起，它的生命就终结。"噤若寒蝉"就是这么来的。

我的房子四周全是茂密的杨树林子，一进七月借柳鬼儿纷纷从地下爬出来，捉借柳鬼儿的人也就四面八方涌到这里。一到晚上，树林里鬼影幢幢，手执电筒的人就在杨树林里乱窜，他们一拨接一拨不间断地来来往往，用手电光照在树上，只要一发现有一只借柳鬼儿爬上树立刻捉住，借柳鬼儿一钻出地面就急急忙忙地往树上爬，力图爬到人达不到的高度，但有的人就手持一根长杆，把它打下来。房后那片林子属我所有，我和妻子把塑料胶带缠到树腰上，借柳鬼儿们就再也爬不到树上去了，它们进化成的爪子还不能抓住塑料这么光滑的东西。我只要拎一个塑料桶就可以把它们一个个收进里面。我占住这块地盘，不许别人进入，一个晚上能抓一百个左右。这是一场生存大战，借柳鬼儿们只想凭着数量众多，逃脱被捉住的命运，而人们却是为了吃，不遗余力地对它们赶尽杀绝。前几年它们在每晚上八点左右一齐从地下涌出，让人捉不胜捉。我曾经很奇怪，它们每晚能在十多分钟之内就千军万马一齐涌出，是用什么通信工具能做到在地下如此一致？用无线电？用手机？在土里互联网也不能这么快就个个都通知到吧？

捉的人越来越多，而且手电筒功率也越大，借柳鬼儿一从地下钻出来，立刻被强大的光照住，死无"藏"身之地。一些精明的借柳鬼儿们就在地下悄悄地等着，延长时间，想让它们的敌人撤走之后再出来。但是有人还是很快就发觉了它们的诡计，他们也延长时间，一直到晚上九点多钟了还不回家睡觉，提个手电筒在树林里慢慢地转悠，专等那些有意晚出来的借柳鬼儿。

我有早睡的习惯，到八点多就有些熬不住，但我可以坐在树下打个盹儿，专门伺候那些晚出来的家伙们。果然到九点还有一拨出来。我坚持到十点。往年绝对不会有这么晚才出来的借柳鬼儿了。

但是到第二天一早去看时，树上仍有它们许多脱掉的壳儿。它们真鬼啊。还有一些刚刚从壳里脱出来，整个身体都是软的。这证明有一些拖延到下半夜才出来，它们这是在冒着被鸟儿吃掉的危险，以躲避人的加害。两害相权取其轻。

　　对这么晚出来的借柳鬼儿，我只能叹口气，放弃。它们，生存下来了。

小说和摩托车

脑子进水了，才会把这样的两种东西扯到一块儿说。十二岁时，我趴在新华书店柜台上，看着里面书架上琳琅满目的书籍，心里想，能有这么多小说读，今生足矣，死而无憾；六十二岁时，看着图片上最豪华的摩托车，心里想，能拥有这样一台摩托车，今生足矣，死而无憾。第一次打消了努力多读书的念头是在北京大学的图书馆里，看到了那一眼望不到头儿的线装书，一下子给震完了。穷其一生，我拼命地读也不能读完其中的万分之一。还读个什么劲？据说那个图书馆是中国第二大图书馆。

渐渐对小说失去了兴趣，除了本人的不思进取外，它们也有责任，变来变去，总是那几种花样儿，再也不能给人以惊喜了。我曾经努力想找到一个意外，可是读完之后皆如熟人面孔。这常常令我想起了李泽厚的那个观点，他说艺术是不发展的，发展的只是形式。是啊，别说唐诗宋词，连四大名著也不用提，就是那蒲松龄的《聊斋志异》，现今的所有作家的短篇小说集，谁敢比一比？就是世界上公认的短篇小说大师如契诃夫、莫泊桑的小说集能与之相比？于唐诗宋词中采取一片意象铺陈成一首流行歌曲，或于古代小说中攫取

11

一段故事演义成一部电视剧，都很成功。四大名著拍摄成的电视剧更成为这个艺术门类不可逾越的丰碑。别说是《西游记》，就是那《封神演义》中，莲花身的哪吒，长肉翅的雷震子，穿行于地下的土行孙，能自己把脑袋抛天上再唤下来的申公豹，这等瑰丽的想象岂是今人能有？日本动画片《铁臂阿童木》《黄金圣斗士》更是生吞活剥了《西游记》。一个不能发展的东西，要想让更多的人长期喜爱下去，总是困难重重。

　　喜爱上摩托车是莫名其妙，说到底，摩托车不过就是自行车两轮中间加上一个马达而已。花甲之年的老东西迷上这玩意儿，更是不可理喻。我常常原谅自己，当一个人迷恋别的皆成虚妄之后，只能如此了。人活着总是要喜爱一种东西的。而如我这样的人更是没有别的选择。迷上一堆铁。可它发展着，日新月异。一个普通的部件，离合器，拆开来你会发现这耗费了多少人的心血哪。我想，最初的摩托车肯定是没有离合器的，挂上挡就跑，熄火就停。后来为了有一个缓冲，骑着舒服，渐渐地发明了离合器。一个极简单的东西，它能给你以惊喜，于是就有了生命力，这就是玩具的本质吧？从排量上来说吧，最初是五十，后来发展成八十，九十，一百，一百一十，目前中国最多的是一百二十五排量。国外的是越来越大，一发不可收拾。两个轱辘的东西竟然发展到了一千八百个排量。其实呢，用不着。据说大排量摩托车可以跑到每小时三百六十公里。那速度，你身上穿的衣服就能被空气给撕成碎片儿。我这样的车手，每小时八十公里都不敢跑，要那么大的排量有什么用？可是它在强烈地吸引着我。它给我想象的空间，它成了所有摩托车迷的天国。

　　要命的区别就在这里，摩托车是一种积累，一代肯定比一代强，想不发展都不行。而小说不成，它不能积累。小说甚至都不能传承，老托尔斯泰的儿孙们现在都干什么少有人知晓。这就是艺术与科技的最大不同。电影可以拍成3D的，但它给人的美感却丝毫不会比当年黑白片给予那代人的更强烈。

东西制造得越来越精致，而人的艺术感觉越来越粗糙。小说最终败给了摩托车，在我身上。

阳　　面

　　翻出一些图片，全是雪景摄影，农舍给厚厚的积雪压得像一个个大蘑菇，蓦地于白雪皑皑的山林中竖起一盏红灯笼，生气勃勃。每张图片的背面都用毛笔题写着：赠少山好友惠存。虽然他这样写，当时我可不敢高攀。其时他是省里司法系统的一位高级官员。对老百姓来说，这算不得什么，但对那些有毛病的官员来说，几乎可以说他手中握有生杀大权。记得有一次喝酒时，有一位官员半开玩笑地对他说，有一天我到了您这里，还请多加关照啊。他朗声道，好说！到那时给你个阳面。我不知什么意思，旁边人解释说，号子里的阳面。这玩笑听得我心里直发毛。

　　数年后，一听说他被双规了，我立刻想起了"阳面"这个玩笑。他自己倒需要个阳面了。

　　他出身农村，父母供他念书很是艰难，从家到县城的学校五十里路，当时只有五毛钱的车票，他连这五毛钱都舍不得，每次都是徒步走着去。每个星期回家拿口粮，他就背一只袋子。五十里路，坐汽车几乎没什么感觉就到了，可是要一步步拿脚去走，还要背着一只装满口粮的袋子，那真是非常艰苦的长征。他就那么走着念完

14

了中学。

他爱好摄影，每年春节到山里过年，据他说那地方每年雪都很大，是全东北地区雪最大的地方，可以拍到很好的照片。我怀疑，他是避开人们借春节的机会去给他送礼。之前，他曾当过市委书记，有一次我受人委托请他给一位朋友的集子题写书名，这是一种锦上添花的事情，不料他却拒绝了，他怕作者会以他的名义去拉赞助。当时我心想，你也太小心了。他说，你有多大的权力，就有多少人在算计你，不得不小心啊。

如此谨慎的人却因经济问题被双规了。我一屁股坐下，半天没缓过神儿来。

幸好，半年后他又被放了出来，只是职务撤了。看来，问题不算很严重。一个贫穷的农家孩子，经过了艰苦奋斗，当上了如此显赫的官员，却在这件事上跌倒，让人感慨。我常想，如果我处在他的位置上也许还不如他呢。我这品性哪会像他那般小心？

总想去看看他，又很怕他多心。不料一年之后，又听到了更令人吃惊的消息，他跳楼自杀了！一天下半夜三点钟左右，他从家里的七楼一跃而下。

我把一张张雪景图片摆开，这是他亲手拍摄的，很美，但也很凄凉，荒林中寂无一人，一片雪野。在举国欢庆阖家团圆的日子他独自来到如此的荒野中，显然他是在逃避一种很可怕的东西。他亲手把那么多的人送进了"阳面"，对此中厉害应该是最熟知最透彻的，因而他感觉到了那个向他逼近的黑影，他曾经想抵抗，想逃避。然而他最终还是没能逃脱。对他们这些人，他的结局应该也算是安全着陆了，并没有失去人身自由，还有工资，安度晚年应该没问题。他最终还是选择了自杀。为什么？多少人不是给判了重刑还活在"阳面"吗？多少罪大恶极的人不是判了死刑还百般抵赖想活命吗？

他为什么完全没事儿了却要自杀？为脸面？为谢罪？他这一跳，让我心里久久不能平静。那个贫穷的少年，勇气百倍，风尘仆仆地奔走在路上……

我离开哈尔滨已经四年了，他去另一个世界已经十年了吧？我们同岁，他还只有五十多点儿。在那边，可有"阳面"？

物 与 神

　　这条路上新栽的树明显是已经死了。就我所见，这是第四茬栽的树了。看到这年年栽年年死的树，我想起了一个人，他叫王树清。王树清当过县长，当过县委书记，当过副市长，当过历届全国人大代表，但使他知名度最大的还是他的栽树。他主持种的树，不管是在田野上种的还是城市街道旁种的，成活率全部在百分之九十以上。种树并非高科技，绝不会有什么奥秘，以我对王树清的了解，无非是他的认真。王树清的这种认真来源于他对种树这种具体的过程有一种神性的感觉。那就是他感觉到每一棵树都是一个生命都是一个灵魂。有一次他带领县委领导班子下乡，看到了路边一片被砍伐的树桩，他命令全体下车立正站好，对这片被盗伐的树桩默哀五分钟。

　　有一年我随一个考古队下乡，恰好遇到鸡东县一户村民建房挖地基时挖出了一尊铜佛像。这些考古专家们有的说这是唐宋的，有的说是明清的，也有说是现代的仿制品。大家争论不下，决定等一个人来认定。这个人是权威，姓杨，据说现在调到了故宫博物院。他赶到鸡东县是一天的傍晚了。他把这尊铜佛拿在手上略一看就说："是唐代的。"真是一言九鼎，他一说就止住了大家的争论，考古队员们心平气和，立刻按唐代铜佛上报，再也没有提出异议。对文物来说，年代决定价值，如果是唐代的铜佛就成宝物了。我在一旁大惑不解，心想，你说唐代的就唐代的啦？凭什么呀？我开玩笑说："说不定是这个农民买了个仿制品埋在地下的呢。"他摇摇头说："那不可能，现代人造不出这样的铜佛。"我问："现代科技这么发达还造不出一个铜像？"他解释说，唐代是佛教最盛行的朝代，那时候的匠人也都信佛，所以他们在制造佛像时非常虔诚，这样，他们造出的佛像就有一种神韵在里面，而现代人造佛像时只是为了钱，只当一个普通的物件来制作，当然就不会有一种神韵在。他的这一番话我至今记忆犹新，那就是唐代匠人把一种简单的工艺赋予了一种神性，于是他们就能制造出无与伦比的佛像。

我一直不能理解日本的茶道，不就是喝茶吗？端起碗来喝就是，弄出那么多神神道道的形式有什么用？要说喝茶，中国人还是他们的老祖宗呢。有一个人写了一篇论茶道的文章，他说，把一件普通的事物，一种简单的行为赋予神性这是日本这个民族的特性。正是这种特性，使他们在工作时能有种无与伦比的虔诚和认真，所以能制造出一些精密的机器。国产的机器与日产的相比，不是差在技术上，而是差在制作过程中的态度上，我们太不认真，日本人太认真。而日本人的认真就在于他们对一些简单的操作赋予了一种神性。这使他们干起来有兴趣，甚至有快感。同样的一碗茶水，端起来就喝与举行了那么多仪式之后再喝味道就会大不一样。

在过去，中国的制造行业也常常会赋予一种神性的，比如说第一天开机织布，第一炉铁，第一天开工盖房子，都要举行一种神神道道的仪式。之后，我们再不信这套了，全部当作一种迷信给抛弃。今天我们把所有的工艺都当作了一种纯粹的操作，所有的产品都是一种物的生产。现在造一尊铜佛，在整个过程中，老板想的是每一个成本是多少，利润是多少；工人想的是每完成一个我的工钱是多少。一个画家作画时满脑子里想的全是钱，他的画就不会有神韵。

《白蛇传》里老艄公有句唱词："十年修来同船渡，百年修来共枕眠。"如果你信以为真，面对着你的妻子这样想想不是很有意思吗？如果你把夫妻之间的关系单纯地认为就是男男女女的那么回事，该多无味？

有一位贪官气壮山河地宣称，我是唯物主义者，彻底唯物主义者是无所畏惧的！如此彻底的唯物主义还有什么事能让他不敢干？在生活中处处都唯物起来，没有一点儿神性那会活得很枯燥，把生活中的一切都物化也是很可怕的。你把鲜花看作是植物的生殖器官；你把美丽的图画看作是一种光的反射；你把吃饭当作是一种能量的补充；科学家们已经发现了，伟大的爱情其实是一种化学反应。我们人类的生活如果仅仅是这样，那活得还有什么意思？

我和队长

　　胶州湾跨海大桥和海底隧道通车，村里组织我们这些老年人参观，意思是怕我们不看再也看不到了。我恰好跟当年的生产队长一个座位，当汽车在苍茫的大海上奔驰，看着下面万顷碧波，我俩感慨万千。我们曾经推着独轮车绕过海湾去青岛，徒步三百六十里往返，历时三天，现在用不了一个小时。镇上有一个机械厂，他们气焊用的氧气需到青岛买，据说是危险品，不能用汽车也不能用火车，于是我们生产队就用人推着小车去给他们更换。推着数百斤的两个大炮弹似的氧气瓶，连续三天，每天行程一百二十里路，只为了挣一点儿运费。我问队长："当年生产队为什么会那么穷？全部家产比不上现在一个中等户。"

　　队长说："可不，只有几辆小车和几头牛，别的什么也没有了，一个村子抵不上一户人家。"

　　我问："咱们村从什么时候大家开始富起来了？"

　　队长说："从公社垮台那年。"

　　我说："也就是从你不当队长那年。"

　　他笑了。

我继续说："也就是你不再领导我们那年开始，等于说是你把我们领导穷的。"

他说："你是知道的，我当年可是不吃私不贪污，成年累月带头干啊。"

我不放过他："不管怎么说，你领导我们十多年，是你把我们领导穷的。"

他笑道："那时候都一样，全国都一样，都是我领导的？"

我也笑了。世界上有些事，是不能管得太死的，当年我去赶两个小时的大集都要向他请假，而国家对于怎么种庄稼都专门制定了农业的"八字宪法"，水、肥、土、种、密、保、管、工，半个世纪过去了，对这"八字宪法"我仍然记得很清楚。不知道世界上还有哪个国家专门为如何种庄稼制定过宪法，可那正是中国粮食最紧张的时期。现在的年轻人根本就不知道什么叫"八字宪法"，他们一样种的庄稼比我们当年翻了一番。

汽车过了海湾，在四方区街道上行进，这就跟我俩当年经常行走的道路重合了，我们都贪婪地看着窗外，希望能看到当年熟悉的标记，但是一点儿也没有了。

汽车进入海底隧道，炎热的夏季凉气袭人，十多分钟又回到了西海岸。队长感慨地说："当年过一趟海，想想头皮麻，现在一个屁的时间，回来了啦！"

三百六十里路，推着几百斤重的大"炮弹"，为了赶时间，风餐露宿，日夜兼程，拼命地走啊走啊，困了躺在路边睡一会儿，醒了再走；饿了就啃几口冷干粮，趴到河沟喝一通水，爬起来继续赶路，三天回来。这活儿还是队长千方百计拉关系争取来的，现在的年轻人，打死他们也干不了。这是我们这一代人的自豪，还是耻辱？

我的八十年代

　　从公社来的大人物躺在我们煤矿工棚的大炕上，我恭恭敬敬地把自己写的一篇几千字的小说递上去，请他给指教一下，这位公社副主任原是中学语文教员，而我们这里连个能读报纸的人都没有。他看完之后未置可否，只是问我，你还有别的没有了？我非常惶恐地回答说，没有了。他一句话没说，把我那个巴掌大的记工本塞进裤袋里带走了。几天之后，忽然传来消息，说我写了一篇大"毒草"，公社要召开批判大会。我蒙了。我写的是一位解放军战士洪水中救人，还一边高喊着毛主席语录，这马屁拍得够可以了，可这副主任竟然说，毛主席语录只喊了半截就是毒草。最终批判会没开成，大约一来是因为我写的东西太少，分量不够，二来是因为我一个煤黑子，身价太低。从此我就彻底洗心革面，再也不敢乱写了。

　　我们那地方太闭塞了，打倒"四人帮"这样举国欢庆的大事，在我们那里竟然一无所知。后来是听说了，但我们都不感兴趣。只是有一次我去县城里的新华书店，忽然发现里面居然有世界名著。我小心翼翼地问售货员，这样的书买一本要不要开介绍信？售货员说，不要。我大喜过望，一下子买了一大包。这时才知道已经是八十年代了，外面的世界改变了许多。这些书我是在矿井下面读完的，我在井下的活儿是挂钩，在两排矿车提升之间有十几分钟的空闲时间，我就用这十多分钟来读这些书。条件自然不很理想，灯光昏暗，阴冷而潮湿，最难处理的是上面滴水，要把书找一个不滴水的地方存放很困难。一本书读完就脏破得成了旧书，我不觉得可惜，世界上几乎所有的东西都是崭新整洁的好，唯独书籍不是，一本书到老还保持着崭新整洁的面目，这是它的耻辱。

一个拉煤的司机带到我们煤矿一本《作品》，这是广东的杂志，上面有一篇孔捷生的《我该怎么办？》我读了又介绍给我的伙计们看，大家都觉得好得不得了。旧病复发，我又想写小说了。我那段时间的小说也是在矿井下面写的，把一个小本子藏在不滴水的煤壁上的一个小洞里，利用两排车之间的十几分钟写下几十个字。冬天那巷道是风道，滴水成冰，手冻得根本就抓不住笔，在地下狠狠地摔打几下才能握笔。要说我写的东西，自然是很一般，要说我当年的写作环境，那可不是一般的艰苦。

许多年之后，同行们都说我的写作道路走得非常顺，我发表的第二篇小说获了全国短篇小说奖。那时候写小说如同今天的唱歌儿，只要一支歌儿唱好就能出名改变自己的一生。我自己当年都觉得这有点儿荒唐，就这么点儿雕虫小技一弄，竟然从此走出了那阴暗的煤洞子。直到今天已经退休，我的工资都拿得不踏实，这是为什么？年轻时流血流汗拼命干还不如今天这么蹲一天挣到的钱多？

八十年代的变迁，改变了中国，没有那场变迁就没有今天的中国。中国的八十年代给很多人创造了很多改变命运的机会，我不敢说我现在的生活就一定比原来好多少，但从此走上了一条完全不同的人生道路，这是不可否认的。回首往事，我得感谢那个年代。

火 车 上

　　我在火车上给儿子发了个短信——树叶红了，稻子黄了，漫山开遍野菊花。儿子回信说，短短两句话，色彩丰富。我又发了一个——对面一个胖姑娘，先是对着一个苹果说了几句话，然后就是一大口，吃完之后，又对着一个梨说了几句，又是一大口……儿子回信说他看不懂了。这的确有些莫名其妙，可眼前就是这样。这个姑娘非常认真地跟她将要吃掉的梨子叨念着什么，然后才开始吃。她吃得那样认真，那样投入，世界对她不存在了，只有吃。

　　我这是在去东北的火车上看到的故事，刚九月，窗外的山野已经秋色。人大约只有在火车上能如此专注地欣赏风光，什么事都干不了，什么人也都与你无关，此时的风光进入了你的灵魂。而这个姑娘专注地吃东西也是一道难得的风景。有人问一个高僧——请问法师，你修行了这么多年，最大的收获是什么？高僧答道——困了睡，饿了吃。问者很惊异——难道我们凡人不也是困了睡，饿了就吃吗？高僧说——你们睡时实际上不是在睡，吃时也不是在吃哪。问者略有所悟。

　　确实，我们一生杂念万千，即便在睡觉时也总不能完全排除心

24

里的那些事儿。吃的时候更是无法完全投入。如这个姑娘这样入迷地吃东西世上极难得。而身边这对少男少女一路上都缠在一起，如痴如醉，以那种姿势坚持如此长的时间也实在令人佩服。我不能不感叹，唉，老了，当年我也能以这样的姿势坐这么长时间的火车。这需要活力、青春、激情，只有心里不干净的人才会责备他们这样抱在一起有伤风化。

临座上是一位带孩子的少妇袒露乳房，旁若无人地专心给孩子喂奶，轻轻地哼着儿歌，那一脸圣洁的神情令人肃然起敬。一对将近八十岁的老人，老太太睡着了，老头儿轻轻地把一件衣服给她盖上，然后，又害羞地向这边望一眼，我赶紧扭头向着窗外假装没看见。火车在行进，山坡上一个牵牛的农人闪过，接着又是一座草屋闪过，门前还有一个农妇在劈柴。忽然我心中升起一丝淡淡的忧伤，这是多么卑微的一条小山沟啊，浅浅的，光秃秃的山包像馒头一样。也许，在列车上人看来，在这样的山沟里活一辈子还不如死去哪。可是我知道，他们自有他们的生活，并不一定比大都市里的人活得没有意思。我哼起那支西藏民歌来——太阳啊，霞光万丈，雅鲁藏布江啊，翻波浪……雪山啊闪银光，翻身农奴把歌唱……这是"文化大革命"时期流行的歌曲，可是我总能把它唱得很凄凉，当年我就是一路上唱着这支歌儿来到东北的。

亿万富翁

接连下了几场大雨，去矿山的一座桥垮了，只好从一条山沟里绕道。小司机奋力地和驾驶盘搏斗，吉普车在坑坑洼洼的泥水里前进。孙美云道，俺家王子常那个老穷种自己在矿上，我还要照看孙子又不能住矿上，只好过几天来给他收拾一下……车上坐着我和老韩，孙美云是陪我们到煤矿来的。总算到了煤矿，下车来，王子常从屋里出来叫了声，伙计……握手不是，不握手也不是，有点儿尴尬，握手显得太客气，不握手毕竟好几年没见面了。

在沙发上一坐，我首先注意到沙发破了一个大洞，露出海绵。后来老韩也说，王子常那么多钱就不能换个沙发！当时王子常就发觉了我的意思，解释说，有人也嫌沙发破了，我说这屋里弄多少钱的沙发都坐脏了。坐在我对面的就是亿万富翁了，穿一件民工穿的那种廉价西服，看不出是黑色的还是蓝色的，皮鞋上沾满了泥。外人看了，谁也不相信这是一个货真价实的亿万富翁。有的号称亿万富翁，但也许债务也是亿万。以王子常的性格，我知道他一分钱的外债都不会有。我说，你这些年没变啊，还是这样。他说，不行了，伙计，耳朵聋得厉害，我这是戴了助听器。

我问，你还天天下井？他笑笑，不，不，从今年开始，找了个人……我有时下。他比我还大两岁，今年六十八了，别说是亿万富翁，全中国大约也没有比他年龄更大的矿工。老韩和孙美云开始做饭，亿万富翁陪我到井口看看，呀呀转动着的天轮，呼啸而出的排排矿车，闪亮的铁轨，有着特殊气味的井口，这一切都是我所熟悉的，意外的是不远处有一个菜园，豆角、黄瓜硕果累累，白菜、萝卜长势旺盛，我问王子常，哟，那是谁跑这儿来种的？亿万富翁有点儿不好意思地说，我。

回来的路上，我说，伙计，你现在的计划不是挣钱了，要制订一个怎样花钱的计划。

亿万富翁说，什么也不缺呀，吃的、穿的、住的……

看他一脸的满足，我也说不出别的理由，人到这岁数，要求简单，特别是我们这一代人。但是一年到头儿生活在这么荒凉的山沟里，晚上睡觉都不安稳，绞车声、拉煤的汽车喇叭声，特别是那一天二十四小时不停的抽风机震耳欲聋。我说，要是我呀，在这样的环境里真过不下去。

亿万富翁说，不呀，伙计，我离开这里一天都睡不着觉，习惯了。

我 与 狗

　　常言道，人不和狗一般见识，而我却总是和狗过不去。我常爱在偏僻的乡村转来转去，这就不可避免地和狗不期而遇。正走着，会有一只狗突然蹿出扑向我狂叫，虽然没有真正咬到我，但心脏要狂跳半天。也曾被一只狗在小腿上咬了一口，并无大碍，给我精神上的伤害远大于肉体的伤害。我不能不耿耿于怀。路是大家走的，它们竟好意思宣称："此山是我开，此树是我栽。若要从此过，留下买路财。"何况我对你们这里的人和物很欣赏，皆善意，如此汹汹从何而来？

　　那天傍晚我忽然来了雅兴，要到大水库边上走走，一个冬天，水下得很厉害，走了很长的路才到水边。回来的时候我就只能从另一条路返回，天色已经昏暗，这时我听到了狗的叫声。我知道那是沙场的一只狗，很大的黑盖狼狗，颇是凶猛，虽然有粗大的铁链拴在那儿，但它那狂暴的样子让人觉得随时有挣断的可能，从它边上经过不能不提心吊胆。现在晚上它肯定给放开了。越走近，它叫得越凶，我指望看守沙厂的人能像上次那样出来制止住它。但是那看守小屋黑洞洞的，没有人。我只能硬着头皮向前走，一边捡石头，豁出去了。只有石头是不行的，把石头扔完了没打中就成了赤手空拳面对全副武装的大狼狗了。我迫切需要一根棍子，从路边摸起一根，却是一根玉米秸，这东西能打狗？还不被它笑死！一连抓起几根，都是玉米秸，心慌了。终于又摸起了一根结实的，一试，是二尺多长的一根锈坏的细铁管。立时胆壮，雄赳赳向前大步走去，堂堂中国作协会员岂能让一只狗吓退？这次多了一只小型的狗，也没有拴，一大一小一齐向我狂叫，我装起凶样子，一步步逼近，那只小的退到一边去了，那只大的毫无畏惧，人一样立了起来。我猛力向它掷过去几块石头，都没打中。老了，打不准了。但我不怕，另一只手握有铁管，它扑上来时我就用铁管打它。它叫得更凶，昏暗中露出尖利的白牙向前冲。地上有的是河卵石，我摸起来不停地投掷，使它不能近前。终于一块石头打中了，听得它尖叫一声，向后退了一步。我乘胜追击接连扔出石头，又打中了，它立刻声音低下去，跳得也不再那么凶。第三次打中它的时候，它不冲了，只有哀鸣后退。这时我已经大汗淋漓。河滩那边有一对车灯照射过来，马达的轰鸣也近了。我意犹未足地扔掉铁管走开。叫你凶！

人家武松打虎我打狗。

并无深仇大恨，只是它不该如此忠于职守，就那么台破挖掘机，谁会偷？当然，在它看来，我不该天这么晚了还来野外转，实在不是好人行径。

忠诚、认真、勇敢，这些优秀的品质，狗们都有，缺少的是明辨是非的品质。但这才是最重要的。没有明辨是非的品质，忠诚、认真、勇敢，都成了恶行。我们这个世界上，很多罪恶，并非是行为人当初有多大的恶意，恰恰是因为他们太忠诚、太认真、太勇敢了。

狗也并非一味地勇敢，一旦打怕了之后就再也不凶。邻居小路从青岛弄来一只狼狗，看样子也是只纯种的德国黑盖，但一见了人，不管是大人小孩，立刻匍匐在地，不停地摇尾巴，还要抬起头两眼巴巴地望着你，向你献媚。那过分顺从的神情真让人可怜。小路说，这狗已经被打破了胆，是他救了这狗一命，本来那一车狗都要送屠宰场的，看它像模像样，托朋友把它要了出来。那些狗是有人偷来的，都遭受过残酷的打击。

新年音乐会

　　看见道班里的灯光，我和玉功发生了争执，玉功固执地坚持不进去，说，万一进去再把我们抓起来怎么办？一个星期前我们就是在这个道班给抓住，移交穆棱林业局红岩派出所，派出所扣住整整一个星期，罚我们给劈了小山一样的一垛柈子才放了我们。我坚持要进去，天完全黑了，再走下去不知道什么时候才有人家，一方面有冻死的可能，一方面遇上野兽赤手空拳也很危险。在对人和野兽的选择上我是坚决选择了人，玉功在选择上却是对人的恐惧压倒了野兽。我踢了他两脚他才闭上嘴，跟我后面走进了道班。后来证明我的选择是明智的，严寒和野兽没有商量的余地，而人，就算是敌人也有商量的可能。

　　一进门，道班所有的人都吃惊得睁圆了眼睛，我对他们解释说派出所调查了，我们是好人，没问题，把我们放了。那班长当即打了电话核实。放，的确是放了，但是并不允许我们继续向东宁走，电话里也许无法说清楚，班长放下电话咕哝了一句，叫我们抓，他们放，就他们当好人。这个道班叫向岭道班，在一条峡谷中，是从牡丹江到东宁的必经之路，除了修路他们还担任着盘查行人的任务，

31

没有通行证的一律查下送交穆棱林业局红岩派出所。班长说我和玉功是他们查下却又返回的唯一的两个人。给我们吃了点儿饭，窝头和萝卜汤，连点儿油花都没有，我不记得收了我们几毛钱。毫无疑问，他们也是一年到头就吃这东西。又累又饿，一边喝着热汤，我心想，住下来是对的，打死我也不走了。

除了班长年龄大一些，这五六个青年好像都是二十左右的知青，我们吃饭的时候，有人在摆弄乐器。奇怪的事情在我们吃过饭后发生了，其中一个长头发的知青忽然抓起电话说，1975 年元旦晚会现在开始！然后把听筒不放在电话机上而是放在炕上。我这才知道今天是元旦。他拉胡琴，另一个吹笛子，还有一个用筷子敲打瓷盆，一个敲打碗，奏起歌曲来。可以想象，这简单的音乐正在通过电话线向沿路所有的道班传送。这都是一些青年人，在这冰天雪地的深山里，他们经常用这样的方式来打发漫长的黑夜。演奏的歌曲有《大海航行靠舵手》《北京的金山上》《翻身农奴把歌唱》《万岁毛主席》《金瓶似的小山》等，每演奏一首就向听筒里征求意见，听筒里除了叫好还一再要求继续演奏，道班里不再紧张，充满了欢乐。我忽然说，我唱段样板戏吧。他们一致说，好啊。他们把听筒放到我跟前，我唱了，朔风吹，林涛吼，峡谷震荡……长发知青拉胡琴伴奏，我唱完，长发知青对着听筒问，唱得好不好？可以听见里面说，好！再来一段！

长发知青惋惜地说，哎，那天要是你唱段样板戏，哪能把你们抓起来！

山峡里风雪呼啸，屋里炕烧得很热，听着身边这些同龄人轻轻的鼾声，好像他们都是我的亲人，我感到从来没有过的安全。

第二天上午十点左右，一辆从牡丹江开往东宁的长途客车给拦下了，长发知青跳上车去挨个检查了乘客们的通行证，然后对司机说，这两个人是我们班长的亲戚，要去东宁，你给捎上。司机连连点头。

直到今天我对那长发知青充都满了感激，可惜连他姓什么都不知道。不知道他是否还记得曾经路过向岭道班而被他们抓住的我？玉功去世已经十多年了，他在那边也一定记得公元 1975 年的这个元旦晚会。

新圣母公墓

在中国哪有把公墓当成旅游景点的？

一进入新圣母公墓我立刻改变了想法，这哪里是公墓！分明是一座美丽的公园，到处是鲜花，到处是雕塑。而且规模大得惊人，简直是无边无际。最值得看的当然就是这里的墓碑，据说从历史上，俄罗斯所有最著名的雕塑家全都在这里创作过墓碑。这对我这个中国人又是不可理解的事情。这里的公墓与中国的公墓还有一个最大的不同是没有人烧纸钱，也没有人烧香。而在中国的公墓甚至寺庙里总是到处烧得乌烟瘴气。除了游人，到这里祭奠的俄罗斯人都是在他们亲人的墓前献上一束鲜花。好像他们的先人在阴间不用冥钱。

俄罗斯人的墓碑有各种形式，也是用各种材料制成的，有大理石的，有花岗岩的，有水泥的，有青铜的，有铸铁的，有不锈钢的。真可以说是琳琅满目。众多的元帅、将军们的墓前竖立着他们的塑像，一个个戴着肩章奖章，披着绶带，依旧威风凛凛；那些科学家发明家的墓碑则是他们生前的研究发明成果，或是一架飞机，或是一个公式。有一位飞行员的墓碑是青铜制作的雕塑，它是一个有真人大小的长着翅膀的天使头朝下栽到地上，大约这位飞行员是飞机失事死亡的。我看到了女英雄卓娅的墓，她的墓碑也是青铜制作的雕塑，一个英勇不屈的少女，高昂着头颅，挺起美丽的胸脯，走向绞刑架。俄罗斯朋友指着一个黑白相间的大理石雕塑说，这个人在你们那儿应该是最熟悉的。我问，他是谁？俄罗斯朋友说，赫鲁晓夫。这座墓碑的形状有些古怪，它是抽象的雕塑，很难说象征着什么，大约有四米高，用两种大理石组成，一种是纯黑的，一种雪白的，这两种石料交错着咬合在一起。最有意思的是这位当年苏联有名的雕塑家曾经受到过赫鲁晓夫的打击，而赫鲁晓夫却在最后的日子里指定由他来制作自己的墓碑。而这位雕塑家居然在赫鲁晓夫去世后也痛快地答应了。这座墓碑的意义很不明确，有人说这种黑白相间的颜色是象征着赫鲁晓夫一生是功过相间。

远远地，我看到了一座黄种人的墓碑，在这些高鼻深目的俄罗斯人中显得很特别。走近前一看，这应该是一个很典型的中国人，再一看碑文，我吃一惊，王明。在中国这是一个最有名的象征着错误的符号。他是备受批判的中共领导人。几乎可以说是罪人，甚至是敌人。想不到在这里遇见了他！时为深秋，地上铺满了落叶，一片斑斓。想到一个中国人给葬在这远离祖国的异乡，不由得有一种悲凉。我在这座墓碑前默默地站立了很长时间。他的墓前居然也有一束鲜花，是什么人献上的？也许他在俄罗斯的名声没有在中国那么臭？苏联当局对他应该说是相当客气了，要不不会把他葬在新圣母公墓，更不会给他立这么三米左右高的一座雕像。

我敢说这座新圣母公墓将是世界著名的文化遗产，它汇集了整个俄罗斯雕塑家的艺术成果。而且，它仍然生长着，年复一年，新一代的俄罗斯雕塑家们还在不断地滋养着它丰富着它。也许在将来它会比中国的长城、比埃及的金字塔更伟大。

离开新圣母公墓我在想，为什么俄罗斯人没有把公墓弄得鬼气森森？这大约就是文化的差异了。我曾经也参观过一个农村的公墓，它虽然规模很小，但也弄得很漂亮，而且就在村子边，与农舍相邻。总之俄罗斯的墓地都显得很亲切，不可怕。这根源，我后来在参观一座教堂时得到了答案。那座教堂的大厅里就安放着据说是本地最有名的神父的灵柩。也就是当活着的人对上帝做礼拜时，与死去的人共处一堂。那大理石棺给人的手抚摸得油亮乌黑。是宗教把死亡变得不可怕，死人与活人可以和睦相处，亲切如旧。

文学的傲慢与偏见

　　读一文学评论家的文章，他半路上忽然引用一个金庸小说的细节，这令我吃一惊，因为多年前我读过他批金庸小说的文章，说那不过是一堆牛鬼蛇神，不值一读。其实我当年也同样对金庸的武侠小说不屑一顾，我不让儿子读，当场指出金庸小说语言的粗糙之处。哪想到今天金庸小说会铺天盖地，中国所有活着的当代作家，已经没有一个人敢说对中国人的影响能和金庸相比了。尽管如此，我仍旧认为金庸老先生算不得他那代作家中最有才华的，大陆有很多当代作家的才华是远在金庸之上。何以出现目前如此尴尬的局面？这就是因为我们多年来对武侠小说的偏见，也可以说是我们放弃了武侠小说这块阵地。我们尊崇的是现实主义，贴近生活，武侠小说不入流，不能登大雅之堂，甚至是反动。

　　到二十世纪八十年代，改革开放了，金庸小说才和邓丽君盒带一起偷偷地潜入中国大陆，对邓丽君的歌儿一般都能接受，对金庸小说大家却都嗤之以鼻，文学圈内没人去读。金庸小说大量流行开之后，储福金笑嘻嘻地对我说，我读过金庸的《天龙八部》了，挺好玩儿的。他是第一个承认读过金庸小说的作家。我也抱着"好玩儿"的心理读了几部，没觉得怎么好玩儿，但也绝没有"牛鬼蛇神"之感。

也有人开始试着写武侠小说了，但羞于承认。又过了些年，终于有一位老作家跟我说，他写过几本武侠小说了，销量还不错。但他用的化名却不跟我说，他怕有辱于他德高望重的声誉。这位老作家已经去世，大约除了他的家人知道哪本小说是他写的，读过他的小说的人永远也不会知道作者的真实姓名了。

一个作家如果抱一批武侠小说要入作家协会，门儿都没有；一个作家报一部武侠小说想评文学奖那是开玩笑。

我仍旧认为金庸不应该是中国当代影响最大的作家，从概率上来说，香港弹丸之地啊，无论从文化的广度还是深度都不应该出在那里。如果说金庸确实是少有的天才偶然出现在那里，那么古龙梁羽生如何解释？他们都不是出现在大陆啊。只能说我们正统文学的傲慢与偏见扼杀了武侠小说的生机。获奥斯卡奖的《卧虎藏龙》就是二十世纪四十年代青岛一家报纸的连载小说。并不很有名。这证明，中国大陆本来是可以出几十上百个金庸古龙梁羽生的。

获茅盾长篇小说奖的哪部小说的销量可曾达到金庸小说的百分之一？当然，销量并不等于质量，可是没有销量就没有影响力这是一个极简单的道理。也许你会说，我的小说百年之后会焕发生机，金庸小说将没人读。但我们这一代人却是永远错过了。

我再重复一遍，我不喜欢金庸的小说，但是他对中国人的广泛影响却是不能不承认。

从我拿起笔来写第一个字的时候，我就抱定了为工农大众服务的宗旨，我本身就是工农大众啊，可是几十年过去，工农大众好像并不买我的账。倒是从来没声明为什么人服务的金庸受到了中国广大工农大众的普遍欢迎。

我的大舅

　　我有三个舅舅，都是农民，种了一辈子地。不同的是大舅当过十二年兵，打了十二年仗，负过伤，立过功，但从来没听他讲过英勇的"战斗故事"，也许是因为他还当过两次俘虏的原因。他第一次当俘虏差点儿给枪毙，虽说交战双方都有不杀俘虏的规定，但如果敌方又战败，俘虏就成了累赘，带着走不行，放了不行，只有就地枪决。据大舅说那天早晨天刚蒙蒙亮，国民党军撤退前把他们二十几个俘虏押到村外要执行了，经过一个打麦场，刚刚打完麦子，场院上堆着一个个麦草垛，他们一行人绕过麦草垛时，大舅趁人不注意，一头撞进一垛麦草里逃过了一死。国民党军跑了之后，他钻出来，脱下一身军装向一个锄地的农民换了一条裤衩和一个破苇笠头儿戴着，一路上讨着饭回到了家乡。村里又动员参军，大舅跑到我家躲着，但三个舅舅必须去一个，大舅说，还是我去吧，还有经验。第二次当俘虏没什么故事，是国民党军放了的，大舅没经动员，主动回到了部队。

　　今年春节给大舅拜年，他无意中冒出了一句，哎呀，孟良崮！那仗打得……我忽然发现大舅也不是一味地打败仗当俘虏，他也打过胜仗！孟良崮战役歼灭七十四师打死张灵甫这是有名的大胜仗啊。大舅从来没讲过。今年是第一次让我知道他参加过，但也只说了这么一句，说完咧了咧嘴，不胜感慨的样子。大约他认为战场上打仗就跟田野里种地一样，没有什么可说的。

"雄赳赳，气昂昂，跨过鸭绿江"之后，他只说过一件事，战斗结束后，下起了大雨，山上流下来的水全是红的。

大舅当十二年兵，打十二年仗，居然连班长都没当过，轮也该轮到他了吧？他说，你可不知道，抬下来的，全是班长、排长。

他怕死，坚决不当班长排长。子弹还是找上了他，打穿了他的胳膊，但只穿了个洞，连骨头都没打断。那颗子弹，偏外一公分，肱骨打碎，偏内一公分，打进胸膛。可它只打了个洞就出去了，于是大舅就不能算是残废军人，复员后依旧当他的农民种他的地，什么待遇也没有。

他毫无怨言，一块儿参军的同村三个人，只回来他一个。其中有一个和他一块儿逃跑，他听见背后忽然叫道，伙计，我跑不动了啊。他回头一看，敌人已经追得眉毛都看得清清楚楚了，他的那个乡亲，跪在地下，双手还扛着那个炮弹箱子。回国后，民政局找他打过多次证言，那个人一直没回国，没消息，父母亲、老婆孩子，也不能给烈属待遇。大舅也只能一次次地复述当时的情形，到底牺牲没牺牲大舅也不能下结论。

如果他当过一官半职，现在就是离休革命老干部，可他不是，只是一个老农民。改革开放后，国家开始每年给这些复员老军人几千块抚恤金，而且逐年增加。今年我特意问了下，大舅很满意地说，还差几百吧，一年将近一万块钱了。他已经八十六岁了，还能领几年？他现居住在七十年代的两间低矮的小屋里，只有一个方凳，我和妻子进来，两个人只有一个人坐，另一个只能站着。他指着炕上的大妗子说，钱，是不少，可是都给她治病了，二十年啊。

大妗子在炕上一躺二十年，全靠大舅伺候。好的时候还能坐起来，一犯病就翻身都不能。并且，精神错乱，嘴里嚷着有人要杀她。我每次去，大舅都反复地问，你说，这是什么病啊？怎么就治不好呢？

我们正在变得又聋又瞎

最近，钟南山说，因为农药的过量使用，五十年后很多中国人将丧失生育能力。在生育方面，钟院士的预言要过五十年后才能验证，在别的方面，我们人类本身，由于一些现代生活方式而发生的改变却已经很明显了。比方多年前有关部门对孩子做过一次检测，现在的孩子比二十年前的孩子夜视能力大大下降，就是一到天黑就什么也看不见了。还有一项是没有方向感，也就是到了个陌生的地方就分不清东南西北。而我本人的感受却是我们的后代正在变得又聋又瞎。

今年春节，儿子回来，不知怎么发现他姥姥耳朵眼里有纸屑。而且塞得很深，很结实。姥姥解释说是她因为耳朵里痒，不小心弄进去的。儿子信以为真，用小镊子，费了很大劲儿硬给掏了出来。当时我一看心里就吃一惊，我知道是怎么回事，是她有意塞进去的。岳母看电视总是要把音量调到二十度，而我和妻子觉得合适的是三十度，所以每次岳母看过的电视我都要再调回来，二十度我听不清。大家都知道，一度一度调高十度很让人不耐烦，我就对岳母说，音量大了也不多费电，用不着调那么小。但是两个儿子一回来就一定要把音量调到四十度。这样，我们家就是：八十多岁的人看电视要二十度的音量；五十多岁的人看电视要三十度的音量；二十多岁的人看电视要四十度的音量。奇怪吧？如果说我两个儿子的听力差是没根据的，凡是他们的同学一到我家打开电视就会往高调音量，甚至调到五十度。老太太耳朵眼儿的纸屑就是这么进去的——她怕吵，耳朵受不了。

我这个年龄段的人一进歌厅都会受不了那强烈的音响。就是在饭店里，只要小服务员一打开音响我们都会叫她把音量调低。他们会认为我们不会享受，是落伍了，不跟形势，我却认为现在的年轻人统统耳朵聋，他们由于长期受音响的刺激，听力大大地下降了。

我说，看，对面楼上那家养的月季开花了。儿子走上前一看说，哪里有什么花？我吃一惊，你真的看不见？他说，根本就没有，让我看什么？我这个大儿子还不算很近视，从来不戴眼镜。

电视，电脑，画片，强烈的人造光和鲜艳的人造色彩长期的刺激，已经使孩子们的视力极大地降低。对我们人类来说，可怕的还不是这种听力和视力的退化，可怕的是他们会对这种现状的渐渐习惯，不再认识到是一种缺憾。我对儿子说，你要去配一副眼镜了。他说，看那么远有什么用？我心里一阵悲凉，儿子将永远不能享受到我所欣赏到的大自然的风光了，他看什么都是模糊一片。而他并不觉得遗憾。我一位年轻的同事因为高度近视去年去做了激光矫正手术，我问她感觉如何。她说，唉，别提多后悔了。我问她怎么啦。她说，原来你们都老成这副样子了！特别是某某，他看上去都可怕，像鬼一样。原来，她手术前看我们都是一个个模模糊糊的影像，还说得过去，现在一下子把我们的每个毛孔、每条皱纹都看得清清楚楚，她有些受不了。她说后悔了当然是幽默的说法，但有一点可是真，她确实已经习惯了我们在她的视觉里都是一个个模模糊糊的影

43

像，这不知是她的可悲还是我们的可悲。当然她也习惯了她眼前那个模糊的世界。

土拨鼠由于长年生活在地下，视觉已经丧失，变成了瞎子，在我们看来很可悲，但是土拨鼠并不觉得，它们已经习惯了。我们人类一样会对自身正在消失的能力逐渐习惯的。

儿子这一代无论在视觉上还是听力上已经是肯定不如我们这一代了，儿子的下一代，也就是他们的儿子会不会比他们还不如呢？如果他们的孩子从十几岁就玩儿电脑，那肯定会视力不如他们这一代。从目前形势来看，让他们的孩子从小不玩儿电脑那是不可能的。单就我们家来看，视力就要一代不如一代了。仅仅三代人就会有如此大的变化，那么几百年之后我们人类将会是个什么样子？钟南山说五十年后许多中国人将丧失生育能力，那么一百年后呢？二百年后呢？我们的许多行为在改变着这个世界的同时也正在改变着我们自身。

五块钱一套的《红楼梦》

前县长对我说，我告诉你一个对你来说不幸的消息，你别难过。

我说，你说吧。

他笑嘻嘻地说，昨天我买了一套《红楼梦》——五块钱。

他是在讥笑我的那本书定价三十五块钱。

这不奇怪，《红楼梦》盗版太多，生产过剩。我那本书请人家盗版人家也不盗。

最主要的是我多次讥笑他师范中文系毕业，当过多年中学语文老师，竟然没读过《红楼梦》。他这是反唇相讥——看，伟大的名著，五块钱一套！当了主管文教的副县长后，他曾对老师们讲世界上最好的小说是《福尔摩斯探案集》，他的证据是此书全世界销量第一。

其实中学时代，我们俩都是福尔摩斯迷，对才子佳人的《红楼梦》从来不屑一顾。我第一次读《红楼梦》已经是三十多岁了。一个煤矿伙计给炮崩瞎了双眼，我在病房伺候，他要求我弄本《红楼梦》读给他听。我吃一惊，这家伙小学没毕业，他哪儿听说过《红楼梦》？我说那书娘娘腔，没意思，我去找本《福尔摩斯探案集》

45

读给你听吧。他说《红楼梦》他已经读过两遍了，还想再听一遍。我只好去书店买了一套《红楼梦》读给他听。不料这一读，发觉确实比《福尔摩斯探案集》要好。我把这件事写信给当时正在给中学生讲四大名著的前县长，他回信说，他永远不会让他的学生读这本没出息的小说，只有下煤矿性饥渴的矿工才会对这样的小说感兴趣。

现在他五块钱买了一套《红楼梦》，果然不读，摆书架上，好像专门为嘲笑我。

我那个煤矿的伙计小学没毕业却能欣赏《红楼梦》，前县长大学中文系毕业却读不进《红楼梦》，我开始觉得艺术欣赏能力是不和文化水平成正比的。音乐更是这样，虽然有下里巴人和阳春白雪的说法，但那只能是"下里巴人"不熟悉"阳春白雪"而已。最有力的证明就是俞伯牙和钟子期的故事，能听得懂俞伯牙的《高山流水》，恰恰是打柴为生的樵夫钟子期。

我们一直认为老百姓——特别是农民就是下里巴人，只能欣赏"下里巴人"。某市实施一项电影下乡工程，投入巨款为每个乡镇都配备一套现代化的放映设备，从农民中培训放映员，每放映一场电影由国家支付六十元放映费。我一个伙计谋得了这份差事，高兴地说，零花钱有了！可是放映了一年就干不下去了。没人看，村里也不欢迎。我感到不解，免费放电影给你们看，你们还不欢迎？我和老伴儿去看了一次，到那里才知道，这放映机是放存储卡的，卡上只有上级指定的几部电影，别的不能放映。也是到这时我才知道竟然还有专门为农民拍的电影！可谓用心良苦啊。这专门为农民拍的电影我坚持看了五分钟，老伴儿这个没文化的农村妇女连五分钟都没坚持住，早提着板凳走人了。

后来，村委会答应只在放映单上盖章，可以不进村放电影。结果我的伙计年底去领钱，钱没领到还碰了一鼻子灰，领导早防着这一手儿哪。你在哪里放映，放映多长时间，人家都一清二楚。放映机上有玄机。

艺术欣赏是不分文化高低，不分社会层次，不分贫贱富贵，不分人群，甚至不分国籍不分人种的。不要以为农民永远是山炮。

西山的黄昏

　　走进西山，一个白发苍苍的老人踞伏在山坡上的水泉边，她的左手握几张黄色的草纸，右手拿一个绿色的打火机，啪啪地按动打火机想把草纸点燃，不知道是打火机的原因还是因为手颤抖得太厉害，草纸总是不能点燃。我站在她旁边，替她着急，但我不能上前去帮忙，我怕她拉住我不放手。她戴一个很破旧的眼镜，视力已经很差，看不见我，她的耳朵也不灵，听不见我走近她身旁。这是老薛家大娘，上次我和老韩曾经走进她的院子看望过她，她拉住老韩的手连连叫着"大侄女大侄女大侄女"，再也不放手，她一刻不停地说着，使得我们告辞了十几次也走不出那个小院，好不容易走到门外，她仍旧拉住老韩的手使她无法脱身，我站在一旁干着急。还有一次，我和老韩从她门前过，她似乎听到了声音，急忙拄着拐杖走出来，我们俩逃也似的走了过去。她对人的热情变成了一种可怕的东西。

　　我站在她几步远的地方，看她徒劳地按动着打火机，上前不敢，走开又不忍。她努力地打着，嘴里愤愤地说，我就不相信有钱还送不出去！这口山泉在她的房后六七米的山坡上，她每天吃水就提一个小桶来舀，大约她是要表示对这山泉的感谢吧？今天是什么日子？终于她把打火机打着了，我看见那蓝色的火苗亲切地舔着那几张草纸。她嘴里又絮絮叨叨不知在说些什么，我放心地走开。今年她已经九十岁，儿子住在山下，年年劝她下山去住，她毫不动摇地一定要独自居住在这里，她说跟年轻人一起住不惯。这荒山上这几间土屋里，唯有几只鸡和她做伴儿，连一个说话的人都没有，当黑夜来临时，整个山野没有一个人影儿，没有一点儿亮光，黑暗和恐怖笼罩着这个小小的院子，她如何度过这每一分钟？山风在屋顶上滚过时，蜷坐在炕头她在想些什么？七十多年前，丈夫是一个英俊高大的小伙子，他们是村里唯一敢于自由恋爱的青年男女，背着父母，他们每天晚上在一棵大树下相会。不料有一个淘气的小子每晚都及早地爬到树上躲起来，把下面一对恋人的谈话一字不漏地偷听去了。六十多年前，他们的故事就成了轰动一时的新闻，她成了这个山村最大胆最开放最漂亮的姑娘，也是最让父母蒙受耻辱的女儿。这个故事一直流传到了今天，为我这样一个遥远的后辈所知。

土屋四周有很多老树，柿子树、枣树、槐树、楸树、杏树……哪棵树是当年他们在下面谈恋爱的树？七十年对一个人几乎是一生，而对一棵树还算不上大岁数，它应该还在吧？谁能相信这样一个瘦小衰老、风烛残年的老妇人会有如此美丽的故事？丈夫已经离去三十多年，唯有她还守在这座土屋内，守着这山，这树，这满坡的荒草。

已经是秋天，山脚下水库的水清澈得呈一种蓝色，无风，水平如镜，水边有几棵什么树已经红了叶子。黄昏时分的西山，静静地倒映在水面上，一只水鸟拖着两道长长的波纹，把山的倒影轻轻地摇动，湖光山色凄美得让人心碎。

就如同有早晨就有黄昏一样，每个人都有他美丽的、让人喜欢的时候，也有他衰败得让人厌烦的时候，忍受着无边的孤独和寂寞，只有大自然来接纳。九十岁的老薛家大娘在山间的小土屋里，默默地回忆着那些春天的飘洒着花香的夜晚。

山　冈

不知为什么，那天我没有注意到太阳，太阳在那个时刻是个什么样子我一点儿印象也没有。在一幅风景中太阳应当是最重要的，可是我当时却没有注意到。我只记得白色的云彩很亮，甚至在闪闪发光，天也很蓝，那些山冈很丑陋，不高，馒头状，还没有为绿色所覆盖，因为庄稼还没有长起来，山冈上很多地方都已经开垦成了田地，现在裸露着灰黄的土地。整座山冈就是黄绿相间，斑斑块块的很难看。但是有一种安详的神态。它们就那么一座座平心静气地立在天底下，一副与世无争的样子。就是这样一道风光，突然感动了我，我一屁股坐在地上，动的力气也没有了。看着看着，泪水潸然而下，心里充满了感激。此时此刻有一个声音响彻了天地之间，那就是感激，对大自然的感激。

今天，我要写出那份感觉。我知道，感觉是不可传递的，但是我仍然在写。人都有一种要把自己的感觉诉说给他人听的欲望，尽管他人不一定愿意听。

我是突然离开大道决定要徒步翻越山冈的，本来我可以在大道上走一会儿，搭乘长途汽车，不知为什么，我忽然离开大道，决定要走一走，在我当年无数次走过的山路上走一走。这条路印满了四十年前我那生气勃勃的足迹。那时候，还没有公共汽车，从大道走，要绕过这座山冈，转一个很大的弯儿，徒步翻越虽然要爬很陡的一个山坡，但路要近得多，大约要节省一半的路程吧。远远可以看见那个我生活过的矿村，它蜷伏在山下的那条狭窄的山沟里。看上去那么莫名其妙。

那时候这山还没有给砍伐光，长着浓密的柞树林子。春天爬上山顶大口吸着苦涩气味儿的树木清香，抹一把脸上的汗水，舒服得直想躺倒在干燥的树叶上再不起来。冬天，大雪封山，四无人迹，听着自己咯吱咯吱踩在积雪上的声音，小心翼翼。一阵山风吹来，漫山遍野一片飒飒风响，我不禁毛骨悚然。

四十年后，我又爬上山来，尽管我告诫自己慢慢地爬，但仍然汗流浃背。坐在地上回头看时，不由得浑身一震，我看到了让我大吃一惊的那幅图画。它是那么熟悉，好似多少年来我一直都保存在记忆中，但在当年我却从来没有注意过它。风轻轻地从我脸上掠过，温柔得像母亲的手掌。我感觉到了时光在流逝，从我的身边，从我的发间，从我的指缝里，缓缓地，均匀地，像水，发出汩汩的流淌声。我进入了无思无欲的状态，身心达到了一种前所未有的舒适，舒适得像要融化在这空气中、这蓝天下。四无人声，只有这天上的云、地上这柔弱的玉米苗，我听得见云朵互相摩擦发出的窸窸窣窣声，听得见玉米苗叶子旗子似的飘动声。小苗儿刚刚长得离开地面巴掌高，在微风里欢欣鼓舞。我感觉到我也是其中的一株，毫不起眼的一株。我与它们一起在享受着春风、蓝天、白云。生命本无所谓贵贱，我们都在生死循环中，转瞬即逝。无牵无挂，我只是一个人，一个在大自然中的生命，什么荣辱，什么社会、国家、单位、领导、同事，甚至家庭，亲人全都远去了，好像那一切都是一个梦，我，只是一个我，与任何人无关的我。在此时此刻的我。存在于这个时空里的我。

我忽然想起了有一次我和一个年轻的姑娘一起翻过这道山冈，我们是偶然遇到的，素不相识，奇怪的是我们一路上像熟人那样说话，不，比熟人还要进一步，她告诉我她是结了婚的，而且说她老是生不出孩子来，不知道什么原因。那时我还没结婚，但是很老到地告诉她一定是她的对象有毛病。穿过了树林，要下山了，就是眼前这条大道出现在山下，她忽然莫名其妙地说道："一条大道香又甜！"当时我们一齐大笑起来，我发觉她笑得非常好看。

我记得她对我说过她比我大一岁，那年我二十二岁，她应当是二十三岁，现在她已经是六十九岁的老太太了。

两位越南老先生之一

　　很不好意思，越方请我们吃了很多次饭，我只记住了一次，就是阮先生个人买单请我们吃的那一次。他请我们吃一种叫作青钳虾的虾，几乎有龙虾那么大，但绝对不是龙虾，样子跟中国的对虾差不多，只是大得多，据说只在湄公河口生长，也就是生长在咸水和淡水混合的水域。最让人能记得住的是它的吃法，阮先生教我们把各种佐料如何加进去，然后，他亲自示范说："要大口吃，这样——"他把嘴张到了最大限度，把碗里的青菜、佐料、虾肉，一齐塞进去。据说他是这家酒店的技术顾问，这种吃法是他发明的。餐厅里挂满他作的画和他写的诗。是中国律诗。

　　他说，他这一辈子和美国人打过仗，和中国人打过仗，还开到柬埔寨去和红色高棉打过仗，当然最多的还是自己和自己，和越南人打仗。这样丰富的人生经历很让我们这帮跟谁都没打过仗的中国作家感到惭愧，虽然我们中也有两个是军人出身，但都没有参加过战争。兆林还曾经是师长级军衔呢，我相信他除了在靶场上别的地方连枪都没放过。而眼前这位长者，居然和四个国家的人打过仗！而且仍然健在。但阮老先生把酒杯举起来说，跟谁打仗都统统没意义！人生有意义的事情只有这个——喝酒！说着一口把酒喝干。这是一个饱经风霜出生入死的老人的感慨。下面他又说，我和你们中国人打仗，用的是你们中国提供的武器，连穿的军装都是你们中国制造的，你说，这仗打得多没意思？

在访问期间，我们双方都一直不停地说，我们中越两国是好同志、好邻居、好兄弟——尽管大家都没忘记那场战争，但双方都不提。阮先生却一语道破，真正是石破天惊！我们都愣了一下。

接下去他又说，他曾经去美国参加了一个越战停战纪念大会，他在会上也发表了演讲，也说是那场战争没有意义。这论调是与越南政府的口径完全不一致的，越南一直把那场打败美国的战争看作是他们国家的荣耀，甚至是立国之战。在中部城市顺化，甚至把美国军队退出那天定为盛大节日，叫作胜利日。恰好，我们也沾了光，那天所有参观景点都不收门票。中国好像还没有如此盛大的节日让所有景点不收门票。确实，美国历史上要说有过失败的战争，也只有那场战争，他们是真正失败了。阮老先生却发表演讲认为这一切都没有意义！于是，他受到了政府的指控，差点儿给抓进监狱里去。幸亏一个朋友是政府里的重要人物，把他救了出来。

阮老先生有一本诗集，我抄几首给大家。《国祚》：国祚如藤络，南天里太平。无为居殿阁，处处息刀兵。《视诸禅老参问禅旨》：般若真无宗，人空我亦空。过现未来佛，法性本相同。《言怀》：择得龙蛇地可居，野情终日乐无余。有时直上孤峰顶，长叫一声寒太虚。《答法融色空凡圣之问》：劳生休问色兼空，学道无过访祖宗。天外觅心难定体，人间植桂岂成丛。乾坤尽是毛头上，日月包含芥子中。大用现前拳在手，谁知凡圣与西东。《休向如来》：离寂方言寂灭去，生无生后说无生。男儿自有冲天志，休向如来行处行。《寄清风庵僧德山》：风打松关月照庭，心期风景共凄清。个中滋味无人识，付与山僧乐到明。

　　这位越南老先生用汉字书法写的中国古体诗，让我们这些中国作家和诗人不能仅说是汗颜，简直是无地自容了。

两位越南老先生之二

　　我所以要把两位老先生放在一起写，是因为要做一个对照。在我看来两位都是好人，但他们对那场战争却有着截然相反的情感。

　　其实我们在胡志明市期间，始终是由这位姓陈的老先生陪着我们的，从到机场接我们一直到机场为我们送行。一个七十五岁的老人，真让我们过意不去。他个子很矮小，大约在一米五十公分，体重我想在四十公斤左右吧。但他精力充沛，冒着三十五摄氏度的高温，跑前跑后，毫无疲倦之意。

　　在美军占领了西贡之后，他就参加了抵抗组织。他给我们讲了他们是怎样组成一个敢死队，从海里潜水到美军的汽油库下面，安置炸弹把美军的油库炸毁。

　　西贡，据他说很早以前在这里的中国人就很多，现在仍然是中国人最多的越南城市。当年，那些中国人经常到这一带捡柴火，把这里叫作柴棍。后来就由语音而演化成了"西贡"，解放后改名叫胡志明市。胡志明市是越南最大的城市，有八百万人。中国大约除了北京和上海也没有这么大的城市吧？法国女作家杜拉斯的《情人》，写的就是这个城市，而且她写的那个情人就是我们东北抚顺人，所以我对这座城市有兴趣，极想看看杜拉斯当年是生活在怎样的一个环境中。

面包车开到了一个轮渡上，我们就从车里出来，天气很热，预报是三十五摄氏度。我要上二层甲板上凉快一下，陈先生看出我的意思了，赶紧上前来要扶我上去。那舷梯很窄，但他坚决地要扶着我往上走，我万分惶恐，我比他整整年轻了十五岁哪。

这个渡口就是湄公河口，当年那个法国小姑娘就是常常渡过这个河口去会她的中国情人的。炎热的天气，繁忙的人群，一如当年。

渡过河口之后，汽车开始在湄公河冲积平原上奔跑。陈老先生说这里当年是一片没有人烟的沼泽地，根本就没有道路。他们就是在这里和美军周旋的。这个冲积平原太大了，汽车跑了半天还没有边际。这里只长着一种细瘦的树，很像那种生长在海里的红树林。特别发达的树根完全裸露在地表以上。涨潮的时候海水就会淹上来。大约这就是为什么没有别的树和草的原因，海水会把它们全都淹死，只有这种树耐咸又不怕水淹。阮老先生带我们去看一个他们当年在这里抗击美军的指挥部。在那时当然是秘密的了。我想象着这个只有一米五十公分高，体重只有四十公斤的陈先生和那些身高一米八十多，体重近一百公斤的大个子美军在这片沼泽丛林里周旋的情景。我忽然猜到当年美军被越南人打败的原因了，在丛林里作战，小个子的优势是绝对的。那些大个子的美国兵进入盘根结节的树丛，行动困难，不是掉进沼泽里就是被鳄鱼咬死。

到达一个类似自然保护区的地方，有一些猴子，还有一些饲养的鳄鱼。陈先生说从这里可以乘小船通往那个抵抗组织的营地。但是现在还没有涨潮，根本开不了船。等涨潮还要三个小时。大家热情本来就不高，说算了吧，别去了。我是最强烈要求不去的，因为那个营地使我想到了当年东北抗日联军的营地，你千辛万苦地找到

58

时，只能看到一把蒿草和几块被烟熏黑的石头。

陈老先生很为我们没看到那个抵抗美军的营地而遗憾，言行之间都可看出他很不安。那是他们的革命圣地啊。我们在胡志明市只有一天，时间宝贵，也很为耗时大半天，驱车数百公里只见几只猴子感到遗憾。幸好，后来陈老先生又带我们去看了一个县城。我在一个小市场上买了两把筷子和一个红木菜板，找不出零钱，陈老先生一定要替我付上一些越南盾。青风说，这下老孙回去有吹的了，俺家的菜板都是红木的。

在机场分别时，陈老先生盯在我们身上的那种依依不舍的目光让我大为感动。他的神情真是一种"同志加兄弟"的离别。

真正的歌唱者

　　哈尔滨有条联发街，街上有棵老榆树，老榆树已经大半枯死，仅有一根小枝还有绿叶。树旁有一个垃圾箱，树下住着一个人。这个人没有房子也没有床铺，连个挡雨的窝棚都没有，他就那么弄一些废纸箱和塑料布放上一床破被絮在上面过夜。他的全部生活内容都在这个垃圾箱里。晚上散步从他身旁经过，看看早已经躺下的这位先生，心里想，这可是最安全的市民了，真正"夜不闭户"。有时候甚至心生羡慕，觉得像他这样露天睡觉也是一种享受，躺在被窝里看看星星，看看月亮，夜风从脸上吹过……偶尔飘点儿雨丝在脸上凉凉的，更是颇有诗意啊。真的，有时候看到坦然地躺在大街上的人们，我常常羡慕他们的那种心态，什么都不在乎，旁若无人。什么脏啊，乱啊，衣服啊，体面啊，礼貌啊，都已经置之度外了。当年干苦力我就躺在青岛的马路上睡过觉。现在要我真正在马路上躺下可绝对没有那种勇气了。

　　一天下午我从那里走过，看到这位先生正手里端个本子在唱歌儿。恰巧那天我买东西赚了点儿小便宜，心里很高兴，腿一拐，便走到他身边，在他的铺位上坐了下来。他停住不唱了，但是并不很讨厌我的不请自来。我请问他的家乡何处。他说，关里。我说，你好好听一听，我才是真正的关里人，你这满口东北话算什么关里人？他说他已经来东北二十多年了。我说我三十多年了还没变呢，你到底是关里什么地方？他说，即墨。我哈哈大笑起来，咱们是老乡了，我是胶南。看官请注意，这里即墨的"墨"字要读"蜜"音。"即蜜"。只要读对了音就证明他是关里人了。即墨不大，但历史悠久，哈尔滨人常常自豪地说他们的城市已经有百年历史，即墨可是两千年也不止，应该是哈尔滨的爷爷，爷爷的爷爷了。即墨在春秋战国时就是一国之都，好像田单的火牛阵就是在那里发生的。

巧的是跟我一样，他也是二十二岁闯关东，他比我小十二岁，今年四十四周岁，也是一个老婆两个儿子。他跟我不一样的是他没下煤矿，他到密山当的农民。我问他为什么不在家种地跑到哈尔滨来？他说，我的胯骨坏了。这让我心里震动了一下，胯骨坏了，干不了农活儿了，跑进城市里来自己谋生。我很内行地问他，收入怎么样？他问，什么收入？我用下巴指一指垃圾箱，捡破烂啊。他受了侮辱似的说，我可不捡破烂，捡破烂干什么？我奇怪地问他，卖钱啊，听说捡破烂很挣钱啊，你不要钱吗？他仍然受误解的样子：我要钱干什么？我不要钱。

你不要钱？你真的不要钱？他不要钱！天下还有不要钱的人？

一个正挖空心思想挣钱的人和一个不要钱的人还有什么话可谈的？

看看旁边的那个垃圾箱，我告诉他说，这里面的东西拣了吃可要小心，弄不好食物中毒。他说，我已经吃三年了。

我问他唱的什么歌儿，他说，自己编的。我要过他的本子一看，上面用油笔写满了歌词，满满一本子。我说，咱们是同行，我也是写这东西的。他表示不相信地看了我一眼说，你会吗？我说，这方面我比你强得多，你这写了些什么？全是从别人的歌里抄录下来的，东一句西一句的。如，雪山啊，闪银光……日落西山红霞飞……千年走一回……为了奚落他，我就按原歌唱给他听，不料他跟着我一起唱，一点儿也不难为情。唱得那么投入。我只好起身离开他。他仍然在自顾自地唱，没腔没调儿东一句西一句。

现在，那位先生仍居住在联发街的那棵老榆树底下。早晨跑步看他还躺在那里大睡，早晨金色的阳光已经照在脸上浑然不觉；晚上散步他早早地躺在那里了，睁着眼看大街的人来人去，车走车往，看对面舞厅的霓虹灯闪烁。黄昏时，先生又在那里唱歌了，还是那么自顾自地唱，倚在那棵枯死的老榆树上，手里捧着那个小本子。我忽然想道，这位先生才是真正的歌唱者。他唱歌不像那些乞丐为了求施舍，也不像那些歌星为了十几万的出场费，他是为了自己唱，唱给自己听，在我们这个金钱世界上，这才是真正的歌唱者。

小羊和小孩

发给基因专业的博士的短信：老虎生得那么少，兔子生得那么多，何也？小羊十多分钟就会跑，小孩十多个月才会走，何也？

老虎一胎只能生两到三个，一生只能繁殖三四胎，兔子一胎能生十到二十个，一生能繁殖十多胎。我曾经养过兔子，母兔只要最后一个小兔产了出来，产血还没干，立刻就交配，立刻就怀孕。生命的繁殖时间一分钟都不得浪费。兔子的生育能力是老虎的几十倍。小羊十多分钟就会跑，小孩十多个月才能走路，这就是说羊的成长速度是人的六十乘二十四乘三十等于四千三百二十倍！

博士回信：生命的高贵就靠这个来体现。

博士这实在是胡扯。我问的是一个基因的、生理的问题，他一下子扯到伦理上去了。在大自然面前我们都是平等的，谁高贵？谁卑贱？其实，我料定他回答不了。顺便说一句，博士是咱的儿子，也许人家的博士能回答这个问题。

哪个父母生下孩子不都是盼望着孩子快些会走？可他们偏偏要让父母盼上十几个月。羊成长的速度是咱们的四千三百二十倍啊，亲爱的弟兄们，同胞们！

让兔子如此高的生育率这个问题很容易回答，"物竞天择"原理嘛。因为它们太弱小了，要想把种族延续下去不得不拼命地多生，让你吃也吃不完！按进化论认真地回答应该是，本来这个世界上有很多像兔子一样弱小，而又像老虎一样生育能力差的物种，结果都给老虎吃光了，吃绝种了，只有兔子这样强大生育能力的存活了下来。

其实我最想问的问题是，是什么让老虎如此低的生育率？如果老虎有着兔子一样强大的生育能力，世界会是个什么样子？

如果让人能像小羊那么一生下来就会跑，倒也未尝不可，可是让小羊像小孩那样十多个月才会跑就麻烦了，它能存活吗？以进化论的说法，小羊太弱小了，如果一出生不能马上跑就会被狼吃掉，所以它只有一出生就跑啊跑啊。这是它在母亲肚子里早就有所准备的。或许，我们人类本来也是一出生就会满地跑的，不知哪个坏蛋给出了个馊主意，让我们如此无能了。有这么一个故事，相传，人当初是比兔子跑得还要快的，只要一见到兔子拔腿就追，一会儿就把兔子给抓到手了。兔子们一看，这不要把我们赶尽杀绝吗？只好选举几个代表到土地老爷那里告状说，这样也太不公平了，人那么强大，又跑得那么快，我们兔子还有活路吗？土地老爷一想，也罢。就给人的腿上各压上了一个磨盘。从此人跑不那么快了。你试试，你的腿上是不是还有那盘仍旧能够转动的小磨盘？这就是我们常说的"膝盖"，别的动物都没有这个能转动的"膝盖"。

说到这里，我们不能不感觉到这个世界是经过了多么苦心孤诣的设计啊。一个设计者的形象赫然站立在了我们面前，你不仰视都不行！其实，他一直就站在我们面前，大山一样，我们却视而不见。

设计者有一天忽然发现，人类自己做了一个设计，一男一女只允许生一个后代，他不由得哑然失笑，这是多么胡闹啊，难道我会让他们无节制地生育下去吗？

索尼相机与中国功夫

天气很热，我们在树荫下喘息。那个卖水的越南小姑娘问我们是什么人，翻译告诉她，我们是中国人。忽然，她瞪圆双眼冲我打来一拳，口中念念有词。我一愣，不明白怎么回事。翻译笑道，她说，中国功夫！李小龙！我哭笑不得，我虽然是原装的中国人，但是并不会中国功夫，我们这一伙中国人中没有一个人会中国功夫。在国外，中国人以中国功夫而名世，以李小龙为形象代表，真叫我做梦也没想到。

我想起另一件事，那天与越南作家举行座谈会时，我无意中发现越南作家协会用的两台摄像机都是索尼的，而我用的数码相机也是索尼的。再一看，我们中国作家和越南作家手里所有的照相机都是日本产的。当时我就想，在国内有人说，那些遍地跑的日本车，和占市场百分之八十以上份额的日本照相机是日本人的经济侵略。现在来看，他们不光是侵略了中国，也侵略了越南。可是我们不得不承认，他们在进行经济侵略的同时也给我们带来了方便。这就是经济侵略和武力侵略的最大不同之处。还有，作为侵略者，他们不会希望被侵略者穷得一贫如洗，那样，他们将无法实施侵略。

另一个问题，当年中国人用中国功夫应对日本的歪把子机枪，今天，我们用《论语》来应对日本的索尼相机？

下 一 代

　　从哈尔滨开往绥芬河的列车，途经牡丹江时，凌晨三点。我要在牡丹江市办点儿事，就中途下车。走出车站天亮还早，车站广场上灯光昏黄，冷冷清清。偶尔有拉客的出租车司机在等客，还有几个旅店女接待员，上前招呼我，先生住店吗？我摆摆手，快步穿过她们。正当我走出广场时，忽然有一个姑娘匆匆穿过马路向我走来，看样子她是误了车次，边走边用手把披下来的长发拢到脑后。她径直走到我面前问，先生您住店吗？我说不住。她向前跑了几步，又转回身拦住我，先生，住吧，天亮还早着呢，先住下休息一会儿吧。她在我面前边退边恳求着。我犹豫了一下说，那好吧，远吗？她说，不远，一会儿就到。起晚了，还拉到一个客人，她很高兴，笑了一下，牙齿在路灯光下闪亮。我觉得这女孩子有些面熟，可是实在想不起在哪里见过。她在我前头走着，身穿一件绿色的羽绒服，一点儿也不臃肿，仍旧很苗条。她走得很轻快，一会儿用单脚跳着走，一会儿飞起一脚把一个塑料瓶踢出老远。我心里想，还是个孩子呢，难为她能起得那么早。

　　旅店在一条小胡同里，平房，走进去，打开房间灯，比我想象

66

的还要差，被子发灰，连墙壁都是星星点点的污垢。但是只住三四个小时，也将就吧。明亮的灯光下我又一次觉得她有些面熟。她要了我的身份证去给我登记。当她回来把证件还给我的时候，在我脸上飞快地看了一眼。就是这一眼，我心里打了个亮闪，知道可能真的是熟人了。我问她，你是哪里人？她说，哈尔滨。我问，哪个区？她说，江北。我说，我可是家住哈尔滨的，你是江北什么地方的？她忽然笑了，我骗您哪，我不是哈尔滨人。我说，我知道你是哪里人，东宁，煤矿。她脸一红说，哎呀，孙大爷，您头发白得我都认不出来了啊。

她叫小凤，是我的煤矿伙计杨建国的女儿。杨建国比我小十岁，所以他女儿也就比我的孩子小得多，我其实并不可能认识她，只是她非常像她的母亲。姚淑兰当年是我们煤矿最漂亮的小媳妇儿。我问，你这么小就不上学了？她说，看大爷您说的，还小哪，都十八了。

他乡遇知故，我问起一些煤矿的人和事。她一一告诉我，显得很亲切。她告诉我，爸爸死后母亲就没有改嫁，守着她和一个弟弟过日子。

杨建国得的是矽肺病，煤矿不承认是工伤，也就没有什么抚恤金。他还为此跟乡里打过官司。煤矿里粉尘太大，一般情况煤尘吸入肺里后是可以排出来的，我就没事。当时我还想，你不过是要赖公家一把而已。现在知道，这是煤矿职业病的一种，时间太久了，有的肺就是排不出去，有的人就是会得这种病。后来煤矿承包给了个人，杨建国也死了，就更没人管这事儿了。她不能再上学也就是情理之中的。她说在这里当招待员一个月六百，管吃管住，老板对她很好。她讲起来很平静，但我听说心里总不是滋味儿。

我们正说着，忽然一个人推开门探进头对她说，还没天亮哪，这也能算一夜?

　　这是一个四十岁左右的男人,只穿一条短裤,用一种非常仇视的目光扫了我一眼。小凤脸一下子红了,站起说,大爷,你先休息,明天再说,慌里慌张地走出去。我心里咴的一声,沉了下去。她不单是这个小旅店的招待员。

　　第二天早晨出门时,我看了看那个房间的门,什么动静也没有。我心里想,一定要想办法把这孩子弄回去。

　　在县城办完事,第三天我回到了煤矿,心里想的只有一件事儿,就是一定要劝姚淑兰把小凤叫回。我找到她家的时候她正在喂猪,人已经老得不成样子了。我发现越是漂亮的女人越是不经老,倒是一些年轻时就很丑的女人,到老来竟然还是原来那样子。她很高兴地让我进屋坐。家里很干净,一点儿也没有破败不堪,我注意到桌子上有一台新式的纯平大彩电。她说,这是小凤今年过春节回来刚给买的,全村独一份儿呢。

　　听人说姚淑兰在丈夫死后是嫁过人的,而且嫁过两个人,后来都是因为对方对孩子不好分手了。我问她,这些年过得还行?她说,挺好的,挺好的,说实话,比小杨在时还好,小凤在牡丹江一个大酒店里当会计,一个月两千多块;小子,就是永宾,上高中了,一年六七千全是她给拿上的。每月都能寄回一千,我给她攒着。我种点儿地,养个猪用不着她的钱,自己够了。

　　她在说这些话的时候,我眼前又出现了那个破烂的小旅店,那个赤裸着身子的男人。最终我也没有勇气说出让小凤回来的话。她是真的不知道女儿在干什么工作吗?再说,小凤回来,我能帮她解决永宾一年六七千的学费?

寻访史占学

我问一个在房山阴凉处的老头儿，请问，这个村有姓史的吗？

老头儿肯定地说，没有，这个村从来没有姓史的。

我又问，这不就是黑老婆沟吗？

老头儿说，不对，这是河西董，黑老婆沟在西边，不远。

记得史占学是黑老婆沟人，我却走到河西董来了。这两个村子虽然相距不太远，却分别属于两个县，一个是胶县，一个胶南县。因为是两个县，中间这段不远的道路就没有人修，骑摩托车都不能走，只好把我的750摩托车锁上徒步走去。午后的太阳热辣辣地晒着，我把衬衫脱下来搭在脑袋上挡一挡太阳，这几天不断有热死人的新闻，这把年纪了，不得不防啊。蝉声震耳。种杨树比种庄稼合算，胶南地区这些年据说绿化都超标了，很多田地不种庄稼种杨树，到处都有杨树林子。蝉是不怕热的，越热叫得越热烈。在黑老婆沟的大街上走，两边房屋都烤人。有一家大门开着，一家人正在门洞里乘凉，我上前问道，请问，你们村有姓史的吗？年轻媳妇说，没听说有姓史的啊。转过脸去问她的长辈，大，咱村有姓史的吗？

老人说，没，哪有姓史的，这一带只有小袁家沟有姓史的。

也许是我记错了，只记得史占学是这一带的人，只好返回去重走。心里有些懊恼，不该来找他，也没什么事儿，只是几年来心里有个心事，总觉得回老家这么多年了应该来看看他，今天忽然心血来潮骑上摩托车就来了。

三十年前的某一天，我要到县里去开一个创作会，工长找了一个临时打替班的就是史占学。仅仅就是一天，他来找我取煤电钻等工具，这是一个新来的小伙子，生得高大英俊，当时我心里暗想道，这么漂亮的小伙子下煤矿，可惜了啊。哪想到这区区的一个班就毁了他的一生，他被炮炸瞎了双眼。后来我去医院看过他，很可怕，一张脸已经不像人脸了。那是打一个贯通小巷，他放炮前躲得很远，躲到对面那个巷道里去了，哪想到炮打穿了，正喷射到他的脸上。我一直在想，也许那天是我就不会出事儿。可是谁能想到恰恰是那天打通？

我悄悄告诉他说，矿上打算给他两三万块钱打发他回老家。

他很激动地说，能给那么多？

我说差不多吧。

我们是社办煤矿，给这么多钱打发走他也不算少了，按当时的利息计算这笔钱存银行可以够他的生活费。可是今天这点儿钱够什么用？我想到他今天一定是穷困潦倒。

小袁家沟我早先来过，可是忘记了道路，在一个岔路口停下摩托车，刚好有一辆警车路过，一打听，向下。一条狭窄的小山沟，先是大袁家沟，向南再跑大约三四里的样子就到了小袁家沟，更是狭窄了。当年一个村子的好坏就能决定这个村的小伙子找对象的命运，这样的穷山沟没有姑娘会嫁到这里来。就是史占学那样出色的小伙子也不例外。跟我们大家都一样，他到东北下煤矿也就是想弄点儿钱回老家娶媳妇。哪想到钱没挣来倒成了瞎子。

一帮和我一般年龄的老头儿在树荫下，我走上前去问，伙计，你们村有姓史的吗？

　　一个瘦小的老头儿抬起头说，有过姓史的……

　　我问，有个叫史占学的吗？

　　他说，噢，早就死了。

　　我很意外，死了？什么时候？

　　他说，五年了。

　　另一个说，他死了，俺村就再没有姓史的了。

　　我呻吟着，怎么死了呢？年纪还不大呀。

　　旁边一个老太太说，还不到五十岁。

　　我自我介绍说，我是在东北和他一起下煤矿的伙计，想来看看他，没想到他死了。

　　那瘦老头儿说，俺是邻居，他不是瞎了眼嘛，回来后再也不出门儿，成天待在家里，喝酒，他老爹有时出来抱柴火回去，他还能做顿饭。现在这样，到谁家草垛上抱大家也让，他死了半年后他老爹也死了，所以俺们村就再没有姓史的了。

　　告别这帮这老头儿，心里很轻松，他活着也是只有痛苦，原本还想给他几百块钱，也用不着了。骑到坡上回头再看这个小村子，忽然心里又有点儿沉重，我那天不去开那个破会，也许他还活在这里吧？

血缘与天性

　　李潜夫的《灰阑记》讲了一个大老婆和小老婆争孩子的故事，明明孩子为小老婆所生，法官却判给了大老婆。几经周折，闹到包公那里去。当时又没有 DNA 检测手段，到底谁是孩子的生母？老包当庭把孩子放在一个用石灰画成的圆圈儿里，让一大一小两个女人拉，谁拉出来就归谁。结果大老婆一用力，把孩子抢到了手。不料老包立时翻脸道，你不顾死活，用力拉扯一个幼小孩子，一定不是孩子的生母！把孩子判给小老婆。关键在于，这孩子有巨额附加值——遗产，争孩子实际是争遗产。判得有理。血缘关系胜利了。

　　数百年之后，布莱希特又写了一个《灰阑记》，是一个贵夫人和一个使女争孩子。法官照抄了包公的办法，当庭把孩子放进一个粉笔画圈儿里，让两个女人用力拉，说好了谁把孩子拉到手就归谁，结果却把孩子判给了失败的一方。但是这次，这位法官的判决却错了，明明孩子为贵夫人所生，他把孩子判给了没有血缘关系的使女，是天大的误判。但是，布莱希特的《灰阑记》更人让感动，因为虽然孩子实为贵夫人所生，但战乱中她抛弃了他，她的使女含辛茹苦地收养了孩子，战火平息之后，为遗产又要争孩子。法官是故意误判。布莱希特的《灰阑记》之所以成功在于他是批判现实主义，有另一种含义，批判当时社会的"为富不仁"，批判人们为了财富泯灭了天性。

布莱希特这一立意非常鲜明，开始他写的是一个短篇小说《奥格斯堡灰阑记》，其中孩子的亲生母亲是一个皮革厂主的夫人，后来又改写成话剧《高加索灰阑记》，生母由小工厂主夫人变为总督夫人。一直以来，人们赞同的也是这一"为富不仁"的批判主题。而事实上，布莱希特的成功还有一个更深层次的基础，那就是天性战胜血缘，而不仅仅是对弱者的同情。剧情有真实的社会基础，更能为人们所接受，这是作者所没有意识到的。

总督夫人为什么不顾亲生儿子的死活用力去拉扯？原因就是她没有亲自抚养，没在一起共同生活，血缘在这里苍白无力了。而使女则相反，她亲手把孩子养大，虽然没有血缘关系，但产生了深厚了感情。首先，她有可能从一开始就爱上这个孩子，这就是出于人的天性，或者说是动物的天性。我一直对所谓"狼孩"的传说持怀疑态度，但最近看到一个电视画面，一只豹子捡到了一头幼狮，对这个仇敌的崽子它不是一口咬死吃掉，而是小心翼翼地叼起来，唯恐伤害了它，如果不是后来为残忍的鬣狗所抢走，也许它真的能抚养这只幼狮。我始信，所有动物对幼小的生命都有一种说不清的爱意，不管有无血缘关系。在后来的抚养过程中，使女对孩子的感情远胜过血缘关系。我们常说"血浓于水"，在这里，"水浓于血"了。

读溥仪的《我的前半生》我发现，皇帝对亲生母亲几乎没有什么感情，唯一有感情的女人是他的乳母。读《我的母亲杨沫》我发现，马波对抚养他的姑母的感情远胜于对杨沫的感情。在我们身边，这类血缘败于天性的例子比比皆是。爱，是人的天性，并不决定于血缘关系。所以，没有血缘关系的使女爱孩子胜过生母贵夫人可信。

《高加索灰阑记》生命力并不决定于它的主题而决定于它的真实。

雪野上的红灯笼

　　东北的春节总是在冰天雪地里到来。我们在风雪中挣扎了一整天，傍晚时风停了，茫茫的雪野中蓦地出现一片红灯笼时，这群从山上赶回家过年的人不由得欢呼起来。白皑皑的雪野上那红彤彤的一片，给我们的是亲切，是温暖，是勃勃的生机。

　　东北的乡村都没有院墙，用树枝夹成的篱笆不能贴春联，这是我们这些从山东流浪到此地的居民每到春节共有的一个遗憾，大家都会记起童年过年时家家大门贴上春联满大街都红光荡漾的情景。不知是哪个开始，除夕这天门前挂起一个红灯笼，让人一惊，于是大家一齐效仿，不知不觉，这一带山区就成了一个风俗，每到过年家家都挂红灯笼。

　　开始，我们都是用铁丝制作灯笼框，不圆整，矿上的铁匠就义务给大家用细钢筋焊，这样就整齐多了。铁匠跟我是好伙计，我就让他给我焊一个最大的。我和两个儿子，带着我们的黑狗上山去砍灯笼杆。太阳刚升起，通红的一个圆球，雪地还不太耀眼，我们踩着小路向山上走，积雪在脚下咯吱咯吱响着。我胳膊下夹一把弯把锯，大儿子扛着一把大斧。我把锯和斧子都打磨得锋利无比。小儿子就只和他的黑狗打闹着玩儿。他总是玩儿同一个把戏，找一个耗子洞，把大黑引过去，让它扒。大黑不知是计，撅起屁股把脑袋钻进深雪里没命地掏的时候，他就悄悄地扔下它快速追赶我们。当大黑发觉的时候，他已经把它拉下很远了，但狗奔跑的速度和人是没法相比的，尽管他拼命加速，大黑还是很快就追上了他，在我们的身边，小儿子和狗一齐滚倒在雪里，大儿子就怒声斥责他，成天和狗闹，没出息！密密的落叶松林子里，年轻的松树们又高又直，我们就挑选最好的一棵，小哥俩开始争吵他要这棵，他要那棵，我去评判时也觉得两棵松树真的很难分出伯仲。我说，两棵都要，咱们今年把它们接起来，做一个全村最高的红灯笼。

锯片嚓嚓地切入树干，喷出白色的锯末，松香气味就水一样在林子里流淌。高高的树梢扫着玻璃样的蓝天，哗啦啦地倒下了。大儿子虽然刚刚十岁，已经很有力气，他抢起大斧头，咔咔地把树枝砍掉。然后我们就拖起树下山了。小儿子这次不能再和大黑打闹，他负责扛起大斧还要拿着锯。

通红的大灯笼在天空下升起来了，无边碧蓝中的一点红，美艳极了。我和儿子们一齐仰望着，直看得地都旋转起来。我从小儿子那眼神里读出了一点儿遗憾，我们的灯笼还不是最高的，因为山坡上那几家由于地势高，我们是无法相比的。

两年之后我们搬到了哈尔滨，再也没处挂红灯笼了。又一个二十年，我们都远远地离开了东北那块土地，回到了我出生的故乡。然而对两个儿子，那荒山沟里的矿村才是他们真正的故乡。可是他们离得更远，去南方谋生了。

从地图上看，我们那个矿村是在长白山的北麓。有谁知道我们曾经在那远天远地里竖起过那么鲜艳的红灯笼？矿村的结局都是很悲惨的，当地下的煤挖光了时，它也就被抛弃了。

又临近春节，儿子们讲好今年到山东来过年，我知道，这全是为了我们，他们怀念的还是那个荒远的矿村。远去了，那茫茫的雪野……远去了，那雪野里的红灯笼……

鞋

我们这一代人都受过鞋的烦恼，小时候常常为了穿破鞋挨父母的斥责甚至打骂，长大后又为穿破一双鞋而心疼得愁眉苦脸。那时候的鞋又是多么不经穿啊！你想，破布片用麻线纳起来的鞋底怎么会经得起孩子们好动的脚来磨？可是从母亲方面来说，纳起那样的一双鞋底可真是千针万线才成，不几天就磨破了她如何不心疼？常常，一个妇女用了一个星期的时间做成一双鞋，她的儿子用两个星期的时间把它穿破。做鞋成了中国女人们的一项主要工作。直到今天，表现过去农村妇女的生活也总是灯下纳鞋底的场景。

但是表现六十年代后的农村妇女，这纳鞋底的场景就不准确了。有了胶底，特别是有了尼龙鞋底后就没有人还用破布片和麻线纳鞋底了。那尼龙鞋底特别耐磨，常常是鞋帮破了它还好着哪，母亲们就拆下来，重新上鞋帮。这些事，今天的影视编导们当然不会知道，仍旧是昏暗灯光下一针一线纳鞋底。六十年代后，除非是傻子，没有女人再穿针引线费力耗时去纳那不经穿的鞋底了。

我穿过用汽车旧轮胎改造的鞋，这种鞋穿过很多年。比麻线破布纳的鞋底结实不知多少倍。我们那一带农村连马车都没有，所有的运输全部是人力车，就是汽车轮胎的鞋底一年也要穿破几双。农村推小车的人们都穿这种汽车轮胎鞋。坏处是太硬，穿脚上很不舒服。鞋的损耗成了在当年农民的一项沉重负担，生产队长记工分的时候都要把鞋的开销考虑进去。为了省鞋，我们不知道想了多少办法，可以不穿鞋的农活儿，我们坚决打赤脚。赤脚走路就要小心了，蒺藜、碎玻璃、烂铁钉，随时都可能扎进脚掌里。还有，不小心一脚踢到石头上，皮破血流，疼得你抱着脚直叫唤。我曾经多次把脚指甲给踢掉过。我最佩服我们队长，他练就了一双铁脚，一年四季都赤脚，脚底厚得野蒺藜碎玻璃根本就扎不透，那双脚跟熊掌没有区别。我们羡慕得要死，也都试图练成那样，可是都不成。也许他天生就那样。

到东北后下煤矿推矿车，就穿那种橡胶底的农田鞋。矿靴不行，太重，泥水里跑不动。一双农田鞋一个月就穿得稀烂。鞋的开支仍然是我不能忽略的生产成本。我恨不得给自己打造一双永远穿不烂的铁鞋。鞋给了我们这一代人许多烦恼，但也产生过一些浪漫故事，某姑娘给某青年做了一双鞋，事情就差不多了。鞋，常常是青年男女定情的信物。

不知道是从哪年起，鞋再也不是重要的"生产资料"了。当然也不能成为青年男女定情的信物。送给人家一双耐克鞋又能代表什么？但鞋对于我仍旧有着不能忘掉的情结，我常常在一些村头蹲地下看人家扔出来的垃圾，有些鞋还是完全能穿的，几乎就没有破损的地方啊。今天，真正把一双鞋穿破，却成了一件了不起的事情。甚至可以说，穿破鞋的概率就是你健康的概率。特别对老年人，就是你寿命的指数。

雪天里的动物们

　　我们被大雪困在那个小屯子里，房东是一个只有二十岁的小伙子，他和他十九岁的小媳妇刚从父母家分出来。他很欢迎我们，说住到什么时候也没问题。第三天，邻居给扛来一只狍子，说我抓了几只狍子，你们人多给你们一只。他看着雪地上人家送那只狍子遗憾万分地说，唉，咱家没有狗，咱家没有狗。这是邻居家用狗抓到的。狍子是一种鹿科动物，除了没有白色的斑点，几乎和梅花鹿没有区别。四条腿又细又长，跑起来非常快，狗虽然也跑得很快，但是比起狍子来那是不可同日而语，我见过狗追狍子，狍子只要不慌不忙地那么小跑着，狗就累得气喘吁吁也望尘莫及。可是，当雪深达到一米多的时候，它们那又细又长的腿就会棍子一样深深地插进雪里去一步也动弹不得。狗虽然也会陷进雪里，但是它们的腿比较短，爪子面积相对大，可以在深雪里爬。这样，狗就能把狍子活生生给抓住了。在这样的大雪天里用狗抓狍子是百年难遇的好机会，房东小伙子眼馋得抓耳挠腮，可是家里没有狗。

　　第二天，他终于约我一起去抓狍子了。村后有一条小溪，水是温热的，雪落在上面全部融化。多年后我在长白山天池看到那能煮

78

熟鸡蛋的温泉时，立刻想到了那条小溪。它也是长白山脉的温泉。这是唯一没有雪的地面，清澈的水底下鹅卵石清晰可见。他说山上的狍子没有吃的，肯定会从这条小溪下山找吃的。我们躲在雪里，头一天什么也没有见到，第二天又去，大约过了有三个小时，果然有一只黄色皮毛的狍子沿小溪走了下来。我们一齐跳出来，举棒就打，可是狍子掉头就跑，只那么一纵身就消失了，我们只看到它身后给溅起的一串水花。第三天我们又去了，这次分开埋伏，中间隔了五十米距离。果然到下午又等来一只狍子，当它进入伏击圈后我们一齐跳出来，它两头被堵，慌忙向溪水旁边奔逃。结果一进到雪里就给陷住，一顿乱棍打死了。后来我们一共打到了三只狍子。有一次还遇到一头野猪，是很小的一头，大约只能有一百多斤吧。我们像堵狍子那样把它堵在了中间，它也像狍子那样立刻掉头往雪里跑去。我俩冲上去举起了柞木棒子。可是那头野猪钻进雪里就像一条鱼游进水里似的，速度一点儿不减地噌噌地在雪里逃跑了。我们只能看见雪地里一道隆起在呼呼地向前延伸。野猪有这样两种特点使它能在深雪里行走如飞，一是它的体形呈两头尖的纺锤形，二是它能一口气憋很长时间。

那时候还没有保护野生动物一说，政府每年都发给村里几支半自动步枪和一定数量的子弹，主要就是打野猪和熊，为的就是保护庄稼。

神话黑龙江

　　这是一条以神话命名的大江。三十年前我栖栖惶惶一路北上，流落到了这条大江边。在黑河市一看到这条无声流淌着的大江时，我吃一惊，江水真的是一种幽暗的黑色。我走下江堤，仔细察看，发现水很清，呈现黑色并不是污染，而是因为江岸的泥土和江底的沙石都有的一种黑色，正因为水清，才能映现出这种黑色。这应该是中国唯一一条没有被污染的大江。在这里，我听到了那个黑龙和白龙决战的神话。在这里，黑色代表正义和善良而白色代表邪恶与败坏。在人类历史上，所有的神话都是黑色象征邪恶而白色象征正义，在这条江边，这是唯一的例外。因为这里的土地是黑色。

　　我在这个以神话命名大江又以大江命名省份的土地上，一待就是三十年，直到今天。我在上游、中游、下游三个不同的区段认识了这条大江。我所能到的上游只能是中国最北端的县份，漠河。那里有一个名叫北极村的小村庄，几步之遥就是黑龙江。这是一条在山峡中的江，对岸是俄罗斯陡峭的山崖，当时正在黄昏时分，对岸山上那些松树的枝干被落日照得是一种辉煌的金红色，隔江看去非常清晰，真正是一株株金枝玉叶。这里的黑龙江江面不宽，哗哗地流着，流速较大，很像苏东坡《赤壁赋》里写的"江流有声断岸千尺"。在江边我第一次见到了一片长达几公里的野百合花。我发现，百合花是人类培育了多年而最没有什么改变的花种，别的花种野生的与人工培育的已经有天壤之别。野百合花与种植的几乎没有什么差别，一样美丽一样鲜艳。还见到了一大片野罂粟花，这种野花与培育的"虞美人"就大为逊色了。它们只有一种单调的白色，而且花朵极小。在后来的日子里，每年冬天，我躲在有烧着暖气的屋子里，望着外面呼啸的风雪，就会想起那片美丽的野百合花，它们怎样度过这严寒的冬天？那里的气温能降到零下五十度啊！还有那江边的北极村，一定街上连个人影儿也没有，冰天雪地，完全是一个封闭了的世界。那里的人们是怎样熬过这漫长而寒冷的冬季？

北极村的黑龙江流到黑河地区时，已经颇有气势了，它正以雷霆万钧之力冲出山地进入平原。江面开阔，对岸的俄罗斯城市布拉戈维申斯克的屋顶闪着白光。但要看清楚活动着的人就只能用望远镜了。我在冬夏两个季节都来到过黑河市，这是一座颇有异国风味的江边小城。那年的冬天我看到了让我提心吊胆的情景，一队巨型俄罗斯卡车正从江面上驶过来，车上的木材垛得像小山一样高。江水在下面流，几十吨重的汽车在冰面上跑。我站在江边看着，生怕它们压塌冰面掉下江去，直到它们轰隆隆地开上江堤。在那里我见识到了什么叫冰层，知道了它们能有多么大的承受力。

我三次到过黑龙江的下游，从地图上看，那里是中国这个雄鸡的鸡冠的最顶端。这是一个最边远的县城，叫抚远县。第一次是个冬天，我站在一座小山上，向西北方向看这条远远奔来的大江，只见它在苍苍茫茫的雪原上蜿蜒曲折，在无边无际的天地间汪洋恣肆，那种豪放，那种雄浑，那种无拘无束，那种自由自在……正如一条气势磅礴的巨龙从远古的天际呼啸而来。天地间只见一片白，没有一个人影儿，我刹那间觉得自己渺小得如同无有。大自然给了我一种威压，我匆匆下山来。人们都把热爱大自然挂在嘴边，当你真正独自面对大自然时，你会觉得那种孤独与恐惧让你无法生存。那年冬天我看了江上冬天捕鱼的情景。当我走进江面上一个小窝棚时，我又见识了一个稀奇，他们在冰面上生火炉！我问不会烤化冰层塌下去？那人只是笑笑不作答。

　　夏天，我在抚远看中国最早的日出。刚刚早晨三点钟太阳就在江对岸升起。我坐在江边看着，看着微微波浪的江面，看着正穿过一条黑云的那个太阳，直到我看得地动起来。那是我第一次产生地动的感觉。好像大江是静止的，而屁股下的江岸在徐徐地移动。尽管我清楚这是错觉，但仍然是这条大江凝然不动，而我身下的大地在运动。我无声地笑了，享受着这种美妙的感觉。一条夜渔的船靠岸，一眼看见了船舱中一条怪兽样的大鳇鱼，我感觉到了这条大江汹涌的生命力。黑龙江，中国唯一的，仍旧充满了生机的大江。

曾经沧海难为水

　　偶然谈起一位我们都很尊敬的北大教授，有人提起他一个很有意思的特点，他打扑克很紧张，有时轮到出牌手直哆嗦。我也记起，有一次他输了牌脸都白了。现在想来，他终年坐在书斋里做学问，很少玩儿，从不与人争执，偶然玩儿一次扑克，这样与人当面争输赢，对他来说无异于上战场，如何不紧张？有一次，谈起某诗人，大家都说跟他下棋没意思，他输了棋从来不在意，你把他杀得多惨他都一副得意扬扬的样子。无论打扑克还是下棋，只要对方对输赢无关痛痒，你也就会顿失兴趣。他为什么输了棋不在乎呢？我忽然想起来，这位诗人同时还是一位大赌徒！人家在赌桌上经常上千元的输赢，对棋盘上这种一分钱都没有的输赢怎么会在意？所以是赢了无所谓，输了也无所谓。你可以看一看身边，所有的赌徒对棋盘上的输赢都从不在意，对没钱的扑克输赢都很大度，这叫曾经沧海难为水啊。

　　说起来，我也是一个"曾经沧海难为水"的人，一个朋友问我，你下煤矿受过伤吗？流过血吗？我淡淡地说，在井下干活儿哪有不受伤流血的。我的态度让他吃一惊，他后来跟别人谈起我说，他对受伤流血怎么会那个样子？我倒是对他的这样大惊小怪很诧异，我应该哪个样子？在井下，我们常常是碰破了皮包都不包一下照样干活儿。我还告诉你一个经验，煤矿里看上去乌黑肮脏，但伤口却不容易发炎，因为那么深的地下细菌很少。

从矿井里上来的人，看到那些修路的、盖房子的、采油的工地上挂着"安全第一"的大标语都会心里发笑，这有什么不安全的？现在，干了这一行，我最为难的是每当有某个老作家去世就会有人让写悼念文章，别人都说什么无比怀念无限悲痛之类的话，可是我心里却在想，都八十多岁了还不该死吗？我那些伙计可是在二十多岁三十多岁不该死的年龄就死了啊。

弟弟打电话让我回去，说，父亲病了。我回去后，第一件事是斥责弟弟：叫我回来干什么？我又不是医生。在我的感觉中，父亲八十多岁了，死也是很正常的。我发觉我对父亲很冷漠。并且，我对所有的死亡都很麻木。"曾经沧海难为水"是说一个人经过大风大浪之后对一些人生的事情不在意了，是一种阅历丰富，是一个人的优势，是好事。其实这也是一种精神上的麻木，经过了多种刺激之后的精神麻木。

曾经沧海能使人麻木到什么样的程度是你难以想象的。天下最悲惨的莫过于女人失去自己的孩子，但是，若是死的孩子多了也能不以为然。我记起童年时的一个场景，一个年轻女人因为死了孩子，放声大哭，她的婆婆出来训斥她说，号什么号？谁家不死个孩子！她说的是实话，那时候的农村既没有节育的手段也没有医疗的措施，孩子只有大量地出生大量地死亡。母亲那一代，没死过孩子的女人很少，绝大多数都不止死一个。确实是很多女人死了孩子是连哭一声都不哭的，叫人扔出去就完事。现在来想那女人麻木的表情会让人毛骨悚然。

谦 虚

　　我在东宁县挂职，退休县委书记孙书记给安排到政府楼上管塑料大棚，办公室在我隔壁，整座大楼里，用门可罗雀形容我俩的办公室一点儿不为过，我无所谓，他当然不习惯。常抓住我聊天，对我说，少山，人只能在两种特别的情况下才真正地谦虚，平常我们所谓的谦虚其实都是一种虚伪……我对他这种说法深以为然。中国人是最讲谦虚的，比方说老婆叫"贱内"，儿子叫"犬子"，对他人称呼更要讲谦虚。小时候看到父亲给一个朋友写信，开头是某某兄，我问，他比你年纪小怎么还叫"兄"呢？父亲说，这是规矩，表示谦虚，哪有称呼对方是老弟的，即使年龄小也不行。对陌生人，现在不兴称呼同志了，叫先生，对那些比自己年轻得多的服务生也一律称先生，其实，先生则先死，这是明摆着的道理，这不是咒他吗？但对方很高兴。如果你称呼他后生，弄不好他会翻脸。这有多虚伪？为了表示谦虚不惜把年龄都歪曲，"谦虚使人进步"，这种"谦虚"怎能使人进步？

　　我问，你说，什么时候人才能真正谦虚？孙书记说，犯了错误的时候。

真正的谦虚必须是降低对自己的评价，你做出了八分成就，心里只认为自己做出了七分。人一旦犯了错误也就是闯了祸，必然受到了打击，打击使人的情绪低落，于是对自己的评价降低了。所以，人只有犯了错误的时候才会真正地谦虚起来。

我问，还有哪种情况人才能真正谦虚起来？他说，退休以后。

我哈哈大笑起来。他也笑了。

孙书记在东宁县连任四年县长八年县委书记，据说创一省之纪录，他即使不苦心经营，权力的根须也会扎遍本县的任何角落，在这块土地上所到之处自然都是毕恭毕敬俯首帖耳，在任之时怎会想到"谦虚"二字？

某局长在孙书记退休后仍然到处拉着他去喝酒，还在一些会议上一定要他讲话，孙书记常常觉得那些场合是不应该他去的，很难堪，可是盛情难却。这样别扭了很长时候，直到有一次这局长喝醉了对人说，他本来三十岁那年就应该提起来当局长的，结果就因为孙书记一句话给压了近十年……原来，他是采取这样的手段来报复孙书记。如此之阴！

孙书记感叹说这是他在任时怎么也没想到的。是的，他还以为在东宁县自己为官清廉万民拥戴呢，要不，怎么敢在这一个地方当政十二年还要求退休在这里？

信　念

　　我千里迢迢从故乡到那个紧靠边境的小县去的时候已经有火车了，但因为没有边境居民证，不能乘火车，必须徒步走。在荒无人烟的山林里，总有一种恐怖的感觉在控制着我，一有风吹草动就毛发直竖。山上的树木都是我不认识的，就是那路边的蒿草也长得吓人，它们竟然比人还高。在我的家乡连地阡上的草根都刨出来烧了，这里蒿草长得这么高却没有人来割。就因为这些蒿草，我就认定自己进入一个从来没有人迹的蛮荒世界。

　　当我在榛莽丛中无意走上了一座古石桥时，我大吃了一惊，原来这一带山里很早以前就有人从这里经过，而且是很多的人。否则不会造这样一座很精致的石桥。二十一岁的我就在那石桥上抚摸着桥栏上斑斓的石花坐了很长时间。第一次离开母亲，去家万里，云遮路断，不由得凄凉起来。

　　一直到三十年后，我随一个考古队又一次走上这座石桥，才知道自己当年走的那条山道就是一千多年前从唐长安到渤海国的大通道。自从渤海国消失之后，这条通道就荒凉了，而我走过的这座石桥是黑龙江省现在保存完好的唯一古代石桥，而我当年口渴得不行，下了桥喝过水的那哗哗响的山泉就是有名的"泼雪泉"。我相信，素贞和尚也一定在这个泉里喝过水。他在这条通往长安的路上走过了许多次，从渤海都城龙泉府风尘仆仆地走到这里一定渴了，这么好的泉水他不能不趴下去饱饱地灌上一肚子再走。

素贞那天在朱雀大街上第一眼看见灵仙时是中午，太阳把地面照得明晃晃的，不知为什么，他就不由得站住了。那瘦小而白皙的灵仙也抬头对他微微一笑。一个月之后，他们又在慈恩寺相见时，两个人就谈了起来。双方都意外地惊喜，原来灵仙不是唐朝和尚，而是远隔重洋的日本国派来学习戒律的。灵仙一听素贞来自那个和他们日本国仅一衣带水之隔的渤海国更是激动万分，如同见了故乡人一样，两眼不由得泪光闪闪。那时候渤海国的国土兼有朝鲜半岛，而朝鲜半岛与日本本土近在咫尺，他当年来大唐帝国时，就是先到渤海国而后才千山万水来到长安的。

一千多年以后，日本军队侵略中国仍旧是沿这条路线踏上中国国土的。当然他们溃退之时也是这样从朝鲜半岛退回去的。

同是天涯沦落人，相逢何必曾相识。素贞和尚生得高大魁伟，是真正的关东大汉，瘦小文弱的灵仙就如同依赖兄长般对他产生了一种很深的依恋。从此后，无论是在寺院里，还是在大街上，总能看见一高一矮、一大一小两个身影在一起。

素贞要回国，灵仙送了又送，直到从长安城出来十多里才恋恋不舍地分手。灵仙托他把一封书信转呈他的故国皇上。当时渤海国和日本交往很频繁，常常有商旅和使节来往。例如渤海国的将军杨承庆和杨泰师甚至都受过日本天皇的三位之衔。杨泰师出使日本时想家了，作了一首《夜听捣衣诗》——霜天月照夜河明，客子思归别有情。厌坐长宵愁欲死，忽闻邻女捣衣声。声来断续因风至，夜久星低无暂止。自从别国不相闻，今在他乡听相似。不知采杵重将轻，不悉青砧平不平。遥怜体弱多香汗，预识更深劳玉腕。为当欲救客衣单，为复先愁闺阁寒。虽忘仪容难可问，不知遥意怨无端。寄异土兮无新识，想同心兮长叹息。此时独自闺中闻，此夜谁知明眸缩。忆忆兮心已悬，重闻兮不可穿。即将因梦循声去，只为愁多不得眠。

素贞经过数月的艰难跋涉，进入了牡丹江流域。一见到大石桥，他长叹一声说，总算到家了。

当时的上京龙泉府是一个仅次于唐长安的亚洲第二大城市。在这座石桥上就可以听到那喧嚣的市声了。大道上车水马龙，尘土飞扬。在这一段牡丹江上就有七座桥梁。当然经过了一千多年的江水冲刷之后只剩下残缺的桥墩基础了。现在的牡丹江市就要进入二十一世纪了，发展可以说是突飞猛进，但这一段牡丹江上也只有两座大桥。当年作为亚洲第二大都市的龙泉府却只是一个不大的村镇，名字就叫渤海镇。

素贞到桥下喝了一肚子家乡水，看着这股从半山腰跌落下来的泉水发呆。泉水在石崖上冲激而下，摔成乱珠碎玉般，一片洁白，然后从桥下穿过幽深的山谷进入了牡丹江。牡丹江，多么美丽的名字啊！他想给这泉水也起一个能与牡丹江相匹配的名字，但想了好久，总也不能如意，只好作罢。斗转星移，改朝换代，直到清朝时候才有一个从江南来的流放文人灵机一动，想到了"泼雪"二字。从此，这泉就叫"泼雪泉"。牡丹江是中国名字最美的江，泼雪泉也是中国最美的泉。

素贞回到龙泉府，把灵仙的书信交给了日本国的一位使节，让他带回国去呈给天皇。

不料来年秋天，日本天皇又让使节带回了百两黄金和天皇写给灵仙的一封亲笔信，恳求素贞交给远在长安的灵仙。当时从日本直达唐朝的航线极不保险。凭一条木船远涉重洋遇到风浪根本无法抵御，十有八九出事。那个一心到日本东渡传律的鉴真和尚，从天宝元年动身东渡，五次出海五次返回，最后一次竟然漂到了海南岛的崖县去。天气炎热又加上荣睿病故，鉴真急火攻心双目失明。鉴真是直到天宝十二年第六次东渡才到达日本的，前后历经十二年。所以，天皇让来渤海国的使节请素贞转交。

　　素贞在第二年动身前往长安。这就是公元 825 年。他离开渤海国时是春天三月，冰雪尚未开化。牡丹江像一条银龙一样静卧在苍山野岭间，泼雪泉经过了一个漫长的冬天结成了一个巨大的冰湖，在太阳下闪闪发光。他历经了五个月才走到长安，这时已经是盛夏天气了。长安城里燥热难当。但是灵仙已经不在了，他到五台山求法去了。素贞只好歇息两天又往五台山赶。

　　五台山是文殊菩萨显灵说法之地，当时的大华严寺、金阁寺、竹林寺是名闻全国的三大名刹。从长安到五台山又走了将近一个月。还好，总算见到了灵仙，把天皇给的百两黄金和亲笔信交给了他。灵仙在此果然大有长进。他与素贞彻夜长谈，常常不觉就东方发亮。

　　这次灵仙请求素贞带回了献给日本天皇的几颗舍利子和表文。当他回到渤海国时已经是冰天雪地。他经由的路线是从五台山先到山东的莱州，在莱州等了半个月，然后登船渡过渤海湾，在辽东半岛上岸，经由吉林的临江再向东北方向直到渤海的首府上京龙泉府。

　　他应灵仙的要求，这些东西必须亲手交给天皇，于是在来年的春天就开始向日本进发。他顺朝鲜半岛南下，一路上越走天气越暖和，金达莱花开得漫山遍野。半个月到达最南端的釜山，在釜山登船横渡朝鲜海峡，中途在对马岛做了几天的停留，共用一个月的时间就到了日本的九州岛。献上表文和舍利子，天皇很高兴，问了灵仙在唐的情形，就又交给素贞百两黄金和一封书信，请他带到五台山去给灵仙。

次年春天再次南下。路经泼雪泉时刚化冻，他灌上了一皮袋泉水。他站在大石桥上，看看左边流着冰凌的牡丹江，再看看右边如雪般的山泉，忽然心中觉得无限留恋，他问自己，我这次是怎么啦？难道不能再回来了吗？

夜宿一农户家，刚躺下忽然听见灵仙在叫他道，素贞兄，你可快些来啊。醒来他想，也许是灵仙等钱用了吧？他这次努力赶路，风餐露宿，只用了三个月就来到了五台山。五台山为中国佛教四大名山之一，方圆五百里，由五座山峰环抱而成。五峰高耸，峰顶平坦而宽阔，如垒土之台，故叫作五台山。灵仙住在金阁寺，这本是密宗大师不空所建，日本僧人也仿照这座寺在日本本土建了一座金阁寺。后来一个叫作三岛由纪夫的小说家写了一本书，书名就叫《金阁寺》，可见日本的那座金阁寺也相当有名。

上得山来，时值盛夏，树木葱茏，满寺院都是震耳欲聋的蝉声。素贞的家乡没有蝉，当他第一次听到蝉声时，以为如此大的声音一定是一个庞然大物。等他仔细寻找发现了蝉，不由得哑然失笑，这样的小东西竟然能发出如此大的声音，真正是荒唐。

住持上次就认识了素贞，把他让到正堂，坐定之后，告诉他，你来晚了一步，灵仙和尚已于年前圆寂。素贞不敢相信是真的，跌跌撞撞地奔到灵仙住的禅房内，推开门一看，只见人去屋空，从房梁上垂挂下来的一缕灰尘微微飘荡着。触景生情，素贞和尚不顾佛家体面放声大哭。哭毕，他用灵仙遗下的笔砚，滴水磨墨，在一块木板上写下了一首诗——不那尘心泪自涓，情因法眼奄幽泉。明朝倘问沧波客，的说遗鞋白足还。写完，他把这块木板用钉子钉在了墙壁上。

素贞下山时依旧蝉声震耳，他只觉心里空空的什么也没有了。

怀揣着日本天皇给灵仙的百两黄金和书信，手里提着一个瓦罐，罐内装着灵仙的骨灰，素贞又来到了莱州的海边码头。他必须再亲自把灵仙的骨灰和天皇的黄金送回日本。望着波涛汹涌的大海，素贞心想，此一去也许再也不能渡海了。他在一个风平浪静的下午登上了船，不料在傍晚时忽然狂风大作，樯倾楫摧，海船翻沉，素贞连同灵仙的骨灰都沉入大海，他的怀里还揣着日本天皇的百两黄金。

渤海国相当于英、法两个国家那么大。在当时的世界上无论经济和文化都属前列，被称为"海东盛国"。但它是突然强盛起来又突然消亡的，如同流星一样划过天空。三十多公里长的城墙只剩下了一道土垄，金碧辉煌的殿阁只有几座石基。我爬到金銮大殿的台基上，分开茂盛的蓬蒿，细数那一个个巨大的圆形玄武岩柱基，翠绿而略呈金黄的蚂蚱如玉雕的一样透明，它们向我这不速之客的脸上乱撞。础石一共有五十四个，当年那些朱红殿柱就是耸立在这些础石上支撑起崔巍的殿阁。渤海皇帝大钦茂面南而坐，威风八面。文武百官分列两边，蟒袍玉带，气宇轩昂。阶下美女如云，轻歌曼舞，香烟缭绕，钟鼓齐鸣。忽然一个身材高大的僧人破衣垢面从午门匆匆而进……

转眼间灰飞烟灭，紫气消散。只剩得断壁残垣，斜阳草树，西风萧瑟……

生产队长到我家

八十岁的生产队长来到我家。其实妻子对她的这位伯父并不很亲切，她特别耿耿于怀的是他当生产队长时不但从没照顾过她，反而总是把累活儿派给她。比方说栽种地瓜最累的活儿是担水，他就总是让她担水。他们那地方除了上沟就是下崖，没有一尺平坦的路，担着两大铁桶水从山下爬到山上，每次都把她累得七死八活，她就觉得在家里活着没生趣，才跑到东北来找了我。有一次她们一帮女孩子在场院里摘花生，她偷偷剥了一粒塞进嘴里，不料给她伯父发现了，喝一声，小曼你干什么？她吓得吐又不敢吐出来，嚼又不敢嚼，硬是把一粒花生囫囵吞了下去，花生卡在她嗓子眼儿半天没上来气儿，差点儿窒息而死。她很悲痛地对我说，要是那次我憋死，你就没有这个老婆了。

岳父兄弟三人，这位生产队长是老二。岳父是老三。我们那地方叫父亲是大大，妻子就叫生产队长"二大大"。二大大是他家唯一当官儿的人。全家人都很敬他，孩子们就不用说都很怕他。那时候，她见了这位"二大大"总像老鼠见了猫。现在他来到她的门上了，她上前叫了一声二大大，声音还止不住发抖。我在一旁暗笑。

其实二大大已非当年的生产队长了。一个八十岁的很面善的老人，留了一撮白山羊胡子。他不会用电动剃须刀，我给他用那种一次性的保险刀片，仍然弄不对。他惯用的是那种很可怕的旧式剃刀。就是日本作家森村诚一写的《敦厚的诈骗犯》里那个理发师用的那种，那个理发师一怒之下用剃刀一拉，就把那个敲诈他的顾客的喉咙给割断了。老爷子无限遗憾地说，还是旧式的剃头刀子好啊，现在的玩意儿越来越不中用了。的确，要是杀人，现在的剃须刀真的是越来越不中用了。

我领生产队长过马路的时候，他的手紧紧地抓住我的胳膊，我说，你用不着怕这些汽车，它们不敢撞你。他问，为什么？我说，司机对你这把年纪的人怕着呢，老远就注意上了。他不解地问，怕什么？我说，怕给你们讹上。他嘿嘿一笑，也是。

走了一会儿发觉他丢失了，急忙回头去找，看见他正在一根电柱跟前忙，广告牌子歪了，他要用铁丝把它捆正。我说，你管这些干什么？他说，噢，掉下来打坏人就不好了。妻子说，前年她陪二大大一同回家，半夜二大大不睡，在车厢里走来走去，看看有把被子蹬掉的他就给人去盖上。他轻轻地在走道上踱着步子，就像当年在生产队的场院里一样。可是当他又给一个人把快掉下的被子掖上去时，那个人醒了，抬起身子警惕地看着他，好像他是一个小偷儿。

他来的那天我刚要出门，在楼道里遇见他，我吃一惊，叫了一声，哟，二大大，你怎么不打个电话呢？他一笑说，打电话不是还要你们去接吗？兴师动众的。我发现他空空地甩着两只手，心里很纳闷，但又不好问。到了晚上我才对妻子说，你这个二大大怎么出门空着两只手呢？妻子也说，是呀，我又不敢问，怕他说，到你家还得拿礼物啊？他是不是偷偷跑出来的？我说，你当他是个小孩子？八十岁了还玩离家出走的把戏？

过了一个星期，妻子仍然念念不忘二大大空手到这里来的疑问。有一天晚上正吃着饭，她忽然冷不丁地问道，二大大，你的包呢？二大大一下子给饭噎住了，脸通红了一阵，才说，半路上让人拎走了。他在牡丹江上火车时结识了两个年轻的同路人，据说也是到哈尔滨来的，并且也到南岗区。他们一块儿在饭店里吃的中午饭。两个年轻人付的饭钱，二大大很过意不去。从饭店出来，内中一个说现在到哈尔滨有加快车了，咱们不如多花上二十块钱坐快车，问二大大愿意不愿意加快。二大大一想就同意了。让其中一个看着包儿，另一个领他去加快。他们一同走出候车室，不一会儿那个伙子就不见了，他一想不好，赶紧回去找他的包儿，结果包儿和另一个小伙子也不翼而飞。

妻子问，里面都有什么东西？他说，你大娘给你捎来有十来斤地瓜干儿，还有一些你小时候最爱吃的黏米团子，还有两个淘米用的水瓢，还有……妻子说，算啦，算啦，这两个小偷也算是倒霉了，白搭上一顿饭，还得替你去扔垃圾。

在他从山东老家回来时，我决定装一把大款让他坐飞机。他这趟飞机坐得很高兴，到家反复强调说，那东西就是好呀，比坐火车还平稳。他上了飞机坐好之后，就有空中小姐前来送报纸，他就拿了一份儿带彩色的。他说，我本来不想拿，一看别人都拿，心里就想，在这里她知道我识字不识字？我就拿了一张，这样子，一本正经地看。

妻子惊叫一声说，啊呀，二大大，你可别拿倒了啊。

二大大说，看你说的，上面有人儿呢，我再傻也不能让人家头朝下。

他看了一会儿，递给他的邻座说，我看完了，你看吧。邻座是一个戴眼镜的老头儿，很客气地说，谢谢，老先生您看我这份儿吧。

他又接过来继续看。他说到这里大家一齐笑得歪在了炕上。

一会儿送午餐，二大大开始紧张，吃，怕花钱，不吃又怕让人瞧不起。那小推车一步步越来越近，二大大也就越来越害怕。终于顾不得邻座的笑话，小声问，他们要不要钱？那戴眼镜的老头儿看了他一眼说，免费，不要钱。二大大放下心来，坐正了，等空中小姐送到他面前时，他很有礼貌地接了过来。当小姐问他要什么饮料时，他说，咖啡。他对我们说，嗨，那东西实在没什么喝头儿，苦得要死，可是反正不花钱，我两口喝上又要了一杯。

出身贫寒对人的伤害

　　我早就有一个奇怪的发现，几乎所有的巨贪都是幼年出身贫寒。比方说成克杰、胡长清、李真，还有黑龙江省的几位省级领导，都是出身比较贫寒的农家孩子。最近宣判的河北省一位副厅长又是一个幼年丧母出身贫寒的领导干部。这就又一次验证了我的发现。他贪污的数额据说是目前法院认定的最高的，四千七百四十四万。按常理来说，出身贫寒，年轻时手里没几个钱，现在有点儿工资也就应该满足了，为什么还要冒着风险去贪污呢？与此相反，我所了解的几个出身高干的领导干部倒是他们那个阶层当中最廉洁的。这真是奇怪的现象。我们常说，出身贫寒对人一生是一笔最大的财富，它会激励着人去奋斗。也的确是很多人都由贫寒出身通过艰苦奋斗而成功的。但很少有人认识到，同时，出身贫寒却又会对人的一生造成一种隐性的伤害。这就是对于钱币的贪恋。

　　钱币是作为一种等价交换物而出现的，也就是说它本身并没有实际价值，仅仅是一种替代物。但它对某些人，特别是出身贫寒的人却具有了一种特别的吸引力，这远远地离开了它的本质。前几天宣判的那个铁路贪官把巨额现金藏在家里都发霉了。这个李友灿也是酷爱现金，也就是纸币。他所收受的四千多万元全是要现金，2003 年 4 月，李友灿一次收受现金一千六百四十万元。用专门装巨款的旅行包，旅行包长约六十厘米，高约二十厘米，宽约二十厘米。每个旅行包可装面值一百元的人民币约一百一十万元至一百二十万元。装十六个旅行包。李友灿亲自开车，分三次才将这笔现金提走。这些现金仅从重量来测算就重达一百多公斤。他要一个人搬动是非常吃力的。李友灿特意花五十多万元在北京某花园小区购买了一套不太显眼的房子，主要就是为了存钱用。他不仅要装车卸车，还要搬到五楼上，这对一般体力的人绝对不轻松。他都自己干了。他贪恋这些东西，同时也感觉到这些现金等于一包包的炸药，存了一屋子钱币等于存了一屋子炸药，说不定什么时候会突然爆炸，把他炸个粉身碎骨。他尽管保密严格，甚至连老婆都不告诉，后来还是果然炸了。他要这么多的钱有什么用呢？特别是那些省部级领导干部，他们的一生都由国家包下来了，退休后不仅都有专车，还有专职的秘书专职的司机伺候。出国旅游也由国家出钱。他们的儿女也都一辈子不会为钱犯愁。钱对他们已经失去了实质意义。可是他们仍然贪恋着钱币。

我一个朋友是专门抓贪官的，可是他也在钱财上出了毛病而自杀了。当年他在县城读高中时，离家五十里路。仅仅五毛钱的车票都买不起，五十里路他从来都是徒步走着来回。五十里路坐在车上不觉什么，一踩油门就到了，用脚一步一步走就不是那么回事了，那是一种苦刑。茫茫雪地上，独自一个人又累又寂寞。这苦难仅仅就是为了五毛钱。有一次喝酒，他对我说，他从来不数钱，他对钱有一种恐惧感。别人认为他是因为处理了那么多的贪官得到的教训，我的理解是这种恐惧恰恰是过度喜爱的反应，就像你第一次去拉你初恋的爱人手一样，你会哆嗦。我对钱倒没有恐惧感，但是我一数钱就是发慌，在人面前我总是数不对钱。钱币对出身贫寒的人的伤害是伴随终生。这有点儿像毒品，有点儿像赌瘾。巴尔扎克小说中的那个财迷，一见到金子就会两眼放光，情不自禁，发疯地去攫取，以致到死都要手里紧紧地抓着金子。其实，一个要死的人，金子还有什么用处呢？他贪恋的不是金子所代表的财富，而是这种金属。巨贪们也是如此，他们贪恋的绝对不是这些纸币所代表的物质，那些物质对他们来说已经应有尽有，他们就是喜爱这些花花绿绿的钞票。这就是他们的快感。这是一种病态，钞票在他们手里已经变质了，由替代物变为本身，本质。巨贪们最后都是说自己忘记了为人民服务的宗旨，没有把握住道德修养，导致了堕落。其实他们一概是情不自禁，对自己无可奈何。以这些人的智商绝不会不知道这是犯法，绝不会不明白钱对他们已经没有什么实质意义。这些人对钱币的认知上绝不会出错，而是感觉上。而人对自身感觉上的错误往往是无能为力的，如吸毒就是明显的例子。幼年时的贫寒对他们的伤害根深蒂固，苦难使得钱币在他们心理上发生了错位，在感觉上这些纸质的东西已经不再是替代物，而是本身。对钱的贪恋使他们无法自拔。

我既然对贪污看得如此到家，我会不会贪污呢？我很庆幸自己这一生没有把握过权力，一朝大权在手，我肯定不会比他们逊色。人首先要知道，自己在很大程度上是一种不能自已的生物。

人生如棋局

　　在天气转暖的时候，哈尔滨这座被称为"冰城"的都市就会出现除冰雪之外的另一种特色，那就是大街小巷到处都摆上了棋局。象棋。当然在别的城市里也有，但远不如哈尔滨这样多。市场街的有一个棋局是我几乎天天要去看一看的，这个棋局的最大特点是热闹。远远地就能听到乒乓的敲击声和吵嚷声。人说"观棋不语是君子"。在这里，所有的人都不是"君子"，不仅谁都可以大声地为别人支招儿，而且常常发生旁观者因当局者不听从而亲自动手的情形，那就是他夺过棋子硬替当局人走棋。这样，便免不了时常吵起来，也常有一些粗话脱口而出，如臭棋、山炮、傻×……终于脸红脖子粗。但大家都不会很在意，最后哈哈大笑一阵就过去了。

　　这个棋局的发起人应该说是修自行车的老张，棋局就摆在他的摊床边。他本人就很爱下棋，常常为下棋而让顾客不得不大声招呼才动手接活儿。他每天把棋子和棋盘带来，无偿供大家用，人都走后他再收拾起来，实在是不为名不为利。大家把棋子摔碎了他就剪下一段自行车内胎作成橡皮圈儿箍起来，任你怎么摔都不会再坏。后来就有人自动把自家的棋也放到这里来，这样就常常有几盘棋同时进行。颇有气势。

这些人都是来自四面八方，过路人也常常会停下来参与一把，因为实在太热闹了。有些在这里都已经是熟人了，但是仅仅限于在棋局，离开此地的一切都毫无所知，如你是干什么的，你的单位在哪里，家在哪里，甚至姓什么，等等都是一概不知，而且也没有人会打听，这里人与人的关系只有一个——棋友。在这里，谁也不服谁，个个都自我感觉良好，老子天下第一！依我看，确实，这些人的水平也都差不多。在这里很难看到像别处那样两个人对着苦思冥想的情形，因为你能耐得住，旁观者早就等不得了，会大家一齐替你走起来。

我自认为棋比他们还臭，所以也始终作为旁观者站在外面看而未下场。但也时常忍不住跟着起哄，叫一声：臭棋！

一个留着小平头的年轻人，棋风凌厉，打砍杀伐坚决果断，从不拖泥带水，一派大将风度。但有一天他正意气昂扬地进攻，忽然一漂亮女人把一双高跟鞋杵到他的面前，他立刻傻了，跟着那个女人乖乖地走了。原来他是一个修鞋的，把人家的鞋给修坏了。

一个五十多岁的瘦子，大家都称呼他"教授"，原因是他总爱说：来，我教你两招儿吧……偏偏大家都不愿听他的：你要想让我赢，就请你快给对方支两招儿吧。对这种讽刺他不恼，总是笑嘻嘻的：教授，教授嘛，就是教别人的。大家就再损他：哎呀，教授，你要不要课外指导费呀？有名的哈工大就是我家的近邻，我和老伴儿每天晚上都在校园里散步，一天，我遇见一个学生跟在他屁股后头叫着老师，正恭恭敬敬地向他请教什么问题。我大吃一惊，原来他真的是教授！

还有一个老爱悔棋的胖子，他总是把棋子落下之后就涎着脸要求悔棋，大家都厌烦他，不愿跟他对局，好在他很有礼貌，摆好棋盘之后就给对方递上一支烟。他的脾气出奇之好，任你怎么斥责他也不发火儿，只要能允许他悔棋。跟他对局的人，只要一吃了他的棋子就紧紧地攥在手里，防止他后悔了要回去。有一天他正黏糊着向对方讨被吃了的一只马，有一个西装革履的年轻人开着车来到棋局跟前，小声叫着：局长……他立刻把脸一变呵斥道：你离我远点儿好不好？那年轻人就站在路边等着，再不敢近前来。从那次以后，再没人训他了，但是也没人跟他对局。渐渐，他也就从市场街的棋局消失了。

这里其实只是一个普通的街角，什么设施也没有，对局的人只能是蹲在地上，或坐在台阶上。好在旁边还有一棵杨树给大家遮阴。但这是一块乐土。杨树叶子在上面沙沙响着，树下一群人在叫着笑着，一无顾及，忘乎所以。天气一天天凉了起来，我开始忧郁着冬天的到来，冬天一到，冰天雪地，这棋局就散了。

这棋子，本质上，是没有什么区别的，都是木头，甚至有可能是同一棵树的，直到一颗颗制成棋子从镟床上出来时，仍然赤条条没有区别。当那台机器给它们的脸上强行压上了相、士、将、车、马、炮这些符号之后，身份就完全变了，成了一个个的特殊存在。这种随机的"存在"从此决定了它们的"身份"。对棋子来说就是"存在先于本质"了。只因一个偶然的机遇，有一颗脸上给压了一个"帅"字它从此就身价百倍。再不出皇宫一步，养尊处优，让别人为保护自己而冲锋陷阵。而另一颗脸上无缘无故地压上了一个"卒"字，他从此就处于低下的位置，只许前进不许回头，永远充当无谓的牺牲品。这些棋子也正如我们社会上的人，本质上是没有什么差别的，只是一些头衔给我们区别成为各阶层的人，一个局长和一个修鞋的绝不是智商上的差别，而是一种偶然的机遇使他们一个坐进了办公室当上局长，一个坐在了街头修鞋。有意思的是，各阶层的人一进入这个棋局，又给重新还原成了大家彼此没有什么高低的人，于是大家在这里可以忘记身份尽情地说笑，忘乎所以。正因为大家珍重这块净土，所以从来没有人去打听对方的社会地位。

木头进入棋局成为社会，人进入棋局却退出社会，进入棋局的木头失去本质成为存在，进入棋局的人却是找回本质而失去存在。棋局如人生，人生如棋局哪。

震 尿 了

　　一位摩友沿青藏线进藏，在大漠上经过许多天的奔波之后，猛抬头，昆仑山出现在眼前，他说，那一刻，我震尿了。那一天夜里，我站在母亲院子里，抬头一看，我震尿了。满天的繁星。我已经几十年没见过这样的夜空了。我确实震尿了。除此之外，我找不出别的语言。那是一个紧靠中俄边界的小山村，只有在高纬度的天空你才能见到如此灿烂的星空。数量之多，亮度之大，都是前所未有的。这星空绝对不是在影像所看到的只是一个平面，它是立体的，那深度之深邃、广度之广大都是无与伦比的，它们离你很近，有的就在伸手可及的头上，有的在你的左右，似乎你真的可以摘一颗。而那些远的又是无限遥远，距你有一段永远也跑不到头儿的路程。它们都是那么明亮，炫耀地闪烁在深蓝的天幕上，天空又是那么洁净，一尘不染，你可以攀住这一颗星星，飞向另一颗星星，再飞向更远的那一颗，什么叫翱翔？此时你所能感觉到的是真正在翱翔。

　　四无人声，只有在远处，那黑黢黢的山根下有一台四轮小拖拉机在拼命地吼叫着，它是在那里抽水喷灌木耳，这里的农民今年种了大批木耳，必须不停地喷灌。它被无边的寂静吓坏了，拼命想挣破，但它的吼叫立刻就被乌云一样的寂静给吞没，它就在那里不停地吼叫，叫声里充满了绝望。我再次抬起头仰望这罕见的星空，又想到那个词——震尿了。我被震尿了。这不是那种被突如其来恐怖吓得尿了，这是被感动得尿了。被它的宏大，被它的美丽，被它的庄严……

这种灵魂深处的震撼，首先必须是场面宏大，距离有限再辉煌也不行；还需丰富，视线不能被截断。如果单调，再宏大也不行，我第一次见到大海时并没有如此震撼，只觉得大海像一堵立在面前的墙。虽然也让我吃了一惊，但看了一会儿就腻了。

南方不行，空气永远达不到如此高的透明度，城市里不行，电灯光芒把星空遮蔽，就是我此时所在的小镇都没有那么洁净灿烂的星空，也有了灯光的污染。只有在那个边远的小山村才能有那么洁净的星空，还有那让你心旷神怡的寂静。我知道，那个夜晚已经永远地楔入了我的生命中。

从《哈姆雷特》到《夜宴》

——故事也有讲完的时候

中国古代有一个清官断案的故事。有两个女人争一个孩子，都说是自己亲生的。那时候还没有基因测定技术，法官就想了一个办法，当堂用草灰（对不起，也许是石灰吧？）画了一个圈儿，把孩子放在中央，说，你们都说这孩子是自己生的，现在你们就每人抓住孩子的一只胳膊，一齐拉，谁能把这孩子拉到她那边就是她的了。结果当然是孩子给其中一个女人拉到自己身边去了。但是法官却说，这孩子不是你生的，应该归另一个女人。原因很简单，亲生的母亲在抓住孩子胳膊一齐用力拉扯的时候怕把孩子给拉坏了，虽然她很想要孩子，但不敢用上大力气，宁肯给别人拉去也不忍心让孩子受伤。而这个不是亲生母亲的女人当然不会心疼孩子，于是就把孩子给拉了过来。这是一个很精彩的故事，无独有偶，在外国的文学作品中也有一篇小说叫《灰阑记》，说的是一模一样的故事。据专家考证，以当时的条件，这个外国作者不可能知道中国这个断案故事，所以他完全排除抄袭的可能，而中国的那个编故事的人更是没有可能读过《灰阑记》，那么，这两个同样的故事竟然是无意中撞车了。

由此可见，尽管我们的大千世界千变万化，但精彩的故事却是有限的。

2006 年有两部电影的上映竟然成了中国人人尽皆知的新闻，可见炒作的功夫真是了得！这两部电影有好几个共同点，都投资上亿元，都是古装戏，而且都是宫廷里的帝王故事，年代也差不多。更让人匪夷所思的是，都是分别套用过去的两部著名的戏剧故事。如果不是在有意较量，能如此地做到一块儿想到一块儿也让人称奇。《夜宴》是套用了莎士比亚的名剧《哈姆雷特》，《满城尽带黄金甲》套用了曹禺名剧《雷雨》。耗费上亿巨资来演绎一个尽人皆知的老故事，可见好故事的不可多得。

两部影片上映后都说是好评如潮，票房达到了上亿，但也有一些网民持另一种说法，指出影片的不值。别人都是从技术上来指出影片的硬伤，我们撇开技术，还是从故事上来说吧。同样一个故事，会因历史背景不同思想境界不同，演绎出不同意思。甚至是相反的意思。回到开头那个故事上吧。中国故事是这样的，当家的去世之后，掌权的大老婆要把小老婆赶出家门，并把她生的孩子也夺下来。结果从那个灰圈里争夺拉扯的时候，强悍的大老婆把孩子给拉过来了。而法官由此断定孩子不是大老婆所生，把孩子断给了小老婆。这故事是在褒扬一种真正的母爱，很精彩。而那个外国故事是这样的，一家贵族遭了一大灾难，贵族夫人扔下自己亲生的孩子逃跑了，而没来得及逃跑的女仆收养了这个孩子。后来却意外发现这个孩子要继承一笔巨大的遗产，于是那个逃跑了的贵族夫人又回头来争这个她当年曾遗弃了的孩子。法官同样要她们从灰栏里拉这个孩子，结果是孩子让他的亲生母亲拉扯过去了，这结局与中国故事相反。这可不可信呢？完全可信。虽然并非亲生，可是女仆在长期的抚养过程中必然会对这孩子产生一种比亲生还要深的母爱感情。而孩子虽然是那个贵族夫人亲生的，可是长期的分离使她已经疏离了与这个孩子的母子感情。她用力拉扯的是一笔巨大的遗产，并非是她的亲生孩子。法官的断案思想倒是与中国的法官一样，把这孩子断给了没有拉到孩子的一方。而事实却是与中国的相反——他断错了，把孩子断给了不是亲生的一方。这个西方故事比中国故事就更深了一层，它褒扬了穷人的那种朴素感情，鞭挞了富人的贪婪和冷酷。

应该承认，现在的《夜宴》比那部黑白电影《王子复仇记》——也就是《哈姆雷特》，好看得多。但同样是因为思想境界的不同，《哈姆雷特》那丹麦王子面对的是生命的深沉的困惑，而中国的公子仅仅是对宫廷政治斗争的一种逃避。《哈姆雷特》演绎的是生命，《夜宴》演绎的是政治。高下之分就在这里。同样一个故事。特别是那最后一剑，王后被来路不明的一剑刺死了，这其实是一剑刺死了人的思考，把世界的一切都简单明了。政治斗争就是险恶，谁也没有好下场。冯小刚把他的意思表达得一清二楚了，他的思想深度也就到此为止了。有没有可能那王后就是没死呢？历史上这种情形多的是。武则天、慈禧太后不都是这样吗？即使人类进化了千年之后的现代世界，有许多国家不就是通过武力政变夺得政权也一直坐了下去吗？最后一剑就是简单的思维方式对现实世界给出的一个简单的答案。坟墓里莎士比亚如果看了《夜宴》气得活过来后，会再给气死一回。

《王子复仇记》沉闷，看完后的心情也沉重，但给人思考。《夜宴》看着热闹，看完后心情也轻松。除非你也想当王后，否则就是不会后怕那一剑。

冯小刚在答记者问时表达得很清楚，他就是看中了这个故事，也就是他没有信心找到另外一个比这还精彩的故事。他说，他不相信会有不被这个故事吸引的人。至于担心不担心这个故事已经被人所熟知而失去吸引力？他说他曾经专门调查过年轻人，他们都不知道哈姆雷特何许人也，于是他放心了。还有参加奥斯卡电影奖竞选，他说，也许西方人正是想看看中国人是如何演绎一个他们所熟知的这个故事的。也就是他寄希望于外国人的好奇心。

我不是一般地喜欢冯小刚的电影，《甲方乙方》《不见不散》《没完没了》《天下无贼》等，甚至颇有争议的《手机》我也喜欢。但看完《夜宴》只觉得好玩儿而已。怎么他也玩儿起这一套来了？他毕竟是聪明人，还给了我一线希望。他说："别人修大院的时候我在旁边盖一偏房，如今偏房自成了小院落，我也要修回大院拍《夜宴》。"用他的话说："我也装一回孙子，这个社会既然对商业片有一种偏见，你去改变它扭转它也扭转不了，那哥哥就给你们拍一回让你们看看，就是所谓的你们认为这路的电影是高级的，大量有识之士在电视机前会说，冯小刚你错了，我们其实不是这么认为的，一点儿没有轻视你的喜剧。"他觉得，我们抛开这些有识之士，还有大量的这些无识之士，那么不妨也浅薄一次回应他们。"我拍一个他们认为难的，我就是基于这样的一个想法拍《夜宴》的。"

《夜宴》已经卖到了一亿七八千万的票房，这真是最让人悲哀的，一个导演无法不重视这一亿七八千万。如此说来，是中国的观众决定了中国导演们的取向。面对着如此的广大观众，他们不得不"浅薄"。

冯小刚还说："《夜宴》也是为这些观众服务的，也是要首先想到中国人民会不会喜欢它。同时我也会告诉你，那个喜剧我还是会继续拍。我会仍然很有兴趣。因为我觉得拍《夜宴》是偷懒的表现，因为拍喜剧特别耗神、耗心，拍《夜宴》就相对来说轻松一点儿。所以我还是会做出很好看的喜剧来。"

这大约是中国观众大多数绝对不会想到的，拍他过去的那种喜剧居然是"特别耗神、耗心，拍《夜宴》相对来说轻松一点儿"。

我是个电影迷，我持有哈尔滨最豪华的影院的会员卡。张艺谋几乎所有的电影我都看过。《千里走单骑》我买了张碟在家里看的，看得我们全家泪眼婆娑。《满城尽带黄金甲》我有意到影院里去看。结果不能不让我说有点儿失望，也许是因为我的期望太高的原因。毫无疑问，《雷雨》的故事是张艺谋所喜欢的，但这故事无法使他展开一个宏伟壮丽的大场面，也就是他无论如何也没地方花销这三点六亿元人民币。跟冯小刚同样，他也觉得找不到这样一个更好的故事版本了，于是他决定把它改成皇宫里的故事，让资本家当皇帝。可《雷雨》本身不是一部宫廷戏，它的重点在强调一种觉醒和反抗，而不是在于展现宫廷阴谋和人性的卑劣。他修改后的《满城尽带黄金甲》这种主题本身和《雷雨》根本是两回事。《雷雨》的戏剧冲突，是展现两个社会阶层的冲突。而《满城尽带黄金甲》却仅仅是宫廷戏内部的权力斗争，场面是豪华了宏大了，实际上的人间天地却萎缩了。人们是在看一个完全与自己无关的故事。张艺谋在这里可以说是得不偿失。电影院里不时听到有人在笑就是一个铁证。

钱是人家的，只要能弄到怎么花是人家的事，别人无权说三道四，可是，用来铺地的菊花就耗费数百万元，一件戏服耗费几十万上百万元，总觉得让人心痛。国外也有花费巨资来拍电影的，例如《泰坦尼克号》《拯救大兵瑞恩》等，但我从来没有想过值不值，因为那宏大的场面确实让你感到震撼。那巨大的自然灾难和人类制造的战争灾难似乎不花那么大的资金无法表现得那么淋漓尽致。而中国这些巨资大片，只是让人看个稀罕而已。可以这样说，那些外国大片导演们花巨资作用的是人的心灵，中国这些巨资大片导演们作用的是人的眼球，这就是差别。张艺谋承认他的场面要的就是视觉效果，要的就是一场视觉的盛宴。对视觉的盛宴你还能要求什么？不会想吃饱肚子吧？

去年《无极》被人"恶搞"了一次，也就是把一本正经的东西给弄成了个笑话，我不赞成那种"恶搞"，但你让他那样"恶搞"一下《泰坦尼克号》和《拯救大兵瑞恩》试试，大家的唾沫也会把他给淹死！

张艺谋还有一个目的，竞技奥斯卡。让外国洋鬼子看看我们中华帝国的宏伟壮丽。其实真的当年皇宫也达不到那般的灿烂辉煌，这不过是糊弄洋鬼子而已。但洋鬼子们也并不是全都好糊弄。最近，美国电影人查理斯·瑞索奇——美国派拉蒙和环球的合资公司首席执行官致信国家广播电影电视总局，对中国连续六年向奥斯卡评委会选送古装片的行为表示不理解。从 2001 年起，中国的参赛影片是《卧虎藏龙》、2002 年的《英雄》、2003 年的《天地英雄》、2004 年的《十面埋伏》、2005 年的《无极》，以及今年的《满城尽带黄金甲》。连续六年，中国选送奥斯卡电影参赛片的题材无一不是古装武打。申奥真的必须是古装片吗？奥斯卡最佳外语片真的就是只青睐大投资和大制作的影片吗？查理斯·瑞索奇在信中说："去年的最佳外语片奖就颁给了小制作的南非影片《救赎》，制作经费仅有三百五十万美元！"美国著名电影音乐人丹尼尔·沃克在发给中国电影管理部门的一份邮件中说："在过去的几年中，我们看到的中国电影展现了一些中国古代的历史和传奇，它们内容丰富气势恢宏，宏伟绚丽的宫殿和皇帝武士们的精彩故事给美国的观众带来了前所未有的视觉享受，因为这些都是中国所特有的。不过，时至今日，许多人却有了相当程度上的错觉，以为中国出品的唯有这种类型电影。我希望能够有一部展现现代中国的影片出现，那时美国的观众、评论界将会以一种全新理念看待中国的电影界。"

说不定明年的奥斯卡奖项真的颁布给了《夜宴》或者是《满城尽带黄金甲》，那可真是洋鬼子又被糊弄了一次。

但那将是洋鬼子的悲哀还是中国人的悲哀？

丝瓜，丝瓜

　　我们这里种丝瓜都不是吃的，只为了好看，黄昏时分，丝瓜花开了，金色的余晖中是一种赏心悦目的明黄色。特别是结了很多瓜后，架上墙上，嘀里当啷，七上八下，有意思。丝瓜的用途是用来做刷子，洗碗，刷脚掌。秋天了，丝瓜都成熟了，枯干了，我扯下一个用力在墙上摔打，想把皮摔掉，意外的是黑色的丝子撒落满地。丝瓜里的丝像蚕茧一样织得密密的，它们从哪里出来的？拿起来细观察，才发现顶端原来有四个洞，瓜子就从这四个洞里撒落出来。这使我大为感动，这是在成长的过程中特意预留出来的，为的就是给种子们一个出口！丝瓜有四个腔，也正是有四个出口。还有，"瓜熟蒂落"是所有瓜类的最后功能，唯有丝瓜不，它即使干了也吊在藤上，整个冬天就那么任风吹雨打，为的就是把它的种子们尽可能大面积地撒落开来。这不能不说是一种精心的设计。

　　别的瓜为什么不这样？它们另有设计，也可以说是另有本事，它们甘甜。甜，引诱得动物们来吃，吃后就把种子带到了所到之处。几乎所有的瓜们都是利用了动物们的胃，把它们的后代向全世界散布。也许你担心动物的胃酸把种子侵蚀坏了，所有的农民都知道，

112

动物们拉出来的粪便里的种子发芽率最高。丝瓜很苦，没有动物愿意吃，它们只能另做打算。

　　每次从野外回来，妻子都要抱怨，又到草丛里跑了！我的裤腿上扎满了针样的草籽，这种草籽上长有尖锐的倒钩儿，只要扎进衣服里怎么也抖不掉，只能一根一根拔出来。还有苍耳子，它们是专门挂在动物的毛发上的，特别是绵羊，只要在耳子丛里走一趟，要想摘除，不拔下一缕羊毛，休想。小时候把苍耳子揉进女同学的头发里，她们会愁得哭。这类草的生存之道，有点儿近似无赖了。死皮赖脸地缠在你身上。光明正大的好像最数蒲公英了，这是孩子都知道的，那一个个的小伞就是它们的种子，借助于风力飞向天空，飘落到四面八方。

　　如果说这都是一种偶然，打死我也不相信。设计者是多么苦心孤诣啊。甜瓜之类的是一种公平的交换，你带我去远方，我给你以实惠；苍耳子死缠烂打，你不带我走我死不放手；像丝瓜和蒲公英就属于那种凭自己的修养了，好风凭借力，送我上青云。

年　底

　　旧历年底最像年底——这是鲁迅先生说的。年底是懒人绝妙的借口，不管什么事都可以——过了年再说吧。我的"年底"从一个月前就开始，无所事事骑一辆自行车到处乱转。

　　北方的农村，一到冬天就不用再担心道路，我骑车专走那些乡村小路。自行车真是好东西，没有不能走的路，即使在没有路的沟坎或田地里也不怕，最多不过是扛起来走。草枯木落，庄稼都收到家里去了，只剩下一些残茬委弃在田垄上。一片苍黄的田野上冬小麦也给冻得发了黑。黄色的阳光照射着了无生气的土地，自行车滚动在干硬的路面上。

　　我特别爱在村庄的小巷子里转，一堵倒塌半截的土墙，一座屋顶陷落的老房子，一块立在街角的大石头，特别是倚在人家院墙边烧焦的老槐树，我站立在旁边向它们默默地致敬。岁月、沧桑、生死、风雨、炊烟尽在其中。你看墙头上那块丑陋的石头，当初主人在砌上去的时候费了多少心思？当街的一块石板给人的脚印磨得光滑如镜，你知道上面碰破多少孩子的小鼻子，摔破过多少小脚女人的水罐？一个小小的村庄，看似微不足道，可是它的历史也许比一座现代化的大都市还要久远，它的故事绝对比"大观园"还要多，一代一代，恩爱愁怨，只是谁人曾予评说？都随着天风远去。一阵孩子的欢叫冲天而起，现在，只有在农村会听到如此响亮的欢叫声。他们在结了冰的河面上踢球。我停下车子，他们立刻向我发出邀请——来呀！我穿的衣服是包着头的那种，满头白发谁也看不见，脸也只露出半个。刚一踏上冰层，嘎的一声，蓝玻璃样的冰，裂缝闪电一般延伸开去，小心啊——岸边树上一个人在弄电线，他笑嘻嘻地俯视着我，迫不及待地等着下来打捞我哪。我头皮一紧，幸好没有陷落。什么叫心有余而力不足？看着皮球过来了，抬脚去踢，它却已经从脚下滚过去了。心怀惭愧，只好离开，年岁不饶人啊。

　　我像一个流浪的野狗踽踽独行在荒野，猛然嗅到一种熟悉的气味儿，整个人毛发立起来，心里直颤，毫无疑问是谁家在做豆腐。到年根，常常几家合伙做豆腐，你家的石磨，他家的筛子，我家的锅，唉，那时候一块过滤用的纱布都要借着用，但是大家欢欢乐乐。我加紧蹬着自行车，寻着这股气味儿追踪。五十年前的那个年底，我受母亲之命到五里路外的二妗子家取豆腐，母亲只有三斤黄豆，做不成豆腐，只好让二妗子代着做。走出她家院子，一看到瓦罐里的三块豆腐，我伸进手去就抓，二妗子一步追上，慌忙按住，说，孩子，这三块你不能动。说着，把我拉回去，端出她家的一块说，孩子，你就吃这块吧。我什么也不说，几口就吃进了肚子里，提着那三块豆腐回家了。她是怕三斤黄豆只做两块豆腐没法对母亲交代啊。

　　多么聪明又漂亮的一个人，只因那年表弟得病，没钱治，一急，疯了。这一疯就是五十年。到今天，她对自己的儿女都不认识。有时我想去看望她，她冷漠地把我关在门外。嗨，年底了，不能说这些事了。

僧　人

　　第二年的春天，我又回到阿陀时，村人告诉我说，那个小和尚死了。我心里不由得一沉。他比我大儿子大一岁，只有三十六岁。他曾经对我说过他已经不会太久了，他说他血压已经达到二百多，医生都奇怪他还活着。我对血压很糊涂，到底多少为高多少为低都不知道，同时，以为他只不过说说而已，哪里会真的这么快就死了？

　　那是去年夏天，他正在院子里挖沟排水。山水大量地涌进屋里，地下全是水淋淋的，他心疼他的那些经书要坏了。我说，这里还能住人？这是一座被遗弃了的破屋子，在远离村子的山林里。他说，这已经够奢侈了，他以往都是宿在野外。他们的教派就是这样，不允许有过夜粮，不许有隔季衣，当然更不能有房子。他患重度糖尿病，他说视力已经很差，看对面的我都是模糊的。我说，你赶紧去医院吧。他笑笑说，这个臭皮囊我已经准备放弃了。

　　最后一次见到他是妻子做了玉米面发糕，我去西山送给他吃。恰巧他正扛一个坏了的搂草耙子下山来，到村里请人给他焊一下。他收下我的发糕，笑着说，阿弥陀佛。我们还说了些别的话，我全忘记了。他看上去不像是病得很严重的人，甚至就不像是一个病人。

怎么也想不到这竟是最后一面。

　　他曾说过，佛教其实是无神论的，证据是释迦牟尼从来没有称自己是神，他活了八十多岁，也只是凡人的正常年龄。但是他相信死后轮回，又证明他是相信死后是有灵魂的，没有灵魂什么在轮回？他亲自对我说过，他早就已经解脱了，那么是什么解脱？我很想听听佛教对这矛盾是如何辩解的，他们一定有一个圆满的说法，可惜我没有机会向他深问。现在永远也不会再有这样的机会了。他是清华工艺美术学院毕业，人极聪明，他一定会有一个说法。

　　他父辈弟兄四人，只有他一个男孩儿，他是家族的唯一姓氏传人，他却选择了出家，用中国传统的说法，就是他们家已经断根了。我问及他的父亲对他的出家是什么态度，他淡淡地说，父亲已经想通了。我想，事情一定不会是这么简单，父母经过了什么样的痛苦才能接受这样残酷的现实这是我们不得而知的。这又是一个我无法理解的难题，佛教既然以慈善为本，普度众生，而对父母的这种痛苦如何化解？

　　村人告诉我说，释净意死后，他的姐姐来把他的遗物取回去了。我想了想，他除了书之外几乎没有一件值钱的东西，一个烧水的铝水壶、一个磨烂了的睡袋、一个手电筒，对了，还有一个钵，是木头的，因为他们常年在外行乞只有用木头钵摔不坏……这些东西，他的姐姐取回去也只能是做纪念罢了。他的父母呢？他们将是怎样的伤心！如他所说，父母如果把儿子的死都能坦然接受，那么，人生的意义又何在呢？

　　村人又告诉我，小和尚的遗体捐给医学院，他活着时早就把一切捐赠手续办好了。他的这最后行为说明他确实是无神论者。难道佛教真是是无神论？甚至是彻底的唯物主义？小和尚释净意把我这些困惑都带走了，我多么愿意在另一个世界向他请教这些问题。可，那又不是无神论了。

现在正是盛夏，我又来到阿陀的西山上。小和尚曾借住的那几间破败的小屋还在，院子里蓬蒿没人深，而一些藤类就直接爬满了窗户碧绿一片，连门也爬上了半截。这里完全不能住人了，但因为这是有房产证的房子，即使废墟仍然能值几个钱，所以主人不会拆除。院子里那株梧桐树上蝉声震耳。只是小和尚不在了。

挖　　煤

　　凡是旧社会挖煤题材的宣传画，都是一个矿工抡着大镐在那里刨，其实这是不对的，宣传画上的大十字镐是在地面上刨沙石用的。刨煤的镐头很小，大约能有宣传画上镐头四分之一大，只有二三斤重，而且镐把也不是这么粗，刨煤的镐把在距镐头二十公分处有一个蜂腰，很细，只有大拇指粗，抡起来直颤。这样，在镐头刨到煤层上时像鞭子抽上去似的，速度快，又不至于在人的手臂上有振动。如果像宣传画上那样刨，累死也刨不下来。在矿井下，煤层经过了几十万年甚至上亿年的重压，坚硬得跟石头似的，像刨土那样根本就不行。

　　挖煤一般都是三道工序，一曰"掏槽"，就是用这种小镐头把煤层横切一道深槽。弄一个矮板凳，或是一个蒲团，坐在地下横向抡镐头，把煤壁刨进去十五至二十公分高的空槽，长度不等，看你的掌子多大。深度就看你的技术了，新手连五十公分都刨不进去，老手能掏进去一米多。每一镐头刨上去，只能刨下指头尖儿那么一点儿，你就耐下心来一镐一镐地刨吧。越着急越刨不下来，刨不准，甚至连镐头都刨不进槽里去了。有人计算过，一个班下来大约刨三

119

万多下。

下一道工序叫"卸货",就是把已经有了空槽的煤层打下来。用大锤,用撬杠,用镐头,用钢钎。先是用大锤把钢钎打进煤层里去,这要一锤一锤拼命打,遇到硬的煤层,常常你拼命地抡起八磅大锤打上去,钢钎却一点儿也没进。一根半米长钢钎用上一个月就短了半截儿,给你打短了。钉进钢钎之后,再用撬杠别在钢钎上把煤层压下来——因为下面有一空槽了。卸货就是这样一层一层把煤剥下来的。

我相信世界上所有的手工挖煤都是这样的方法,因为只有这样效率才高。这是经过了万千人千百次的试验,才总结出来的最佳采煤方法。后来用的半机械化截煤机采和炮采也都是这样先弄出一个空槽。到联合采煤机就完全不是这样了,那是一个巨大的齿轮,把煤层一次性地刮下来。

第三道工序就是把煤弄到地面上来。我下井时已经不用人背了,用四轮矿车推出来。没有绞车,好在井不太深。铁道和矿车都是日本人留下的。这是最累的活儿,要不停地奔跑。上坡时用上吃奶的力气把装满煤的矿车一步一步往上推拉,下坡时又要兔子似的没命地跑,矿车没有刹车装置,你不想跑也得跑。一双胶鞋我一个月就跑得稀烂。水靴不能穿,跑不动。

现在退休了,有一天我忽发奇想,一个人犯了弥天大罪,把他扔进深达几百米的地层里,让他坐也不能坐,地下满是泥水;站也不能站,仅仅有一米二十公分高;只能弯腰待在那里。而且空气污浊缺氧。我相信,待一个小时他就会绝望。可我实际上就曾经把一个人真的扔进那样一个所在里,而且一扔十六年。这个人就是我自己。但我活得很好。在那样的生存环境里,最惧怕的惩罚是什么?世界上应该是再也不可能有更可怕的处罚了吧? 不,还有,恰恰就是不让你进到那个地方里去。当年矿长惩罚我们就是——今天你不下井了！怪哉！

　　一听到这句话，当年对我们就是晴天霹雳，脸都白了。怪哉！怪哉！

　　多年后，我到鹤岗煤矿采访，一个监工模样的人揪住一个年轻矿工的矿灯不放——不让他下井。两人争夺起来。我冲上去，和那人厮打了起来。怪哉！怪哉！怪哉！

名　人

　　重返故乡，倒成了一个"暂住"人，麻烦的是这"暂住证"必须每年办一次。我真想对办理"暂住证"的女民警说，孩子，你才是这里真正"暂住"的人，我在这里出生长大，在这块土地上我吃喝拉撒睡，最终还要长期居住下去，而且还要死在这里埋在这里，我怎么能算是暂住？对一个女孩子我不能说，其实你们派出所这块地上我撒尿都撒遍了。真的，派出所所在的这块土地不但是我们乡的，而且是我们村的，不但是我们村的而且是我们生产队的，不但是我们生产队的，而且是我们生产小队的。也就是说当年我在地里干活儿真的撒尿都撒遍了每一寸土地。

　　不但户口管理机关把我当"暂住"人，就是走在大街上也是一个没有身份的人，村人大多已经不相识，父辈人差不多都已经走光，同辈人也去了大半儿，剩下的小半儿都蹲在家里不出门了。满大街全是半个世纪后出生的人，他们对这个忽然出现的老头儿只当是路过的，每当对人介绍起自己来，孙少山对他们是一个完全陌生的符号。一急，我就说，我就是这个村的人呀！对方一脸诧异，你是这个村的人？我的南腔北调让他不得不怀疑我是一个冒牌货。我不得不搬出最后的一招儿了——孙少亮那是我兄弟哪！孙少亮是本村的

122

前任支书，我的一个本家弟弟。这一招果然灵了，对方立刻说，啊呀，知道知道，早说你是少亮的哥哥不就得了！

在自己的故乡，孙少山就像那没有正规手续的小作坊，必须挂靠一个公司才能注册。

当年俺老孙也曾经是一个县里大名鼎鼎的名人；往大里吹还是一个市里的大名鼎鼎的名人；再往大里吹在一个省也算得上是名人；想不到如今在一个村里还必须挂靠一个小小的村支书才能为人所知。今非昔比啊，今非昔比。

拉倒吧，"暂住"就"暂住"吧，"孙少亮的哥哥"就"孙少亮的哥哥"吧，反正我也不指望在老家还出什么风头了。

不料我买了一辆摩托车居然又成了名人。从上海弄回了一台雅马哈 750 摩托车，而我们本地都是 125 以下的摩托车，也就是说这辆摩托车比他们最大的还大六倍！不是老孙想跟哪个攀比，只是一时胡闹罢了。但这东西不是放在家里的，得开出去。尽管我总是戴上头盔，不想让人看到一个满头白发的老家伙骑一辆大摩托满街呜呜乱跑，还是给人注意到了。去理发，理发员说，哈，你就是那个骑大摩托的老头儿吧？我只能点点头说，瞎骑，瞎骑。在饭店里刚一落座，四周一齐射来目光，喊喊喳喳，是他，就是他，那大摩托在……上了公共汽车，司机师傅立刻说，不骑你的大摩托，上俺这破汽车干什么？不知是不是错觉，现在我大街上一走，总觉得"回头率"颇为不低。

原来，想成为名人方式有多种，写文章骂鲁迅，骂曹雪芹，都不失为一种安全而有效的方法。还有，闯上舞台，往女明星头上泼大粪；扇签名售书的老家伙一耳光，这也不会有危险。如果你有钱，可以写博客说某八十多岁名人不是死在病床上而是死在了某小姐的肚皮上。如果你活得不耐烦了，你像我这样去弄一台大摩托车来骑。老百姓有句俗话说，要想死得快就骑一脚踹。过去摩托车没有电起动，全是用脚踹。

宽　　容

　　某女士，市报常务副社长，市委宣传部搞无记名投票民主测评，她的满意率竟然达到了百分之百。一时哗然。报社的人却说，这有什么奇怪的？她为人就是宽容、大度，虽然也是领导，但没有对立面。说一件事吧，有个女人总是造她的谣儿，说她男女关系方面有问题，她都听说了，非但没有追究，有一次这个女人孩子病重，急用钱，她还悄悄给送去了一万块钱。有幸和这位副社长在一块儿吃饭时，我奉承她说，作为一个女同志这么宽容大度，你真难得啊。当时她已经有点儿半醉，说，哥们儿，我哪是什么宽容？我是胆小啊，得罪了人，我会半宿都睡不着觉，生怕人家报复，与其……还不如……

　　这是我第一次听人把"宽容"和"胆小"挂上钩儿。

　　我一个小时的伙伴，大家公认是最宽容最忠厚的人，现在回到家乡才发现他胆小得不可思议。他陪我去胶州，中途却急急忙忙拉我下车，我不解，他惊魂未定地说，你没发现咱们后座那个女人是疯子？她万一……我一时哭笑不得，那个女人是性格有点儿特别，她也许想起什么高兴的事儿，忽然大声唱起了《沙家浜》，我还给她叫了一声好儿，但绝不是疯子。即便她是疯子，手中又没有什么凶器，她能怎的？

老兄是国家干部，每年都有机会外出旅游，这大爷只要一听坐飞机，坚决不去。眼下，他正忙活着把家里的窗户全都换上防弹玻璃。其实他只是一般干部，家里并没有多少钱。

把"宽容"如此高尚的品德和"胆小"联系到一块儿，实让人心有不甘，可是我的两个儿子恰恰就验证着这一不幸的事实。老二性格绝对比老大宽容得多，但他也确实胆小得多，一米八六的标准的关东大汉，只有家里人知道他实在是胆小。

多年前读过房龙的《宽容》那本书，当时很流行。依稀记得主要是讲对异己思想和习俗的宽容，这应该算作是智慧上领悟，是理性的宽容，不是性格上的宽容。

基督教最讲宽容——要爱你的仇人。他们的理由是，人生来都有罪，你的仇人给予你的伤害其实是代上帝对你实施的一种惩罚，对你而言，你也因此赎了罪，不但不应怨恨他甚至还要感谢他。所以你要"爱你的仇人"。言之成理。

佛教徒当然也讲宽容，他们认为我们所感知的世界仅为一种幻象，是空。如此看来世界上就没有什么不可容忍事物了，你会为虚幻的东西动怒吗？再说，佛认为大千世界全为因果，他人作恶自会得到报应，何劳你去计较？言之成理。

还有一种宽容是人格上的超越，我和你不在同一水平线上，你的恶意行为其实伤害不到我，这就是"大人不见小人怪"。

还有是地位上的超越，领导总是教导下属们要宽容不要斤斤计较，那是下属们之间的矛盾不大危及他的地位。如果你举报他贪污那要另说了。

世上的宽容大体不外就这几种情况，阁下，您主张的宽容属哪种？

埃蒙斯的微笑

　　我是一个患得患失的人，如果无意中丢了一百块钱会让我懊恼半天。如果我在网上下棋输了，老伴儿都不敢大声叫我吃饭。也许正是这个原因，使我在本届奥运会上最佩服的人不是那个一下子得了八个金牌的菲尔普斯，而是那个痛失金牌的埃蒙斯。一枪鬼使神差4.4环的失误把已经到手的奥运金牌给弄丢了，正常人肯定是痛不欲生，他却能稍愣一会儿，然后微笑着走上前去抱一抱他的对手，表示祝贺。而金牌得主，我们的邱健倒给弄得表情有点儿不自然了。我宁愿相信他是在装，那微笑太美丽了。但后来当记者残酷地问到这个问题时，他仍然能够灿烂地微笑着说，我们家已经得到三块奖牌了，足够了。如果他真的是在装，那么他也是一个真正伟大的演员，在此种痛苦的情况下还能有如此高水平的表演也是让人目瞪口呆。

　　中国运动员与外国运动员最大的差别不是技术，而是心态。多年前，那时中国女足还雄踞世界，我曾经看到过一篇报道，说美国女足队员在赛前去逛大街，到处玩耍，而中国的运动员都一个个闷在屋里，我很诧异，这么大的区别让我不太相信。后来我看到在一场大赛中，那个有名的瑞典乒乓球运动员输给中国运动员时，很亲切地上前拍拍对手表示祝贺，我隐约觉得这些外国鬼子确是有点儿不可思议。这种差别随处可见，比方从电视上经常可以看到美国的NBA大赛时，有的球员一边嘴里嚼着口香糖一边打球，如果中国球员这样做，恐怕不仅是教练会禁止，就是中国的观众也会嘘他太不严肃。

这种"严肃"与不"严肃"的差别，绝对不是简单的某个人的风度或者说是运动员的修养，而是有着深刻的历史渊源的。我上小学的时候，就听老师讲过一个中国运动员的事迹，一位中国运动员在参加世界马拉松比赛途中昏倒在地，到医院抢救时，医生发现他的一只拳头一直紧紧地握着，当掰开他的拳头时，发现里面握着的是一个纸条，上面写着：祖国人民不允许我落后。当时，老师在上面讲，我们这些孩子在下面听得泪流满面。直到今天，中国的学校里仍旧在讲述着某运动员为国争光的感人故事。祖国的兴衰系于一身，你想，肩负着这么大的使命，哪个运动员能轻松起来？如果埃蒙斯在那种情况下把一枚关系到国家荣辱的金牌给弄丢了，我想他不仅微笑不起来，不仅仅是痛不欲生，而且会感到巨大的恐怖。

"沉重"与"轻松"的差别无处不在，那个刚刚破了百米世界纪录，取得男子百米金牌的博尔特在赛场上还滑稽地扭扭屁股，好像如此重大的奥运会也不过是一场游戏而已。造成这种差别的，除了教育外，还有一个重要的原因就是运动场上的"沉重"是与我们生活中的"沉重"密切相关的。我们的生活太单一，做什么都容易孤注一掷，想轻松谈何容易？互联网遍布世界，但在国外好像很少发生像中国这么让家长们谈虎色变的青少年"网瘾"，原因是他们的孩子好玩儿的事情太多，不会轻易地对一件事入迷到不可救药的程度。中国的高考也是这样，华山一条路，考不上好大学就会面临失业。发达国家的年轻人可以选择多种生活方式，他们用不着拼死拼活地为高考而不顾一切。

　　生活轻松不起来，中国的运动员也无法轻松地比赛，埃蒙斯把奥运金牌弄丢了，但他已经在想着另外很有意思的事情了，所以你让他沉重他都沉重不起来。生活的丰富是他们能轻松比赛的根本。如果一个中国运动员就可能上一步登天下一步落地，除了体育比赛，他们很难找到别的生活乐趣。

过去了的，总是美好的

　　钢笔取代了毛笔，计算机取代了算盘，洋服取代了缅裆裤，阳历年却总是取代不了阴历年。直到今天，春节不仅仅是一个中国人盛大的节日，而且仍然在意识上是一个计年的分界。除夕夜如一把利刃把似水流年一刀斩断，于是近在眼前的时光立刻成了"去年"，一切都远远逝去。对于记忆而言，岁月的风尘犹如古镜上的铜锈，总是愈厚愈斑斓，愈久愈珍贵。过去了的总是美好的，当记忆中的平常事也披上一层朦胧的轻纱之后，一切都变得可爱起来。即使那旧日的苦涩也改变滋味，增添了几分酸甜。儿时吃的糖特别甜，儿时的麻花特别香，儿时看的花也特别鲜艳。就是一年一次的春节晚会也一年不如一年。

　　外甥从乡下来，说他在家刚刚和他爸吵了一阵，因为他爸总在说还是当年的生产队好。我不能不吃一惊，如果我这位姐夫当年当过一官半职也好，他会觉得过去的时光好，那段日子值得留恋。我可知道他连个生产队长也从没当上过，他当年总是天不亮就怀里揣上个冷大饼子下地，一年到头不休息，大年初一还要上山打石头。干不好还要挨生产队长的训斥。今天他天天都要喝酒，整个冬天都在打麻将。他怎么会忽然怀念起那已经解散了的生产队？如果要说生产队好，应该是他的这个儿子，他当年还什么都不知道。

怀旧是一瓶陈年老酒，人们总是对它上瘾，不时地呡上一口，以慰自己逝去的年华。醉眼蒙眬中，连那些依稀的山川木石也在闪闪发光。事实上却恰恰相反，过去的日子大多是比现在的要差得多。只是因为它远去了就觉得它有诸多的魅力。因为近年来实行了市场经济，大家都在谈钱，很多人都开始哀叹世风日下，道德水准今不如昔，好像咱们过去有多么道德似的。

因为怀旧，人们总觉得越古越好，甚至于幻想出一个原始共产主义社会，这个原始共产主义社会曾一度被认为是人类社会发展的必然规律，写进了中学的教科书《社会发展史》中。在那个美好的社会里，大家共同劳动，共同分配，没有剥削没有压迫，平等互爱。近来的考古发现，那时候不仅没有什么共产主义社会，而且是比任何一个剥削社会都不如。不但是为争夺食物互相残杀，而且还经常发生人吃人的事情。

我们人可以提前生活在未来的十年中，绝不能退回去生活在过去的十年中。如果让任何一个人的生活倒退十年他都会觉得不堪忍受。就好比让一个城里人突然居住到乡下，他会觉得哪里都不舒服，待不几天就赶紧逃回城里。也就是逃回后十年中。我们看看那些古代城堡的遗迹就会发现，当年的人们几乎天天都在打仗，那时候的每一个老百姓，不分男女老幼，时时都在准备着杀人或被杀。即使不打仗，饿死冻死也是经常的事。据考古专家说，退回一千年，生活在黑龙江这块严寒土地上的人冬季为了御寒，常常把身上涂上厚厚的一层猪油。今天你身上涂上一层猪油过一个冬天试试？让今天的农民用石头镰刀去割谷子，他会说你还不如干脆把他杀了。

过去的日子一旦今天拍成电影电视，总是载歌载舞。让观众恨不能早生一千年回到那阳光灿烂歌舞升平的岁月里去。

　　一夜连双岁，五更分二年。过去的不值得留恋大家却都不能不留恋。这也许是因为我们那时年轻，值得怀念的大约只有我们的身体状况。但要说追求幸福的生活，那可是既不在过去也不能在未来，就在我们的现在。我们的天堂既不在天上也不在地下，就在我们的这个眼见的世界上。就在你的房间里，就在你的床上，就在你吃饭的盘子里和喝茶的茶杯里，对了，还在你的电视机里。

韩剧与儒文化

近几年韩剧不仅仅是红遍了中国，而且风靡了整个东亚地区，中央电视台举办了一个论坛专题，探讨其中的原因。那位韩国学者认为，主要是因为他们继承了中国儒文化，而在中国因为数次的文化革命使得中国的儒文化发生了断裂，对他的这一观点参加研讨的中国学者也都认可。的确，在韩剧中我们看到韩国的年轻人都对长辈彬彬有礼，那种温馨的家庭氛围真让人心动。据调查，韩剧的影迷中百分之九十的观众女性，这种温馨的家庭氛围正是绝大多数的女性所向往的。难道这种儒雅的家庭亲情完全是我们中国的儒家文化传统的作用吗？

我与一个同是当父亲的同事一起发感慨：现在的社会真是，儿子不是儿子老子不是老子了，儿子不仅不听话，竟然比老子还老子！你给他打电话套近乎，他心情好还听你说几句，心情不好立刻就说，爸，我还有事，挂了吧。我说这其中的原因主要还是经济的问题，我有两个儿子，可是没有家产给他们分，他们将来的生活完全不靠我，我凭什么能让他们听我的？比方说过去的一个农民，他有十亩土地三个儿子，将来土地的分配全是老子说了算，他们敢不听话？

同事说，我倒是有点儿家产（估计他有三四百万），可是我就这么一个儿子，将来还不都是他的？不给他你还能扔到大街上？我说，可不，像康熙那样四十多个儿子，家业是整个大清帝国。哪个不是诚惶诚恐？哪个不是争着讨好老子？要想让后辈孝顺，唯一的办法就是儿子要多，家产要大，说罢，一同大笑。

我想，韩国所以能有那么温馨的家庭氛围，年轻人对长辈彬彬有礼，其深层原因还是一个经济基础存在。他们或多或少都有一份家业，这是他们联系起来的共同的生活基础；老子或多或少都有一份家业要儿子继承，这样一个温馨的彬彬有礼的家庭环境就有了。像我们家，老子跟儿子都是革命同志，谁听谁的？文化是软件，经济是硬件，或许韩剧真的是跟他们继承了中国的儒文化有关系，但没有经济基础这硬件是运行不起来的。

如果说韩剧的兴盛与儒家文化有关还说得过去，有的人更认为韩国的经济腾飞也是继承了中国的儒文化的结果。有位学者到韩国朋友家做客，这位韩国朋友当场让他八岁的孙女背诵了一段《小学》给他的这位中国朋友听。这位中国学者激动得像哥伦布发现了新大陆，以为他找到了韩国经济腾飞的秘密，回国后写了一篇文章，介绍说韩国的小学生都在读经，读中国的"经"，这就是韩国的经济腾飞的根本原因。这篇文章曾传诵一时。我不知道是不是真是韩国的小学生都普遍在读经，但是我曾经见过有金发碧眼的洋人在唱京剧，也有人对此非常激动，声称京剧必将红遍未来世界。

到底中国儒文化对韩国经济有多大影响，这是个非常复杂的问题，只知道韩国的大财团现代还在用"现代"这两个汉字。但同时我知道西方文化对这个国家的影响也是非常深刻的。退回十五年，我们对韩国的报道只有学潮，我们所知道的韩国全是学生闹事，这些大学生不时地跟警察打得头破血流炮火连天。而这种行为就跟儒家的"中庸之道"南辕北辙，这完全是跟西方学来的。哪知十多年后出现在中国人面前的竟然是一个现代化的经济发达的国家，倒好像他们是闹出来的，不是什么读经读出来的。

　　韩国是一个非常奇怪的现象，不要说电视剧，就是足球、围棋也让我们百思不得其解。堂堂一个大中国，别说是踢不过人家，就是打败了这个从地图上看没有黑龙江省四分之一大的小国家有什么意思？可是偏偏我们总是要屡战屡败地输给人家。说韩国经济腾飞与儒文化有关实在看不出，说韩剧是儒文化的结果也难以让人服，倒是说足球与韩国的经济发达有关还有些道理，持这种观点的人举例说中国的孩子多少人能平均上一个足球场，韩国多少孩子能平均上一个足球场，得出的结论是中国的孩子们连个足球场都没有，他们怎么能打败韩国？问题又来了，足球确实如此，那么围棋呢？中国人总不至于置不起一个棋盘吧？为什么总是输？韩国，真是一个奇怪的现象。

"00" 后

　　读了一篇文章《正在老去的 60 后》，一个六十年代生人发的感慨，让我这个 40 后哑然失笑。我正打算要写一篇《真正老去的 40 后》，忽然骑车子在街上遇到了那个"00"后，一下子就把这个计划打了个粉碎。她其时正在和旁边的老人们闲聊，一抬头看见了我，想和我打招呼，我假装没看见，紧蹬几步跑了过去。前些时候我给她拍了几张照片，冲洗后托人捎给了她，我怕一个一百零五岁的老人向我表示感谢。承受不起呀。

　　或许她原来就没有名字，现在大家都称呼她刘洪义母亲。相貌堂堂的一位老太太，如果一个外来人在大街上遇见她，没人相信这是一个一百零五岁的老人。她一生生育了十四个子女——这让我百思不得其解，生孩子对女人消耗那么巨大的体力精力竟然不影响她们的寿命？现在的女人生一个孩子都惊天动地，真该向老一辈"革命家"学习。

　　她最小的一个女儿和我是同班同学，一个邋里邋遢的女孩子，老师训斥时她也笑嘻嘻的，活活把老师气死。

　　那天我举起相机要给这位"00"后拍照片，她摆摆手示意等一下，连忙找出一把梳子。儿子说，不用梳，头发不乱。她笑道，好不容易照个相，俺可要俊一俊。她前前后后把头发都梳理了一遍，又用发卡别在脑后。当她双手在脑后别发卡时，我拍了一张。这个动作对八九十岁的老人是很困难的，他们大都抬不起胳膊了，这位"00"后却能很麻利地用发卡把头发绾好。

我曾经拜访过东宁县金光寺一百零三岁的智真法师，那位法师正在昏睡，他的徒弟说，法师一天中也只能有两三个钟头是清醒的。就那样，还有人质疑智真法师的真正年龄。农村老人的年龄是不用质疑的，从他们出生那天起，他的同龄人就天天年年地挂在嘴边念叨着，到老来，他们的邻居后辈又不停地念叨，即使他本人忘记了年龄，众多的人都替他记着哪，想错也错不了。

坐在"00"后身边的女邻居向她伸过手说，摸摸肚儿，看你中午吃的什么饭？"00"后笑道，这可不行，摸摸肚儿，得做条裤儿，这是规矩。农村笑话，男人调戏女人时，摸一下肚子就要付给一条裤子的代价。在场的人都笑得不行。

偶然在一本书上读到这样一段文字："宫恩荣牧师，1947年殉难于王台镇……"我的家乡竟然发生过这等事？我想找一个年长的人求证，明启带我到了王可富家。他证实确有此事，老宫家原来是开药铺的，不知什么原因信了基督教。王可富九十五岁，毕竟我离家乡已经四十多年，他不认识我了，对我的父亲和祖父的记忆却都非常清楚。他还记得我家门前那口井。老伴儿去世了，他现在单过，我问，你还能自己做饭？他说，这有什么不能的？也不用担水，有自来水，柴火也不用劈，烧煤气。

明启问，大叔，杨成家今天娶孙子媳妇儿，你不去看媳妇儿？

又转向我说，别看九十多岁了，就是好看娶媳妇儿哪。

王可富笑了，对我说，他糟蹋我呢。

告别时，我叫他不用送，他说，岂有此理！他一直把我们送到大门外。

我有一个惊人的发现，现在的老人都不拄拐杖。那东西几乎被人遗忘了。读《红楼梦》，说是病后的贾宝玉拄着一根拐杖去潇湘馆看望林黛玉，以今天来，看这简直是一道非常滑稽的风景，一个十五六岁的男孩子拄着一根拐杖！

除非是断了腿，拐杖这东西到底是一种实用，还是一种装饰，一种时髦，或是一种作秀？

村民代表

　　洪义让我陪他到青岛山大医院看病，在阿陀这个小山村我算是走南闯北见多识广的人了。做过 CT 等项检查，要等明天才出结果，我让洪义自己等，我就回阿陀了。第二天下午洪义才回来，脸色发灰。我一看诊断书，脑袋轰的一声，肝癌，已经扩散。此前他一直在镇上一个翻砂厂上班，哪会想到是这样的病？他说，早晨他去取结果，大夫说，叫你家属来。洪义说，没有家属，什么话直接对我讲就行，没问题的。大夫看他那坦然的样子就对他说，目前对你这病还没有特效药，你回去想吃什么就买什么吃吧……这等于是宣判了他的死刑，他才四十多岁啊。但洪义对我说，当时一听这话，我心里咯噔一声，像他娘的一下子丢了若干钱，后来一想，人不是都要死的吗？只不过早几年晚几年的事，没什么了不起。

　　他果然又到镇上去上班了。他最怕的是让母亲知道，弟弟几年前刚刚出事故死了，如果再知道他得了这样的病恐怕是活不下去了，至于别的，他好像真的不怎么在乎。倒是我一连多少天都难过，一个比我年轻近二十岁的人，怎么可以就这样完了？虽然山大医院是青岛地区最好的医院，我还是决定再陪他去北京确诊，万一是误诊呢？他说，去就去吧，省得心里老觉得有个事儿。解放军 301 医院我有个朋友，在他的帮助下，一切都进行得很顺利，但结果仍旧是无情——肝癌，已经扩散。他表现得比我还平静。吃饭时多了一碗面条儿，他看看别人都不想吃，就说，扔了怪可惜，端起来呼噜噜几口就吃光。我说，你真是好样儿的！

离开阿陀后，我仍然心里像压了块石头，看看天，看看地，金色的阳光照在院子里，想到有一天我也会再也见不到，心里涌上一种难以忍受的痛苦。洪义是那么年轻，如何能舍得？可是试探着打过几次电话，他说他已经把工作辞了，正在清理和邻居同事们的来往账目，把欠人家的都还清。他的声音还是那样安详，似乎在跟我谈家常，我自然就更不能说痛苦的事，尽力控制语气。我是一个下过近二十年煤矿的人，没少见过死亡，但到临头时能表现得如此坦然的人，我这辈子没遇到过。这是一个没有宗教信仰，没读过几年书的年轻山民，让我佩服得五体投地。那些日子，我逢人就讲他的故事，觉得这实在是一个了不起的人。

但是后来发生的一件事，让他的形象在我的心目中又一落千丈。他没给选上村民代表，简直痛苦得不行，连连叹气，抱怨说，知人知面不知心啊……他认为自己投了玉艳的票，而玉艳却没投他的票，一票之差他没选上村民代表。阿陀村共有不到一百户人家，分三组投票，街北一组，街南一组，北崖一组，每组选八名代表，所以谁没投自己的票一猜就差不多。我问玉艳，玉艳说，的确，她当时一急，把洪义给忘记了，因为是无记名投票，要写八个人的名字。洪义坚决不相信，他说这种事怎么会忘记？不可能。他那痛苦的样子，比得知患肝癌还要痛苦得多，几乎连饭也吃不下了。这让我实在无法理解，对死亡那么豁达的一个人，怎么会在这无所谓的事上想不开？按比例来说，这个代表只是十几个人的代表，实在是微不足道，不当又如何？我对他说，别说是村民代表，就是市人大代表又能怎样？他摇着头说，这不一样，这不一样……

寂静的山林

　　拐弯抹角我叫他爷爷，其实他当时只有我现在的年纪，还不到六十岁。他有严重的气管炎，爬上一个山包，呼呼直喘。他向西一指说，你看，山要关门了，胡子们的好日子就要到了。

　　在山的半腰处有一抹轻绿，淡得像一缕烟，好似是有人拿笔在那里随意涂了一笔极淡的水彩。这是春天，树林开始发芽了。他所说的"关门"是只要树叶子一长起来，整个山野就让绿叶遮蔽，山林就会像突然关闭一样，再也看不透。在整个漫长的冬季里，没有树叶遮蔽的山林全暴露在光天化日之下，那些胡子们就会被官军捕获。只要树一发芽，浓密得对面不见人，大山就成了胡子们的天下。当年的抗日联军也是这样，他们几乎全部是在冬季里被日本关东军剿灭的。严寒的冬天是他们的克星，无处遮蔽，被日本人追得满山跑。而一到春天树叶长了出来，小鬼子们就再也不敢踏进这茫茫的林海了。可以想到，当年被日本侵略者追逐得饥寒交迫疲于奔命的抗日者是多么盼望树叶子长出来啊。这是他们的救命使者。

　　这是一片苍苍茫茫的大山，抬眼一望，我先是被这博大的气势给镇住了，东北的山与关里老家的山不同，没有峭拔的山峰，全是雄浑起伏如大海一样的广阔的山林。多年后我到南方，发现那里的山更是与东北的山不一样，南方的山多是突兀细致而显得秀丽。东北的山就是雄浑深沉气势博大。刚从山东老家跑到东北来，对这些山、树全都陌生。而爷爷他就是在这东北大山里出生的人。对胡子、抗联、日本关东军，他全熟悉。所以看到树一发芽就引起他很多的感慨。

东北的树发芽很快，因为它们经过了漫长的冬季，冬季太长了，它们在默默地忍受的时间太长了，一到春天就迫不及待地萌发。早晨只看见轻烟样的一抹绿，到中午就见得那绿已经浸染到了山顶。傍晚就会延伸到山脚。非常奇怪，每年春天都是山半腰的树先发芽，然后才是山顶，延伸到山脚。新发的叶子是一种带有鹅黄的绿，当这种绿色铺天盖地染遍山林的时候，满山遍野都是苦涩的清香。我常常躺在树林里，仰面朝上透过阳光看着这些新绿的叶子，它们让我赏心悦目。特别是柞树的叶子像一片片半透明的翡翠。

那天，爷爷把我带到一条山沟里用脚踢踢地下说，你就在这儿刨吧。

从此，我就开始了一生中真正的开荒生涯。像远古时代的人类一样，我要靠一把镐头开荒养活我自己。当时离开家乡的人们不像现在这样可以进城打工，那时的人只有到深山里开荒种地一条路。

临走时，他回头嘱咐一句，大树你不要砍，砍多了林场的人会抓你的，只能砍碗口以下的。还有，不准点火。

在密林里开荒先要打地场子，把小树、荆棘、艾蒿，用斧头、镰刀砍倒，把这些乱七八糟的东西拖出去很费力气。如果点一把火倒是省事。

他说完就消失在树林里了，我突然被一种巨大的恐怖笼罩起来。头上是一轮耀眼的太阳，四周是看得清楚的树、山。但是只觉得可怕。这种恐惧铺天盖地，你说不出怕什么，也说不出来自哪里，只是感到有一种东西在威胁着你。这是人类本能的对大自然的恐惧。

一个人四周有你的同类时，即使你看不到他，但是你能感觉到他的存在，你不会感到恐怖。当你在几十里内没有人烟独自一个的时候，你就会在大白天感到一种莫名其妙的威胁。四无人声，一片寂静，静得头上那轮太阳在嘤嘤作响。地下的一根草在阳光下干燥得发出一声爆裂，响声大得如同打了一个雷。我紧张得每一根神经都绷得像弦一样紧，几乎要大叫一声拔腿逃跑。我操起镰刀，疯狂地割草，让嚓嚓的响声充满这个可怕的世界。

在密林里开荒非常艰难，地下的树根盘根错节，像地毯一样编织在一起，镐头刨下去却翻不起来，把它们切断撕开，要费尽九牛二虎之力。那年我二十二岁，活力汹涌，我就以我的旺盛的生命力成天和这些树根草皮纠缠在一起。我必须开出一片能养活自己的土地来，否则我就不能在这里生存下去。我那一年刨了两亩肥沃的土地，全部种上了黄烟。爷爷告诉我说，你的地太小，种上庄稼到秋天会让野牲口给你糟蹋得颗粒无收。他所说的野牲口是指熊、野猪、狍子之类。

他是给村里看地的，这里有他们村二十垧新开垦的地，在大队人马来到之前，只有他一个人在这里看房子。这是真正的深山老林，他整整一个冬天就独自生活在这里。现在有我们俩在一起。几十天没见到人了，有一天正要吃饭，我远远地看到大道上有一个人在行走，惊喜万分地叫道，哎呀，我看到一个人！爷爷说，快，快叫他进来吃饭！我翻过一条沟，跑到大道上对那个人叫喊道，走路的，快来，吃饭了！原来这个人是放牛的，他一头牛走丢了，他就一路找到了这里。他坐下就吃，一点儿也没客气。我看着他一口一口地咬着大饼子，觉得非常亲切，就像他是我的亲人。他吃完后抹抹嘴一笑，嗨，饱了。连声谢谢都没说。但是我和爷爷都很高兴。直到晚上睡觉时我们还在兴奋着。这一天过得不错，见到了一个人。

在深山里开荒除了劳累之外，最让人难以忍受的是恐惧，很长时间了，我仍然不能摆脱那种提心吊胆的感觉，时常觉得脑后有危险向我逼近，猛回头，只有一片空旷的山林，什么也没有。继续刨地，仍然头发直竖。我在刨地期间并没有真正和野兽打过照面，但是它们的威胁时时在我的周围。熊的脚印几乎跟人的一样，常常出现在我的去路上；野猪在松树上蹭痒把树的皮都能蹭去一大片；爷爷的一只狗夜里不知被什么咬伤，骨头都暴露出来……现在，大家在电视上最常见到的是野兽和人亲近的场面，其实，那只有在它们给喂饱了之后。虎豹们在饿的时候见到人，就如同人在饿的时候见到又白又胖的馒头，有什么理由不让它们吃呢？实在用不着太客气的。那一带山里每年都发生人在山上给野兽咬伤咬死的事情。爷爷告诉我，他的亲弟弟就是在二十岁那年给豹子咬死的。

人们说要培养对野生动物的感情，那只能是在动物园里，或者它吃饱了之后，或者你手中有一支枪。像当年我处于弱者的地位，手中又没有一支枪，独自在山里，它们就是我的天敌。

孤独也是难以忍受的。多年后，我在呼伦贝尔大草原见到一位牧主。他曾经是下乡知青，现在发达了，有几千只羊和几百匹马。他说他这一生多灾多难，曾经一场大病病得人事不省一个星期，独自在草原上连个给端碗水的人都没有；还有一次在城里住店一场大火差点儿把他给烧死；可是他觉得最大的灾难是他的五年放牧生活。他说当你独自一个人守着一群羊放牧的时候，那种难熬的寂寞孤独是最残酷的刑罚。现实的放牧生活并不像歌里唱的那样，蓝蓝的天上白云飘，白云下面马儿跑……在我们旅游团那一行人当中，只有我理解他的话。我曾在那阴暗潮湿的矿井下生活了十几年，生死危险也遇到过多次，可是真正让我终生不能忘的还是那一年独自一个人在深山里的开荒。现在有的人说，他的理想是找一个深山老林，独自一个人生活在大自然里。其实，人是群居动物。当你真正独自一个人的时候，你就会知道是怎么回事了。

黄　　昏

那是一条浅浅的山谷，黄昏时分，从谷底的水沟一分为二，一半光明一半昏暗。我坐在洁净的沙土小路上，看着对面被阳光照耀得金碧辉煌的山坡。上部是一片茂密的落叶松林，树干如一排紫铜柱子一样整齐，下部是一片生长正旺盛的玉米地。在地头，一头牛犊悲苦地鸣叫着，它忍受不了寂寞，用它还没长出犄角的脑袋，没完没了地撞击着那架破旧的牛车。它的母亲在地里中耕，从玉米宽大的叶子中传出主人有气无力的吆喝声。

光线在山谷里荡漾，我贪婪地闻着飘散在路边的野花的香气，这是一种蔓生的极小的白花，但香气浓烈，它能使人筋骨酥软。在山谷的尽头是一堵城墙似的山冈，此刻被蔚蓝色的雾霭笼罩着。我总是望着那道城墙似的山冈想象着那边的世界。

我的小儿子忽然搬开后院的篱笆门，越过河沟向后山跑去。我家的黑狗发现了，急起直追。那是一片大豆地，大豆叶子水一样，立刻把黑狗给掩埋了，它看不见它的小主人，急得跳起来看一眼，沉到下面追几步，再跳起来看一眼，再沉下追……那情景活像一条鱼儿不时地跳出水面。小小的他在一块大石头上坐下来，双手捧着腮，呆呆地看着他出生的山村，黑狗傍在他身边一声不响和他一样的神情，呆呆地望着山下的村子。一阵风吹来，大豆叶子一齐翻转过来，露出白色的背面。

我沿着山谷回家，小路上的沙砾在我的脚下沙沙地响着。在这条山间小路上我走过了自己的青春。转过山脚，一眼看见坐在山坡上的孩子和狗，几乎是吃了一惊，我发现孩子脸上那深深的忧郁。我停下脚步不敢惊动孩子和黑狗。他们在想什么？光线渐渐暗下来，气温也在降低，孩子冷了，他抱紧黑狗的脖子以取暖。我很惶恐，什么时候他们才能回去？我没有勇气走过去。眼看着村子里家家屋顶上都冒起了一股炊烟，空气里传过来柴草的烟味儿。孩子和黑狗仍旧一动不动地坐在山石上。幸亏，传来一声女人的叫声：永地，回家吃饭！永地回家吃饭——像是受了惊，孩子和黑狗同时跳了起来，向山下奔跑。那狗又一次淹没在大豆叶子下面，不时地跳起来，落下去，跳起来，落下去……

都远去了，一切都变得遥远了，无论时间还是地域。那是在紧靠俄罗斯的边境的一条小山沟，当年那抱着狗脖子取暖的孩子已经是中年人，最不堪回首的是那条黑狗早已经死去二十多年。只有我，依然走在光线波动的杨树林子里，怀念着那逝去的遥远的黄昏。此时，从院子里传来那个女人一如当年的呼喊，是叫我回家吃饭。

红场地不平

　　去年，也就是 2004 年，有一件世界性的大事，那就是俄罗斯举行了战胜法西斯的红场阅兵。好像世界各国的元首都参加了，曾因伊战发生分歧的德国的施罗德和法国的希拉克又和美国的布什坐到了一起。中国的胡锦涛主席也参加了。当俄罗斯国防部长立在检阅车上威风凛凛地驶过红场时，我注意到了一个细节，他的车行驶不平稳，而是一点头一点头，走几步就点那么一下。摄像机镜头是那么长时间地对准这辆全世界都关注的检阅车，所以这一奇怪的现象很惹眼。只有到过莫斯科红场的人才会知道，这不是车的毛病，是红场的地不平。

　　红场的地面是一种黑色的石头铺的，不知道已经铺上多少年了，也许那时候还没有细致的石料加工技术，那些石头都不如现在咱们铺在大街上的普通石料光滑。红场又因为已经多年铺成，地面上的这些石头出现了高低不平。我去的时候是 1989 年，苏联还未解体。已经过去十多年了，想到那红场上的石头仍然没有整平。

　　本来这是与我这样一个中国老百姓毫无关系的事情，我所以又忽然想起那检阅车的奇怪动作，想起红场的地面不平，是因为我站在了中国一个城市的广场上，这个广场的豪华、壮观令我惊叹不已。我特意低下头看这平整光滑的花岗岩地面，想到如果那阅兵车是在这样的地面上行驶一定是平稳得纹丝不动，那该多威风？可是，这无论面积和豪华程度远比莫斯科红场强十倍的广场却是永远不能举行那么盛大的让全世界注目的阅兵式。太可惜了。在中国这仅仅是一个普通的城市。因为这个广场又地处城市边缘地带，整个广场上几乎没有人，更显得辽阔广大气势非凡。空无一人的大广场只有一些清洁工在游荡。这个广场也许一年甚至几年都不能真正用上一次，它就这么静静地待在阳光下。这个广场叫"会展中心"，还配有一些金碧辉煌的高楼大厦。我第一次见到让我震惊的是大连的那个会展中心，那规模和豪华让我大开眼界，而眼前这个会展中心毫不亚于大连那个会展中心。也许是向大连看齐的意思。但是大连那个广场游人如织，这个广场却是空旷无人。建设工程都有一句口号叫"百年大计"，我看这才是百年大计，再过一百年也未必能尽其所用。

现在中国到处都有这样规模大的广场。甚至每个县城都修建了豪华的广场。我在一个农场参观过一个广场，无论规模和豪华程度都远远超过了莫斯科的红场。当然它的地位也注定了它永远不能承担一次世界性的大阅兵。仅从广场上就可以看出我们中国人和俄罗斯人生活观念的不同。

海参崴是俄罗斯一个不小的城市，那里的广场和楼房都比较陈旧了。绝对没有中国城市这么多新建的高楼大厦。但同时也绝对没有像中国城市一家仅居住十几平方米的居民。而中国的许多高楼大厦都空在那里。豪华的宾馆酒店更无法和中国的相比，好像只有那么两三家像样的酒店。但你不能因此断定俄罗斯人贫困，他们很多人家都在海边的山上有小别墅。海参崴大街上你看不到中国城市这么多的高级轿车，但又不能说他们穷得买不起车，据说平均三个市民就拥有一台小车。这大约是中国市民的十倍吧？他们的车都不怎么讲究，有的剥落了漆皮，破了车门，甚至我还看到有一个人的汽车少了一个车灯还满大街跑。我第一次看见这么可笑的汽车，原来汽车少了一个眼就跟一个人瞎了一只眼一样。更多的是他们根本就不常洗车，很多车都是灰尘满面也不擦洗。俄罗斯人对汽车就像我们现在对自行车一样不在意，只要能跑就行。

我得出一个结论，在生活中，中国人重排场，重面子，而俄罗斯人更注重实用。现在咱们开始提倡以人为本，而俄罗斯那里早已实行的就是以人为本。比方说，在俄罗斯乡村的大道旁，常看到有一些简陋的小水泥房子，那是给等车人准备的，以避风雨。而在中国所有的乡村大道边，你绝对见不到一个为等车人预备的场所。中国有很多设施高级的体育场馆，但那都是为比赛准备的，普通人根本进不去。比方说草坪足球场，有几个人能在上面踢过球？海参崴我没见到草坪球场，但是我看到了一些铺上橡胶皮的球场，他们把废轮胎粉碎后铺在球场上，在上面踢球的全是普通市民，有老头也有小孩儿。俄罗斯的足球队也许不如中国的足球队，但是踢足球的人绝对比中国人多。中国人踢足球是为了比赛，在他们那里真正是为了锻炼身体，或者说是为了游戏。说到底中国人踢球是为了体育形象，俄罗斯人踢球是为了活得快乐。

疯狂摩托车

　　早晨听见一种轰鸣，推开窗一看，满大街潮水似的奔涌着摩托车。我从来没见过这么多的摩托车，马路上跑的，街两旁停的，院子里存的，全是摩托车。这就是河内，摩托车的王国。

　　这个城市里竟然很少公交车，偶尔看见一辆，也像羊群里夹着个骆驼，给摩托车裹拥得举步维艰。

　　好像越南人个个都是摩托车赛车高手，白发苍苍的老太太一样驾着摩托车风驰电掣。一辆摩托车上载着一家四口，两个大人两个孩子是常事。我还亲眼看见过一辆摩托车的后面载着杀好的两口整猪。如此高超的技术让我大吃一惊，可是后来我看到的图片就让我觉得是大惊小怪了。一辆摩托车后面驮着一个很大的铁丝笼，里面装了八头半大猪。还有一辆车上驮着一头牛。现在我带回来的一张图片是一个人骑一辆摩托车，车后载着一个男人，大约这是他的同伴。妙的是车手和他的同伴中间夹着一头捆绑结实的大猪，而车后货台两边又挂着两头大猪。这辆摩托车至少是载了一千斤。这绝不是杂技表演，是在一条乡村小路上。车后座上的男人好像很为有人拍他照片感到不解，一脸迷惑的表情——你给我拍照干吗？这有什么奇怪的？我敢说，当年有人发明摩托车的时候，绝对没想到摩托车会有如此大的载重量。

越南为什么会有这么多的摩托车？或者说，越南人为什么这么喜欢摩托车？据我走马观花的观察，大约有这么两个方面。

一、街道狭窄，很不利于跑公交汽车。即使在这个首都，很多街道根本就错不开对面来的两辆客车。当年我第一次到扬州也发现那座古老的城市里摩托车很多，感到迷惑不解，后来发现许多小巷子又长又狭窄，如果是雨天，那就正是戴望舒描写的《雨巷》。巷子太窄根本进不去小汽车，那就只有骑摩托车才行。越南的小巷子更狭窄，我们住的宾馆紧临的一条小巷子狭窄得两个胖子根本就无法错过身去，如果远远看见对方来了就只能等在外面。所以，越南人胖子很少。

二、气候温暖，或者说是炎热。如果没有空调，挤在公交车里受不了，远不如驾着摩托车兜风来得爽。如我们东北地区冬季寒冷，骑摩托车冻得你要哭。所以东北摩托车少。

为什么越南人普遍车技高超？我认为很大程度上得益于他们体重小。常看拳击比赛的人都知道，重量级选手的反应速度和轻量级选手的反应速度是不可同日而语的。体重越小，反应就越灵敏，迅速。好像别的动物也是这样。从物理力学上来分析也是由于体重小能更好地保证安全。我亲眼看见有个越南小伙子驾着摩托车眼看就要撞在我们的面包车上了，他能在只有十公分的距离内刹住车。如果是一个体重二百斤以上的大胖子，即使他反应过来，这是绝对不可能的。

据说越南政府也努力要在首都河内发展公交车，但总是发展不起来，没人坐。当初，不知道是因为摩托车的发展迅速抑制了公交车，还是公交车的发展缓慢助长了摩托车？反正现在想限制摩托车是很困难的。

祝福越南兄弟们，祝福摩托车！

劳 动 节

　　五一国际劳动节，是个很古怪的节日，声名显赫，是全世界劳动者的节日，可是到底全世界有多少劳动者在过这个节日？反正我知道占中国百分之七十多的中国农民是从来不过这个节日的。如果有一个人说今天是五一节我不下地了，那他肯定是脑子出了毛病。当年我们那个矿长说得好，劳动节嘛，就是要劳动，不劳动还叫什么劳动节？我们那个煤矿是从来不休五一节的，而且也不休礼拜天，我们发明了一个词叫"大礼拜"，就是十天一休，也就是一个月只休息三天。

　　有一年的五一节给我留下了深刻的印象，是我一生当中过得最愉快的五一节。矿长说，今天是五一劳动节，不下井了，割坑木去！我们那个煤矿支柱都是用木头，也叫坑木。大部分是我们自己到山上去采伐。小江自告奋勇地说，我带路，我们那个山上柞树都这么粗！他用手比画了一个水桶的口径。矿长有点儿信不着他，问，真的吗？他说，你看你，我前些日子还上山打柴看到过的。

　　一辆东方红牌履带拖拉机在大道上轰隆隆地开着，拖车上一群从矿井里爬上来的年轻人又唱又叫，欣喜若狂。这帮家伙长年在阴

151

冷潮湿、暗无天日的矿井里生活，一见到这春天灿烂的太阳，比狗见了肉骨头还要亲，怎么能不又跳又叫？虽然上山伐树也是干活，但比起煤矿下面的活儿还是要轻松得多。一路上多风光啊。

拖拉机的钢铁履带咔嗒咔嗒咬合着，开始在一条山沟里爬进去，小江坐在驾驶室里颇有气派地指挥着，矿长有些担心，这条沟里能有大树？整条山沟实在不像有大树的样子。放心吧，小江说。大家还是在拖车上闹，反正来了就得给记工，有没有树不关我们事。车在山里开了有一个多小时还是不见树，只有一些灌木。矿长有些耐不得了，树在哪里？前边，不远就有，小江向前一指说，你看那不是有些树了吗？前头果然有了一些小白桦树，但也只有胳膊粗。有人开玩笑说，小江，你说的树是哪年的？该不是你小时候吧？

我决不开这样的玩笑，不管有没有树这趟来得太值了，我正为山坡上那一大片紫红的达子香花感动。达子香花名字很多，学名叫杜鹃，还有人叫映山红，朝鲜人叫金达莱。我从来没见过有那么大的一片达子香，简直满山遍野都是，像一片紫红的云霞从天上落在了地下。直到今天，那片杜鹃花还留在我的心里。当你面对那么铺天盖地的野花时你会觉得心都颤抖。

矿长终于骂起来了，小江我告诉你，今天没有树你他妈的包这十几个人的工钱！小江说，我不久前还看到过呢？大家幸灾乐祸地说，不久是多久？我说，别赚了便宜还卖乖！心想，反正大半天过去了还没干活儿，不干活还能挣钱对我们来说就等于天下掉馅饼，我觉得这么大的便宜就是小江给的了。我放开嗓子傻子似的唱起来，矿长狠狠地瞅了我一眼。

到山顶也没见到大树，只有一些零星的胳膊粗的柞树桦树，根本不能做坑木。矿长气得脸铁青，小江的眼神像一只闯了祸的狗，只等挨打了。到这时候，大家虽然高兴，可是也不敢表现出来，只能偷偷地笑。

　　回家的路上，拖拉机手使坏，他大约觉得：我忙活了一天白拉着你们游玩了。在大家下车撒尿的时候他突然开车跑了。开始我们以为他也就是吓一吓大家，一会儿就会停下来，可是他真的越开越远，丝毫没有停的意思。那时候汽车很少，能开上拖拉机是很了不起的，他一贯很牛，对我们这些下煤洞子的很看不上眼。我觉得自己能跑，拔腿就追。履带拖拉机是跑不太快的，可是让一个人跑着追也不是件容易事。我累得气得喘不动了，幸亏在一个拐弯处从小道抄过去才追上了他。在车仍旧跑着中我抓住了拖车爬了上去。坐到拖车上我得意地想，我胜利了。这个坏种一直把车开出十多里路才停下，这一天，大伙没干活儿却跑了十几里路。

　　三十多年过去了，我不再是真正的劳动者（干过体力劳动的人就会一辈子都觉得只有体力劳动才是真正的劳动，所谓的"脑力劳动"只是那么说罢了），但是却真正过起劳动节来了。而且几乎是天天都在休节假日，这休起来却也再不感到愉快了。这正如天天吃馒头，谁也不会再觉得多么香甜。这些年来，中国对这个国际劳动节越加重视，还要放七天假，叫作"五一黄金周"，让大家可以出外去旅游，可是，那些旅游的人又有几个是真正的劳动者？你看看那些建筑工地，你看看那些工厂煤矿，你看看田野里的农民，他们在休假吗？奇怪的五一国际劳动节！

　　我永远怀念那个三十年前的五一节，当年我每一分钱都要流不知多少滴汗水，甚至是血来换，那个五一节却是白玩了一天还给记工，真正是让人高兴、幸福、愉快、欢乐、感动……今生今世再也过不上那样的五一劳动节了！

冬天里的较量

　　气温已经降到零下二十多度，我仍然每天早晨跑步，比起经常在大街上唱歌儿的这位先生差远了，人家还睡在露天里呢。他就睡在马路旁的一棵老榆树底下，盖一床破被子。我想，他能睡在露天的地里，我就能坚持跑步，你能坚持多久，我就能坚持多久。我每天跑到这里就过去看一看，被子还在微微地动，这就证明他在呼吸，还没冻死。有一天我又去看时，发现被子不动了，我想，他死了。近前一细看，被子下面还有一个小孔有热气呼出，这说明他还活着。下雪了，我跑到这里一看，雪落在被子上没动，而且也看不到有呼出的热气。我想，这下可完了，真的是死了。这个白色的东西就是一个死尸了。我壮起胆子，用手在这个冻得硬邦邦的东西下按了一下，没想到他在下面出声儿了，噢——我问，怎么样？冷不冷？冻硬的被子下面说，不冷。我很失望，只能继续跑我的。

　　这位先生自己说是密山的农民，胯骨坏了，农活干不了，就跑到城里混生活了。他主要是吃从垃圾箱里捡的食物。他不捡卖钱的垃圾也不乞讨，成天坐在那里悠然自得地唱歌儿，这让我嫉妒得要死。他怎么能有这么好的心态？我怎么就成天愁眉苦脸地快乐不起

154

来？有几次我假惺惺地问他，你有没有什么需要帮助的？他有些不屑地看我一眼反问，你能帮助我什么？我一下子气馁了。我能帮助他什么？他挥挥手说，我什么都不需要。意思是让我走开。他什么都不需要，多大的气派！很有一种大隐隐于市的隐者风度，好像这个世界上没有他求的人。当天气一天天冷起来的时候我就想，看你怎么过这个冬天，难道你还能唱得出来？只要天气一好，太阳出来，他还在唱。

今夜气温骤降，风雪开始在窗外呼啸起来，看着抽打在窗玻璃上的雪粉，妻子问，那个唱歌儿的今夜能不能冻死？我说，但愿他能活到明天。但我们谁也没有勇气提出让他来我们家过一夜。其实，今天这个严寒的夜里哈尔滨有多少大宾馆大酒店的房间都在空着？据说所有的客房只有百分之六十的入住率。那里面温暖如春啊。白白浪费煤烧的暖气了，这里却有一个人只能靠自己的体温维持生命。暖气片都烫手，屋里还觉得有点儿冷，他在露天里该是什么滋味儿？

我一大早就跑到那里，雪已经盖住了他，像一个坟包，天色微明，四无人声。雪下面一点儿动静也没有。这次该完了吧？我对着这个雪包大声喊，喂！冷不冷？几乎叫人不敢相信，下面传出一声，不冷！我愣了一会儿，我真想踢他一脚。我面前这是一个天底下最耐寒的人，连那些冬泳的人也望尘莫及，那只是十几分钟，他可是整夜整夜地在外面。而且他只凭着从垃圾箱里捡出那点儿食物维持着热量和生命。

空气已经冷得像冰一样噎人，呛得我直咳嗽，早起跑步我坚持不下去了，但是一想到冰天雪地里那个人我就觉得心里有点儿别扭。况且，他这是在给哈尔滨丢脸。哈尔滨是有名的冰城，大街上有人露天睡觉都冻不死还算什么冰城？我决定用别的办法干涉他，我打电话给民政部门，说这里有个人在大街上睡觉快冻死了，你们应该想个办法。他们说这事归救助站管，我打电话到救助站，他们说我们没权去抓。我说我给你们送去。他们说，群众送来的我们不收留，必须是派出所送来才能收留。我打电话到派出所，派出所说这类事情一定要他本人同意我们才能送，绝不能强迫。

　　我决定把这位先生亲自送派出所去，我对他说，有个救助站，是国家出钱专门帮助你们这类人的，管吃管住，可暖和了。他说，我不去，我不冷。我说，不冷？冻死你！他说，冻死？我已经在街上过了两个冬了。我又说，这样吧，你想到哪里去，让他们给你买车票，没有你想去的地方？他眼睛亮了一下说，我要去青岛。我说，肯定没问题，青岛暖和得多，你可以去过一个冬，明年春天再回来。他说，好吧。我们一前一后走着，脚下的雪咯吱咯吱响。我说，咱们可讲好了，你一定要说是自愿的。他说，知道。

　　来到派出所，我说明情况，值班警察问，你是自愿去吗？他说，是。民警拿起电话说，小王你来一下，把一个人送到遣送站里去。大街上的先生一听"遣送站"三个字扭头就向外走。我追出去揪住他的衣领。他说，我不去遣送站，他们光是让我干活儿。这家伙原来吃过遣送站的苦头儿。我揪住他不放，说，你这熊样子能干什么活儿？肯定不会让你干活儿的，现在天寒地冻，哪有活儿干？

　　车来了，他将信将疑地上了车。我松了口气。

　　第二天一早我又去看他的那个窝，空的，只有那床没了主人的破被子扔在那里。他没跑回来。隔了几天我又去看时，那床破被子也没有了，环卫工已经把它扔进垃圾箱。现在，我每当走到那里仍然不由自主地向那里望一望，什么也没有。我总算把他弄出这个地方，没有人让我一想起就不舒服了。但心里又有点儿空荡荡的感觉。

生　日

　　早晨，妻子睁开眼就说，也不祝我生日快乐？我这才想起今天是她的生日。本来她昨天就告诉过我，可是我给忘了。除了自己的生日，谁的生日我也记不住。记住自己的生日是因为要填写表格。作为一个现代人生活这个世界上，并且拿国家俸禄，你就要不停地填写各种表格，而所有表格上都要填写出生年月日这一项。好像真有人在关心你哪一天出生似的。每当我在表格的那一栏里写上自己的出生年月日时，我都觉得好笑，因为这是我自己编的一个日子，我到底是哪年哪月哪日出生的，我自己也弄不明白。其实所有人的生日都是一个虚拟的日子，既然"你不能两次踏入同一条河流"，那么当年的今日绝非今天的今日，也就是今天的生日与你当年的生日绝对不是同一个日子，而是个与你出生那天毫无关系的一天。时间是流动的，如河流一样向前流动的，绝不是轮回循环的。即使因地球在围绕太阳公转它是轮回的，那么我们的日历计算也绝对是不准确的，比方说闰月，这本身就是一种"四舍五入"法，也就是没法算了给了个约数。如果时间是真轮回的那就糟了，好比钟表的齿轮，你给了个约数不全乱套了吗？公历的计算还是比较准确的，可是那位古代皇帝就可以随心所欲地把二月份给定为二十八天。阴历就更是荒唐了，一年可以有一个月的差！你在这样的一个时间表上到哪里去找你的真正生日？

妻子很重视她的生日，每年都要拐弯抹角地提示我这一天是她的生日，她觉得她的生日与众不同，还是值得祝贺的。因为她是出生在野外。四十八年前的那一天，在一条山沟里，她出生了。那是个什么样的日子？天气已经有些冷了，但是冬天的太阳把一堵土崖照得金碧辉煌。她们那个地方到处是这样状如刀斩斧削的土崖。她就在那堵土崖下出生了。这在当年好像也没有什么奇怪的，我的一个同龄伙计也是出生在野外。他的母亲在地里翻地瓜蔓呢，那时候的地瓜品种很差，几天不翻动就要乱生根。母亲翻了一会儿，蹲下，他就生出来了。然后扯了把地瓜蔓，包了一下就抱回家了。我们那里把野外称作"坡"，他就起名叫"坡儿"。这就尽人皆知了。我不知道妻子那天是用什么包回家的，好像她的母亲是在从娘家回来的路上，总该提一只篮子吧？那样，她该是用篮子提回家的。她们家乡那里上沟下崖全是很陡的山路，刚生了孩子的岳母挎着篮子里的一个孩子，拐着那双小脚走得一定不轻松。但是妻子长得很健壮，她比她的弟弟妹妹都要高大得多，我真佩服当年人的生育能力。

我的大儿子出生，因为我们俩都没有经验，还去请了个接生婆，二儿子出生就用不着那么麻烦了。妻子那天说为了坐月子要烙下一些煎饼，正烙着，她忽然对她的伙伴说，哎，你替我一会儿。爬到炕上就生下了老二。她比她的同伙还不行，那女人一连生了六个孩子，个个都是自己剪脐带自己包洗孩子，丈夫要帮忙她让他出去，她嫌男人笨手笨脚弄不利索。今天的女人生孩子不但要进医院，还要大夫开刀剖腹，给从肚子里取出来。真是社会在进步，孩子都不能生了。

也许是妻子在生日那天一出生就接触到了日月精华，所以她特别强壮，在她的同龄人中她是最高大健壮的，甚至比那些男孩子还要高大。同是出生在野外的我那个同龄人"坡儿"，也长得很强壮。我觉得，既然大自然造就了人类，人类就有在大自然中生存下去的理由。

　　怎么说呢？其实人对自然的适应能力还是很强的。现代人的日子过得都是过于小心了。太阳一出来就要赶紧打伞；天上落点雨星儿就不敢出门；风一吹就要把自己包裹起来；天气预报天天播，人人都要盯着看，气温降下几度就大吃一惊，好像能冻死人似的。人们越来越恨不得住进恒温箱里生活了。人的一生其实就像一棵树或者一棵草一样，只有你看过的日出日落、经过的风吹雨打才是真正跟你的生命本质相关的体验，你不让风吹一吹，不让雨淋一淋，不经过冰雪冻一冻，你的生命其实就是不完整的。而那些什么功名利禄倒是与你的生命本质无关的东西。

手 电 筒

　　我买手电筒。老板娘笑道，捉借柳鬼儿？我不好意思地点了点头。她叹息道，捉借柳鬼儿的人比借柳鬼儿还多——要哪种？我说，要最贵的！其实我就是要和他们比一比手电筒。在黑暗的树林里，一道雪亮的电光射过去，震死他们……可笑啊，快七十岁的人了……

　　赵本山说，他家六七十年代就有了家电——手电筒。对农民，当年手电筒确实是一件相当重要的家当。我小时候，放电影前最大的兴奋点就是和人家比手电筒。大家把自己的手电筒光都打在还没放映的银幕上，看谁的亮，谁的聚光好。无数的手电筒光在银幕上乱晃，那热闹劲儿胜似演电影。只要发现有了一个非常明亮的光圈占据了中央，大家就会顺着光柱寻找手电筒的主人，这时，那人的得意劲儿好像得了奥运冠军。而你发现人家的电光都比你的亮，你就会悄悄地关了电门偃旗息鼓。在漆黑的山野走夜路，只要手里握有一个雪亮的手电筒，就像手握一柄倚天长剑，一下子劈开无边的黑暗，立刻会胆壮得一切都无所畏惧。这种感觉我相信当年的农村孩子都有过。

当年的手电筒都是铁皮的，内装两节电池。偶尔也有三节电池的，那是公务员才有的，一个粮库保管员常常像背匣枪似的把三节电池的手电筒斜背肩上，大白天在街上晃来晃去，羡慕死我们了。

现在的充电手电筒和矿灯是一回事。第一次见到那种用小电珠而不是用白炽灯泡的矿灯时，我简直不敢相信自己的眼睛，那么小的一个玩意儿竟然能发出那么明亮的光。我下矿时用的矿灯都是铅酸蓄电池的，等于每个人背一个四五斤重的铅疙瘩，跑起来直打屁股。而且极容易坏，常常半路上就没电了。还有，总是在漏酸，大家的裤子上都是洞；还有，一根电线等于把你的脑袋和裤腰带拴在了一起，那别扭劲儿不是外人所能体会的；还有，那种旧矿灯还有专门充电的矿灯房，每天领灯时要一张笑脸对着充电员，他要是一不高兴给你一个孬矿灯就等于让你走到半路上瞎了眼，新式矿灯在家里随时都能充电；还有，新式矿灯比拳头还要小许多，重量大约不会有老式矿灯的十分之一。看着这种新式的矿灯我激动得欣喜若狂，如果这种矿灯的发明人当时在场，我会毫不犹豫地跪地下给他磕三个响头，虽然我不再下井，我还是要替矿工弟兄们感谢他。在一定的程度上，他就是我们矿工的大救星啊，而不是别的什么人。回老家时，我向当上矿主的伙计要的唯一礼物就是一盏矿灯，如获至宝。回到老家一看却发现商店里的手电筒都是这种矿灯，只不过做得多了些花哨而已。

仅仅几年时间，那种用多个小电珠儿做光源的手电筒又被淘汰了。这次我买的手电筒只有一个小得令人心生疑虑的小灯泡儿，据说是一只半导体管儿。果然亮得发疯。唉，科技的一点儿微小进步都能惠及我们老百姓，而那些主义和思想……

第 二 辑

在没有奥运金牌的日子里

你见过穿着木屐打篮球的吗？我见过，而且是我的父亲。他就那样穿着木屐被人临时拉上场打了几个回合。穿木屐不是时髦，那年代流行一句口头语："没有布票儿穿木料儿。"没鞋穿，不得已。照着自己的脚锯下一块木板，钉上一条带子，大家都这么穿。虽然是那般穷困，但农具厂大门前那个篮球场每天晚饭后都人头攒动，镇上的人都去看篮球赛。半个世纪后，我还能清楚地记得那几个"球星"精彩的投篮动作。奇怪，他们肚子里装着地瓜干，却有那么多的精力玩儿篮球。今天鞋也有了，吃得也饱了，钱也有了，却再也看不到镇上的篮球赛了。晚饭后只能看见大街上一个个青年人挺着大肚子打麻将、吃羊肉串儿、喝啤酒。

小时候我就能吃苦耐劳，在中学里一直是中长跑第一名。现在家乡的人还能记起我，全有赖于他们看过我跑的运动会。那时候的中学也不像现在这么戒备森严，中学运动会是全镇人的盛会。推着小车的，扛着锄头的，把运动场围得水泄不通。那是我出风头的日子。今天一见我这般模样大家都唏嘘道，唉，当年你可是那个样子啊……好像他们不知道自己也都老得是这个样子了。

到东北挖煤，我仍然每年都参加公社运动会。在井下累得说话都没力气了，还是要精神抖擞地跑几十里去镇上参加。奖品不过是一个搪瓷脸盆，最高奖品是一双球鞋。好像不单单是为了这点儿奖品吧？那是我一生中最值得怀念的日子。

我百思不得其解的是，中国得的奥运金牌越来越多，却再也看不到中国哪个乡或镇举办运动会了。当年我们镇上那两个摇摇欲坠的木头篮球架，我现在都能给做几个，可是现在全镇没有一个篮球场。中学里的篮球场不允许外人进入，而学生们玩儿的也不多。体育运动离中国普通人越来越远了。金牌却是越来越多。大约一项运动发展到高精端时必然要脱离它本来的基础，比如说篮球已经完全成了巨人们的游戏，普通篮球爱好者一看那些专业运动员的个头儿就失去了玩篮球的信心。对观众也是这样，你看了电视上的 NBA 篮球赛还会有兴趣看大学生篮球赛吗？普通人的篮球赛完全失去了观赏性。

世界上最不拿奥运会当回事的国家肯定是印度了。这个人口数第二的世界大国得没得到过一块奥运金牌我不知道。按说他们应该无地自容了。可是他们居然说，奥运会不过是金钱操纵下的游戏而已。当然我们可以说这是狐狸吃不到葡萄的说法儿，可是，也不完全没有道理。我曾设想，如果让世界第一金牌大国的全体美国人，和世界最少金牌大国的全体印度人来一场马拉松长跑对抗赛，未见得美国人能跑得过印度人。一个二百公斤以上的美国大胖子，要几个美国奥运冠军能拖得动？

富　人

　　往床上一躺，抬头看时，发现房间顶棚很高，因为是半地下室，上面横一根一米多厚的混凝土钢梁，这样就比一般楼层高出一米多，这房间也就比星级宾馆的房间还要高得多了，足以弥补了面积狭小的不足。老板说，这是三十块钱的房间，我只收你二十五块，也不再安排别人。这么说，房间里的两张床全归我了，可我一个人无法同时睡两张床，甚是可惜。我把另一张床上的被褥全抱到一张床上，这样我就拥有了很豪华很奢侈的一张床铺。我不会嫌卧具不是新换的，在这种小旅店里住宿的人差不多个个都生龙活虎，倒是那些住高级宾馆的人才有病菌呢。闭上灯，完全隔绝，连一丝灯光也透不进来，想想外面是哈尔滨零下三十度的严寒，更觉我这房间温暖如春。蒙眬间，一片鲜花开放，我像躺在花丛中，舒服得无以言说。这意象不太好，但我觉得此时此刻我是天下第一富人。

　　候车室餐厅。我只想喝一碗粥，服务员说，不卖，这是套餐免费提供的。这有何难！我掏出十五块钱，端了一个套餐盘和一碗粥，在角落里一个餐桌上坐下，开始心满意足地享用。觉得对面一双眼睛正盯在我的餐盘上，抬头看，这是一个三岁左右的孩子，一双黑眼睛贪婪地盯着我的饭菜。我正犯愁吃不下，把堆满饭菜的不锈钢盘子往他面前一推说，小家伙儿，你想吃什么随便抓。年轻的妈妈慌忙拦住他说，快谢谢爷爷，说你不饿。小家伙说，谢谢爷爷，我不饿——但那双黑眼睛仍旧黏在我的餐盘上。年轻的妈妈自言自语，哎，早知道也要套餐就对了，饺子怎么还没包出来？好孩子，咱们去看看吧。抱起孩子离开了。我把粥喝完，那对母子仍然没回来，心里忽然觉得不对，到服务台一看，发现这餐厅根本就不卖饺子，那年轻的母亲撒谎了，因为候车室拥挤得没地方，只是为了抱孩子在餐厅里坐一会儿，而我赶走了他们。我相信这个农村妇女绝不至于吃不起一个十五块钱的快餐，但她刻意要节省下这十五块钱回家吃饭。我在候车室里乱挤一气，想给他们买一份套餐，可是哪里去找？这就是富人和穷人的差距了，富人为了一碗粥宁可破费十五块，而一个穷人为了节省十五块钱宁肯让孩子和她一起饿肚子。

我真正地当了一回富人是在 1989 年的苏联。当时卢布对美元的比值好像是一千比一吧？我兜里揣着几百美元，相当于几十万卢布。有钱跟没钱永远相对的，有钱的条件一是你所处的环境，也就是你跟周围的人相比；二是你消费这些现金的时间的长短；三是你面对的商品与你的消费能力之比。当时我这三个富人条件都具备；满大街的苏联人，口袋里比我钱多的恐怕不多；我必须在十五天之内把这近百万卢布花出去，带回中国绝对都是废纸；莫斯科所有的大商店里货架几乎全是空的，我所据有的现金足以在里面任意驰骋。

我记得当时一件重得几乎能把你压垮的纯毛苏联大衣，只相当于中国二十几块钱，我一口气买了八件，而且只挑最好的。最有意思的是买礼帽，商店里只准你买一顶，理由很简单，你只有一个脑袋。但是售货员告诉你，你可以走出去再回来买。于是我跨出门去再回来往返三次，买了三顶。这简直就跟闹着玩儿一样，最后我都不好意思了，乃作罢。带回国后一顶送给了诗人陆健，一顶送给了作家刘庆邦。我相信他们跟我一样，从来就没戴过，但那质量的确是好。

忏　悔

　　忏悔是后悔的表示，都是为某种行为而"悔不当初"。而其中又有着根本的区别，后悔大都是对自己所受的损失或伤害，如喝酒出了车祸，或走错了一步棋，出错了牌输了钱，都很后悔。而"忏悔"却是针对自己给他人造成的损失或伤害。也许是因为我这一生当中还没做过什么大罪大恶，总在揣摸，一个人在进行忏悔时是种什么样的精神状态？也就是我还没体会过忏悔到底是种什么感觉。然而，据说那些基督徒经常在神父面前进行忏悔，人家当然更不能做过什么大罪大恶。如此说来，我没有忏悔情结是因为顽冥不灵了。但是我也曾为两个人的忏悔深深地震撼过。

　　一次是在县里挂职时，滥竽充数为县领导接受过一个日本老人山田久雄的忏悔。他是二战时的老兵，侵华时他就在有名的"东宁要塞"驻扎过。他专程到那个县里表示谢罪，我代表县政府接待了他。在报纸上读过，在电视上看过无数次这种忏悔，但当一个人当面向你垂下白发苍苍的头颅，由于悔恨而泪流满面，真诚地说"对不起"时，你还是不能不感到震撼。那次我真正认识了什么叫忏悔。

　　还有一次是因为一本书。在处理减价书地摊上买到的，书名是

《现在想成为一个女人》。作者是一个美丽的女孩子。1987 年有一张轰动一时的新闻图片，也许大家都还记得，那是一个漂亮的女孩子嘴上封着胶带正从飞机上被两个警察架下来。她的美丽可不是一般，她是因为美貌而被挑选为特工的。真正是"万里挑一"。1987 年 11 月 29 日，一架民航客机在空中爆炸，一百一十五名乘客全部遇难，就是这个美丽的女孩子在飞机上安放的炸弹。本书的作者就是她。

她不但嘴上被封了胶带，口里还塞着泡沫，这是严防她自杀的措施。逮捕她的时候，她说要吸一支烟，刚把香烟往嘴里一放，一个眼明手快的警察一把给她打掉了。而她的男同伙就因为及时咬破了香烟过滤嘴里的剧毒氰化物当即死亡。服毒不成她又想咬断自己的舌头自杀，所以给她嘴里必须塞上泡沫。当时她认为她所从事的是一桩正义的伟大的事业，为了祖国，她准备从容赴死。

原因是这样的，邻国的首都要开奥运会，而她的国家领导人出于嫉妒，决定进行破坏，就设计了爆炸飞往邻国首都的飞机的行动，她是执行这一"神圣使命"的成员之一。一个国家竟然能如此下流，而如此下流的手段竟能让它的人民相信是正义的、神圣的行动，真是匪夷所思！

这也使得后来她的忏悔是必然的。

她和她的同志是那么虔诚地执行这项伟大正义的战斗，他们走了几个国家，男女同住一个房间竟然保持了完全的纯洁，他们好像认为如果发生了男女之间的非常自然的事情就会玷污了这项使命的神圣。而当她在庭审时看到了遇难者的亲人，知道了他们仅仅是一些出国打工的普通老百姓，挣了点儿钱要回家过年却死在了自己手上时，她的痛苦就是可想而知了。她的忏悔痛彻心扉也就理所当然了。在法庭上她哀求法官说："别再审理了，赶紧把我杀了吧！只有我死了，才对得起被我害死的人们！"面对遇难者的亲人，她的痛苦甚至比他们的痛苦还要深。只有死去才能解脱。

偏偏她后来又给总统特赦了。所以，她这本书忏悔的真诚度，是任何一本忏悔的书都无法相比的。

山田久雄在东宁要塞当兵时只有二十岁，这个女孩子炸飞机时只有二十二岁，回想我的儿子们二十岁时我还把他们当不懂事的孩子对待。这不是刑事犯罪，这是重大的政治事件，在政治事件中，二十岁的年轻人确实还是不懂事的孩子，让他们这样只有二十岁的孩子来负这个责任是不公平的。但是今天来忏悔的却是他们。而那些策划罪恶的，真正应该负责任的大人物，我们却永远别想听到他们的忏悔。

据动物学家们说，高级动物喜、怒、哀、乐等情绪跟人类一样，也都具有。但我相信忏悔的情绪是所有别的动物都不能有的，只能是人类所特有。忏悔，是一种高贵的精神。

钟声狍子谷

　　雪停了。顺这条山谷向南望下去，越过大肚川河，十里之外的对岸隐约能看到有几股灰色的烟柱升起在一个个大蘑菇样的屋顶上。那就是名叫狼洞沟的朝鲜族村子，他们都是蘑菇似的稻草屋，现在让大雪一盖就更是一个个巨大的蘑菇了。那就是我唯一能见到的人烟。撒完尿，提着裤子跑进屋里，天实在是太冷了。安立全问我，雪大吧？我没回答，夸张地打了个冷战。他八十四岁，曾经当过乡邮递员，据说原先长就一双飞毛腿，这个乡的通信全是他一人跑，每天一百多里。现在双腿瘫痪，成了公社的五保户，我们走到哪里就要把他带上。李麻子是这里做饭的。三年自然灾害时老婆跟人跑到东北来了，他来东北找，找到了，可是老婆跟后边这个已经有了孩子，最后只好流浪到了煤矿。我是领导安排元旦期间负责井下抽水的，还要刨巷道上的冰，保证元旦假期后第一天就正常掘进。

　　今年的元旦就是我们三条光棍儿在一块儿过了。正吃着饭，忽然门咂的一声响，进来头戴貉皮帽子的老潘，他是后山给生产队养鹿的。一进门就口沫横飞地开始吹牛，不管你听不听。成年累月独自一个人面对着二十头鹿，只要见了人他就不能让嘴闲着。秃子也来了，他是西沟果园里的，和老潘相反，不问就不说话，进门只是向大家客气地笑笑。麻子问，你那老伴儿呢？秃子脸红了下，轻声说，山那边去了。他是和山那边姓胡的共用一个老婆，平时那个咸菜头似的小女人就在果园里和他同住，今天是过节，当然要回那边去。他一个人挨不住寂寞也只好来我们这里。

老潘继续吹牛，没人理他。麻子吱吱地拧那台熊猫牌收音机。安立全说，也是这样的大雪天，我第一次跟父亲上山打猎，他指着半截枯树桩对我说，小子，你看到了吧，那树洞里就有一个黑瞎子，可是它耳朵聋哪，你去敲一敲让它出来，我在这里等着。那雪没膝盖深哪，好不容易爬到那树洞跟前，举起枪托要敲，忽听得头上哈哈一声大笑，抬头一看，妈呀，老大个脑袋探出树洞来，张开大口对着我，我一屁股蹲在雪里，幸亏这时，他的枪响了，那大脑袋一下子耷拉下来。嘿，还聋哪。

忽然，大家都不再出声，收音机里传出一阵悠扬的胡琴声。那时候的京剧样板戏都是大乐团伴奏，总是高昂的调子，像这种胡琴委婉的独奏已经很久没有听到过了。胡琴声一停，一个女人亲切地说，亲爱的中国朋友们，1970年新年已经到来，新年的钟声就要响起，让我们在新的一年里生活愉快吧。

这是苏联电台，它的播音频率是四分之三拍，听起来柔和亲切，不像中国的广播电台那样强硬。收听苏联广播是反革命罪，偏偏在我们那个地区它的信号比中央人民广播电台要强得多，中国设立了那么多干扰台也不起作用，一不小心就会收听到。钟声响起来了，一声、两声、三声……悠扬的钟声在这冰天雪地里响彻，我觉得嗓子眼儿给堵住了。

四十二年过去，苏联垮台，五个在狍子谷听敌台的人四个已经不在人世。

人的防卫机制

车辆有制动装置，动物有防卫机制。如果动物不具备防卫机制，撕咬起来没个完，就如同汽车没有刹车一样危险。造物主一片苦心啊。两只狗对峙着，鬣毛耸立，露出尖利的牙齿愤怒地吼叫，战争一触即发。但其中一只忽然微微转过身体，把软肋朝向对方，这是千钧一发的机会，只要对方此时一口咬下去它就彻底完了，让看的人都替它捏把汗。奇怪的事情发生了，另一只并没有抓住机会进攻，而是停止了嚎叫，掉头走开。好像对方的那个部位是一个制动闸。

人的防卫机制在哪里？下跪。不分种族，不分地域，甚至不分时代，人类不经过学习不经过训练，无师自通，不约而同地在危险的关头都会做出这一动作。一般情况下，当一个人向你跪下时，你举起的手就会不由自主地放下。打一个跪倒在你面前的人除了情理上说不过去之外，更主要的是生理上的制动。对着一个跪倒在你面前的举起刀，或者对着他的脑门扣动扳机开枪，这需要多个条件，你调动心中的深仇大恨；警告自己他会背后向你开枪；记住上级的命令不可违抗。这些都需要理性，如果人只有本能就做不到。理性往往会成为人比动物更危险的机制。人类制造的大灾难常常是理性的结果。

　　人的鲜血是更强有力的制动"装置"。我们读《静静的顿河》时有这样一个情节：当葛利高里第一次用马刀劈死一个敌人后，忽然扶在篱笆上呕吐不止。这是敌人的鲜血让他呕吐了。很多人都有晕血的毛病，一见到人的血就会失去行动能力。能完全克服血的制动作用的人，往往不会被认为是大勇者，而会被认为是大恶者。嗜血者是恶魔，远远超出了恶人。《沉默的羔羊》里那个吃人的罪犯张开满是人血的大口时，是最恐怖的画面。

　　如何让人克服对鲜血的恐惧也是战争发动者的一大课题，很早他们就知道战前宰杀牲畜，让战士们先习惯一下鲜血的刺激，后来就想办法激怒战士，让他们失去理智。最有效最堂皇的口号是——冲啊，替死去的战友报仇！其实，这口号同样也在敌人那边呼喊着。

　　用刀砍死一个人，并非每一个人都可以做到，那惊心动魄的情形会让他一辈子都无法摆脱，最凶恶的杀人犯也惧怕把鲜血沾到手上。开枪打死一个人比用刀砍死一个人就要容易得多，因为避免了血的刺激。热兵器比冷兵器给人类造成了更大的灾难。现代战争，这里一按电钮，数千里外千百万人灰飞烟灭，按电钮的人在生理上不会感觉到任何不适。好在，人类已经认识到了这种危险。

可笑的人

　　有一位老兄，本无半点儿棋艺天分，却非常不幸地痴迷上了围棋。几十年，荒废了不知多少时间，下棋，打棋谱，请老师；围棋书籍，教棋光盘，买了一批又一批，棋艺总是不见长进。他几乎天天在网上下棋，越输越下，越下越输，级别总在最后。废寝忘食，常常一下就是半天，神经紧张得彻夜失眠。输了棋就怒火冲天，见谁都不顺眼。数不清多少次，发誓不再下棋，把电脑上的软件删除，过几天，自己又装上。如此装了删，删了装，自己都鄙视自己。他出差，每到一个地方就打听下围棋的，常常让主人以为省里来了围棋高手，结果是一开局就让对手大失所望。有几年挂职在一个县政府，别人都在争权，他却只是和县里的围棋爱好者下棋，自己觉得棋艺大有长进，回到省城就找旧棋友较量，仍旧是输得一塌糊涂。棋友说，你说在县里天天下棋，怎么还是这样臭？

　　他才知道，在县里人家都是苦心经营地让他棋。不怕您笑话，这位臭棋篓子就是在下。

　　年轻时我曾经迷恋过木工，能拥有一个好的木工刨子是我伟大的理想。东北没有好的硬木，我处心积虑地搜寻了多年，总也没能找到一块可以做成一个优良木工刨床的木头。前年车到上海是一个黎明时分，我偶然从车窗外看到了一个旧货市场的招牌，我猜想，旧货市场里一定会有旧的木工刨，下车后我就千方百计地寻找这个旧货市场，我领教了上海之大，跑了好几天，结果也没找到。天从人愿，我弄到了一块菠罗格木，在热带地区这也许是一种很普通的硬木，但在中国却是难得。我把它做成了一个拼缝用的长刨，如果在当年，它足以使所有木匠们眼红。我宝贝似的把它带回家，可是却一次也没有用，原因很简单，现在拼缝都用机床了，市场所有的家具板材都由机床拼接成半成品，根本就不用人工拼缝。年轻的木工已经不学拼缝这门木工的最高手艺了。那个优良的木工刨床安静地待在我的工具室里，我有时去看看它，拿起来抚摸一番，但我知道它今生永远不会有用得着的那一天了。想想我这个几十年的理想实现了，却又是如此微不足道，真是荒唐。

已经老了，又迷恋上摩托车，这又是一大不幸。眼神儿和手脚都已经迟钝，摔得伤痕累累总算勉强学会。现在上网就是在网上看摩托车图片，中国不生产大排量摩托车，那些高级摩托车让我垂涎欲滴。如果说现在钱对我还有什么意义，那就是买一辆好的摩托车。别的没有了。前些天用斧子把左手食指剁掉了一块，看着涌流不止的鲜血，我忽然觉得绝对没有上次摩托车碰掉一块漆痛。那次我把摩托车碰掉了一点儿比这块皮小得多的漆，痛得我浑身都冒汗。人竟然可以爱身外之物比自身更甚，真是奇怪！真是可笑！然而，现在让我选择，是碰掉你身上一块皮还是碰掉你摩托车上一块漆？我仍然会毫不犹豫地伸出自己的胳膊。

我活到这把岁数，几十年的岁月代价，换取到唯一的知识，就是，即使对于你的思想意识，每个人都不可能是自己的主宰，更遑论主宰世界。

贴 春 联

　　明年退休，我让人把农村的房子大门做成旧式的对开木板门，为的好贴春联。我讨厌各种仪式，但我喜欢贴春联。把经过了一年风吹雨打的残破的旧春联刮掉，贴上红彤彤的新春联，立时就觉得喜气洋洋，好像真的万象更新了。在农村，过年贴春联是一件大事，因为大多不识字，分不清上下联。怕贴错了，写春联的老先生就教导，右手拿的是上联，左手拿的是下联。常常见大街上一个人双手擎着春联往家走，一刻也不敢懈怠，唯恐不小心弄错了。有一年在岳父家过年，岳父不识字，贴春联的重大任务自然就落在我的头上，我略看一看就贴大门上了。岳父的哥哥，也就是我的大伯父，站在门前看了半天，小心地问："是不是贴错了？"大伯父是木匠，识几个字。我认真一看，真是错了，把上联贴到下联上去了。但是我说，没错。那一年，村里一直在争论岳父家的大门上对联是贴对了还是贴错了。有的说确是贴错了。有的说，人家一个大作家能连个春联都不会贴？

　　春联最重要的是大门上的，二门上的就次之，还有一些如炕头的、仓房的、牲口棚的，猪圈的小帖就不太重要了。炕头的贴"子

178

孙满堂"，仓房的贴"五谷丰登"，牲口棚的贴"龙马精神"，猪圈的贴"肥猪满圈"。有一年邻居家让我看看他贴得正确不正确，大门和二门都贴对了，进院一看猪圈上贴的是"子孙满堂"，我心里就想可能要坏了。进屋一看，不由得大笑起来，炕头上贴的是"肥猪满圈"。我忍住笑一念，邻居的脸一下子变紫了。

　　来到东北后，农村根本就没有院门，春联也就无处可贴了。后来有人发明了挂红灯笼，用铁丝做成框子，外罩红绸，里面放一个电灯泡儿，在院子里高高地挂起来，真也有一种喜气。那几年，家家都挂红灯笼。白皑皑的冰天雪地，蓦地升起一片通红的灯笼，给荒凉的北方大地增添了无限生气，远远地让人看了精神为之一振。孩子们初一那天就到处跑，看谁家的灯笼大，谁家的灯笼挂得高。有一年我让铁匠给焊了一个特大的框子，又上山去砍回一棵又高又直的落叶松做灯笼杆，儿子帮我在院子里竖起来。那一年我家的灯笼全村最高最大，让两个儿子自豪得两眼放光。

　　好啦，明年就回农村去过年，不知还能否找回年轻时的那份欢乐？

盲　流

　　我要用五笔输入法打出"盲流"这个词组，打出的却是"废液"。"盲流"这是个人人皆知而经常挂在嘴边的词，不知道是什么原因不能在一些正式场合出现。查了下词典，居然也没有！按字义，大约"盲流"应该是人口盲目流动的意思吧？这是不通的，凡是人口流动都是有着很明确的目标的，哪里会是盲目的？所谓的"盲目"只是没按照政府的计划流动而已，应该算是非法移动吧？可是我们的《宪法》正有一条儿是公民有迁居的自由。所以盲流这个称呼又是不合法的。

　　正在电视上播放的《新闻联播》，西班牙因为经济危机已经废除了非法移民的免费医疗。我大吃一惊，原来这个国家对于外国的盲流都是免费医疗的。可是我当盲流那些年，别说是免费医疗，你在大街上走着就会被抓起来。

　　宋丹丹和黄宏的小品《超生游击队》可以说脍炙人口，久演不衰，可是，实际上，那是非常凄惨的。只要你设身处地一想，携妻带子一家人睡桥洞子，吃不饱饭，而且终日惶惶不安，风声鹤唳，只有逃犯才能体会那种生活。可是小品就有这功能，把凄惨化为滑

180

稽，博得一片笑声。

　　我当盲流十多年，根本就不敢进城市，哪怕进趟县城都提心吊胆，就是到一个陌生的乡村也常常遇到盘查。随便一个穿制服的人都可以把我抓起来。去年我爬山迷了路，走进一个山村里问路，一个村民很和气地对我说了几句话，竟然让我大受感动。这在当年可是绝对不可想象的，任何一个人都会对进入他们村子的陌生人用一种警惕、敌对的目光来打量你。历史的进程往往不在于你看到的摆放在地面上的那些高楼大厦，而是更表现在人的表情上，人的目光里。

　　十多年的盲流生活彻底改变了我的人生，怕见陌生人，特别对穿制服的人，有一种莫名的恐惧。至今我非到迫不得已的时候，决不和陌生人说话。在人多的场合紧张，一开口就语无伦次，渐渐就不再开口。小时候，爷爷对我最大的忧虑就是我话太多，哪想到我长大后却成了一个沉默寡言的人。如果老人家能见到我现在的这副样子，不知是吃惊？高兴？还是伤感？

　　我们那个矿村都是盲流，娶妻生子却不能领结婚证，直到孙子老高了仍旧是非法同居。有的已经埋进土里了，仍旧没有结婚证，不知那边需要不需要结婚证。我们退休的第二年去领了一张结婚证，我说是弄丢了，补一张，人家没多问，给补了张。但照片上当然是两个老东西。老伴儿说，人家一看准说是二婚。

天堂有多远

　　那天，爷爷面对着一盘乌黑的地瓜干说，要能天天吃上地瓜干就是天堂的日子了。今天要说明的是，那种地瓜干并非今天市面上所见的地瓜干，那种地瓜干很难吃。但那些日子大家吃的是草根，所以地瓜干就成了我记忆中永远的美味。我当时在心里发誓，要让我一辈子有地瓜干吃，我就什么都不要了。很快，天堂就来到了我们身边，第二年就有了吃也吃不完的地瓜干了。开始我还不敢相信天堂这么快就实现，好像大家都有点儿像做梦，不停地相互告诫，省着点儿啊，别放开肚皮不留后路啊。身在天堂，诚惶诚恐。再后来就有玉米饼子吃了，地瓜干根本算不了什么。我到东北后，彻底告别了地瓜干，全是吃玉米饼子，这就天堂又上了一重。大约八十年代后期，大部分的中国人都告别了玉米饼子，开始吃上大米白面了。天堂又上了一重。

　　公社派我们五六个盲流到乌蛇沟开矿，因为人少，又没有房子，我们在乌蛇沟村的知青食堂搭伙。那是同龄的五位县城下乡知青。他们供应每天一顿细粮，而我们没有，中午饭他们吃馒头我们吃窝头。为了避开，我们就中午晚些回去，但馒头遗留下的气味仍然让我们咽口水。炊事员还对我们说，你们没有豆油，按说吃菜也不能在一起，可是又不方便两个锅炒，只能让你们沾光了。我们每顿饭真正地沾了知青们的油水。这不能不让我们处处觉得矮了他们一头。好在都是年轻人，他们不太计较。

他们常生病，一累了就歇工。因为家里不等他们挣这点儿工分生活。而我们不行，拼命找机会加班，我们年底总要给父母汇点儿钱吧？村里的姑娘们都以能结交知青而荣耀，对我们不屑一顾。相反，有个村里男青年和一位女知青谈恋爱好像还发生了那种关系，被举报了，抓到监狱关了起来，罪名是，破坏上山下乡革命运动。

我因为能唱几句样板戏，和一个爱拉胡琴的知青混熟了。我感叹说，你们过的是天堂的日子啊。他惊讶道，天堂就是这样的？

我被抽调到国营煤矿干一个月，他们领导让我们去给国营煤矿的矿工做吃苦耐劳的榜样。首先国营煤矿有矿灯，而我们用的是那种冒火苗的嘎斯灯，推车时一跑就灭，不跑又不行；他们提升有绞车，我们用人拉；他们发工作服，我们没有；他们中午一个又香又甜的大面包，我们什么也没有，中午饿肚子；一个月很快就过去了。我常想，国营煤矿的矿工过的真是天堂的日子啊。

天堂其实距我们并不远，年轻时一个个理想中的天堂都实现了，又被我远远地抛到身后，俺老孙现在身处九天之上啊！

人在战乱中

　　北京，1995年，七十六岁的山田久雄脱离日中友好访问团，独自人一登上了飞往牡丹江的客机。他的同伴们这时还在等飞回日本的国际航班。他在牡丹江下了飞机又在当地部门的安排下由一名翻译陪同，乘一辆小汽车往东宁县进发。作为二战时期的关东军士兵，他当年曾经在东宁要塞驻扎过，更为重要的是他十七岁的弟弟就战死在了东宁。汽车飞驰，望着车窗外一掠而过的山野，山田久雄如在梦中。时光已经过了五十年。

　　1995年我正在东宁县挂职。我被委派招待这位日本人。他的个子比我还要矮小，好像只有一米六，但人很精神，头发花白了，手脚矫健。他说他原是日本开拓团的农民，在佳木斯那边种地，主要是种稻子。战争后期，兵源缺少，他就和弟弟被征兵了。那年他十八岁，他弟弟只有十六岁。他在东宁要塞驻扎过，是第一国境守备队的炮兵。番号是777部队，驻守第四处，在勾玉山服役，驻守409高地。使用的是四寸口径的步兵炮。最让我惊叹的是他还能记得当年的碉堡号码，是819号。

　　他用中文说出"郭林船口""三股流儿"这几个地名。这是当年绥芬河上的渡口。一年后，当南方战线吃紧的时候，他就被调到了南方。从此和他弟弟分离，再也没能见面。1945年8月13日，苏联红军进攻的第四天弟弟就被打死了。而他在中国的南方做了俘虏。他说，如果当年他没调走，仍旧留在东宁，他也当然要被打死在这里。守在要塞里的军队当时已经和上级失去了联系，根本不知道日本天皇已经宣布投降。他们仍旧在抵抗，结果全部被歼灭于地下工事里。他说，这次来东宁恐怕是最后一次了，已经七十六岁了。他一来是为了看看自己当年当过兵的地方，二来是凭吊弟弟的亡灵。弟弟的尸骨抛在了何处不知道，还是一个只有十七岁的孩子。

对于那场战争，他沉重地低下了花白的脑袋，他说，我对不起中国人民，我有罪。

过去我早就听说过许多日本老兵表示对中国悔罪的事情，有的跪在了卢沟桥上，有的跪在南京城，今天我是亲眼见到了。他流下了眼泪，可以说是一张脸上老泪纵横。这是悔恨的泪水。我无言，我不知道在那场战争中他应该负有多大的责任。

那是我第一次接受一个人的忏悔，真诚的忏悔。而且是一个老人。又过去十年了，他那老泪横流的样子仍旧在眼前，恐怕那也是我今生接受的唯一的一次忏悔了。我想不出在这个世界上还有什么人会对我忏悔。并且我检视自己，我这一生恐怕也没有什么事情会让我对着一个人流下悔恨的泪水了。山田久雄本是一个种稻子的农民，是战争强行把他拉到队伍里来。特别是他的弟弟，那年仅仅是一个十六岁的孩子，他能为战争负多大责任？他付出的却是生命的代价。人在战乱中就如同一根草屑被卷进了旋涡中，完全是身不由己的。战争就好比一台巨大的机器，当它轰鸣着转动起来时，作为这台机器上的每一个螺丝钉都要不由自主地跟着一起滚动。

也许有吧？我不曾听说过有德国老兵到俄罗斯去表示过悔罪。

倒是他们的一位总理跪倒在了大屠杀纪念碑前。与此相反的是，日本的首相数次跪倒在被国际法庭判罪处死的战犯亡灵面前。这种差异让人百思不得其解。我特地向人请教过，有人对我说：这是东西文化的差异，在西方文化中，皇帝在上帝面前是与普通人一样的子民，皇帝从来不具有超人的神性，因此他们要为自己犯下的罪行负责，所以，德国民众没有把战争责任承担在自己身上，他们认为是国家元首把他们拉入战争的，他们要严厉地追究发动战争的希特勒等人的责任。而东方文化中，皇帝总是被神化了的，他永远是圣明的，无须对他的过失负责，作为战争领导人之一的日本天皇在战后仍然受到日本人的尊崇。

我对这方面的知识甚少，但我却也能感觉到东方文化中的一些值得怀疑之处。例如我看到杭州西湖岳飞坟前跪着的秦桧，心里就想，他怎么能杀得了兵马大元帅岳飞呢？区区一个宰相。在此跪着的分明应该是下令杀岳飞的那个南宋皇帝赵构。赵构在位时当然没人能奈何得了他，而在他死后已经几朝几代了，仍然不认为他有罪，而把杀岳飞的罪魁祸首定为秦桧，让他一跪跪到二十一世纪，而且还拉上他的老婆来陪绑，这可真就是一种文化现象了。

童年记忆里的"明星"们

半个世纪前，中国的农村没有电视，没有电影，没有剧场，什么娱乐设施也没有，能给孩子们以些许欢乐的人物只有一些精神不正常的人。他们便是今天人们景仰的"明星"了。

首先我当年最佩服的是北村王金玉，他其实是一个间发性的精神病人。我的家乡王台是一个镇，每逢大集就会看见一条很强壮的汉子在人群里像舞大刀一样舞动着一把铁锨，嘴里不停地嚷着，我是北村王金玉，三个五个不在乎！其实他那武术在今天看来也仅仅是几个很普通的招法，但当年在我们孩子心目中是很了不起的。舞完了铁锨，下一个节目就是掀起当街的石条。那大石条两个人都弄不动，他一个人就能搬起来。最后一个节目就是一边哭他的兄弟，一边让人往他的脑袋上浇冷水。数九寒天，他赤裸着上身，让人把一桶冰冷的水兜头浇下。他的这些节目都能让孩子们看得如痴如醉，百看不厌。我们常常也学他的样子，嘴里嚷着，我是北村王金玉，三个五个不在乎！

他最后那个节目哭他的兄弟声音悲切很让人感动，据说他有个弟弟很小就夭折了，他因此就疯了。到今天我甚至怀疑，他真是对他的弟弟有那么深的感情？王金玉的精神病是间歇性的，不发病时在家里种地，一发了病就谁也拦不住，必得闹这么一出才能罢休，倒是我们这些孩子们总在企盼着他发病。

第二个"明星"是痴巴八爷。八爷并不是精神病，只能说他是一个半吊子之类的人物，我见到他时就只记得他鼻涕总挂在嘴唇上，满脸灰，腰里系一根草绳。他基本上应该算是一个在大集上乞讨的乞丐。但人缘不错，时常帮人提东西，拉车，有时还会从那肮脏的怀里摸出块糖果给孩子们吃。痴巴八爷本人没什么有趣的节目，他的热闹必须是另一个人出场配合。

这个人叫皇娘子。她是一个完全疯掉了的农民的老婆。自称是皇娘子，成天骂人。后来进了一趟胶州城，回来就不能骂人了，连一句话也说不出了，甚至一点儿声音也发不出来。据说是城里人给她吃了一种哑药。现在想来很有可能，她连哑巴那样的声音也发不出，大约是声带给彻底毁掉了。她不像八爷那样乞讨，她是抢，只要是吃的，趁你不注意，抓起就往嘴里塞。当然立刻就会跟上一顿暴打。我记得她一把抓了别人碗里的面条，那人跳起来在她的脑袋上狠狠地抡着拳头，她只是快速地往口里塞，全然不顾打击在脑袋上的拳头。也有一些心狠的人用器具打她，所以她的脸上头上常常流血，伤痕不断。

她非常肮脏，比痴巴八爷还要脏，所以她有时抢到一个饼无法全部塞进嘴里就立刻往裤裆里塞，人家一看太脏就只能打她一顿出出气，不再要那个饼。她就是经常用这办法抢吃的，当然付出的就是皮肉之苦。我记得我一个舅舅到我家拜年，半路上给她抢去一个饽饽，但舅舅还是又给夺了回来，他手里拿出那个被咬去了一大口的饽饽说，这不碍事，回去还不是一样吃？

皇娘子就是用皮肉流血挨打来换吃的，得以活着，今天想来那时太残忍，可那年代吃的东西非常珍贵，一个农民到集上狠了心才买一碗面吃，一下子被抢了，那可不是一般的愤怒。

八爷遇见皇娘子就有戏好看了，他立刻会上前调戏逗弄她，任她怎么破口大骂他总是笑嘻嘻的。骂他断子绝孙他会在乎吗？他本来就断子绝孙了。这时候就会围上一圈儿人看热闹，大家齐声叫好，他也就愈来精神。这样肮脏的女人也只有他这样的男人才会调戏，他却英雄似的得意扬扬。

这三个人就是当年王台镇上的"明星"，提起王台镇，必然会说，啊，我见过你们那里的王金玉……或者，对，王台镇上有个皇娘子……

北村王金玉已经七十多岁了还能搬动石条，花白的胡子。但有人说他那时候已经不再犯病了，是他有意装的。这样说来，他已经是有了表演欲望，在不犯病的时候也要表演一番了。大约像有些明星耐不住寂寞。我离开家乡来到东北，多年之后，见到家乡人第一句就问：北村王金玉还活着吗？回答是他已经死了，算来是将近八十岁了。

煤　　油

　　现在的孩子大约不知道煤油为何物了，也许会认为煤油就是煤炭里提炼出来的油吧？四十年前，煤油可是家家户户一天都离不开的东西，那时候都用煤油点灯，就跟现在一天也离不开电灯一样。煤油又叫火油、洋油，是介于汽油和柴油之间的石油产品。用来点灯比豆油、花生油、菜籽油都要省得多，亮得多。那时候人们对什么汽油柴油这类的还闻所未闻呢。

　　它最早是从外国传来的，所以也叫洋油。据说当初人们对这种东西根本不认，没有人买，美国一个推销员就制作了一些煤油灯连同煤油一家家免费送给人们用，大家一用，果然比什么油灯都亮。于是就传开了。

　　我对煤油还有另外一种记忆，就是它不能食用，绝对不能食用，如果一锅菜里误弄进一滴煤油，那么这一锅菜就没法吃了。在三年自然灾害期间，生产队里种花生，下种的人会偷吃，大家当然都明白种子是不应该吃的，可是这就跟吸毒的人你让他守着毒品却不让他吸一样，人在饥饿的时候你想不让他吃是办不到的。为了防止人们吃，开始是生产队长把花生种子拌上有毒的农药，当年最普通的农药叫"六六六",但是人们冒着中毒的危险,把花生皮搓掉仍然偷吃。后来他们发明了一种办法就是把花生浸上煤油。这一来果然奏效。浸了煤油的花生让你很难咽下去。哪怕你饿得不行还是不能吃。这是我们中国人的又一大发明,除了点灯,煤油可以用来拌种,这就是煤油的另一个用途。

中国人对春节有一种近乎宗教般的信仰,过年是神圣的,家家都要过年,再穷的人家过年也要吃一顿饺子。很早,母亲就为过年做饺子的面做打算,一点点地省着,我们家积攒了不知多少日子,有了那么几斤面,准备过年包饺子。我坚决主张这几斤面不能包饺子一顿吃了,莫不如我们一天用几两熬粥喝,这样能过好几天好日子。但是最终还是被母亲留了下来。我们家在大年三十的除夕夜吃了一顿饺子。我不记得是一种什么滋味了,好像是没来得及品尝就进肚子里了。吃得太多,大年初一的一整天我都难受得死去活来,胃胀得像要破了一样。总之,这顿饺子吃得让人非常后悔。

我家邻居可就更惨了。除夕晚上包饺子,家长王德成郑重其事地挽了挽袖子亲自动手拌馅子。他拿起油瓶狠了狠心,把半下子油倒进了饺子馅里。忽然小二民子嗅了嗅鼻子说,爹,味儿好像不对啊。已经有半年不见油花了。王德成把孩子推一把说,去一边儿,你知道豆油什么味儿?当他自己探进头一闻,大惊失色了。他把煤油误当豆油倒进了饺子馅里。全家人都愣了,怎么办?当然扔掉是不可能的,这是唯一的一点儿饺子馅儿。

后来他们除夕夜就把这一顿煤油饺子吃掉了。怎么吃下去的只有他们自己知道。煤油饺子成了他们全家人一生的伤痛。

我和医生

据说在阎王爷那里，只有医生是没有罪孽的，近来却频发医生被杀事件，这不能不让我想起今年春天我和医生发生的一件事。

给推进手术室我甚至有点儿受宠若惊，安装起搏器只是一个小手术，手术室里却是那么多的仪器和灯光，简直就是一个演播大厅。我记得老伴儿她们那一代做绝育手术就是把小学教室腾出挂上窗帘，几张破烂不堪的课桌拼起来，把人往上一放就开刀，跟我这种皮里肉外的小手术相比，那可真正是开膛破肚啊。中国的女人，你不佩服真不行。

赵青一边在那里捣鼓，我一边问，你做了多少个人了？她说，一千多个了吧。

我一听更放心了，儿子让我到大医院去安装，我说，谁还不想把活儿干得漂亮？哪里也一样。可想不到真就出了点儿小问题，赵青安装完毕，缝合之后弄一个什么仪器一照说，有一点儿瑕疵，需要调整一下。

这一调整不打紧，又拆开来弄了半天。当她再次缝合的时候，麻药的效力过去了，我能感觉到每一下的穿针引线，好像缝了两层。

尽管极力装好家伙，咬住牙一声不吭，还是大汗淋漓。我曾跟人吹牛说，本人天生痛感迟钝，经得住任何酷刑，干革命中绝不会当叛徒。哪想这么一个小手术把我击溃了。那时我有了一个很奇怪的想法，很好，两清了，我不再欠你什么了。在赵青拒绝了红包之后，我心里一直对她有一种亏欠的感觉，她这一返工，让我痛快多了。

手术完了，她自言自语道，哎，你遭点儿罪，我今天夜里能睡得着了。

出来后，我对儿子说，外科大夫，其实就是个手艺活儿。

七天后到医院拆线，又去我住过的病房看看，我同床的接班人手术后抢救去了，他安装完毕后突然不行了。我这才知道这看似小手术，其实也小觑不得！我问，大夫是赵青吗？病友答道，赵青没来，是另一个大夫。我立刻又想起赵青那句话，哎，你遭点儿罪，我今天夜里能睡得着了。尽管她是这方面的专家了，但有点儿小毛病这个小女人就会觉都睡不着。多么强烈的责任心！一时心潮澎湃，对这个小大夫充满了感激和敬意。如果是她那么小心，这样的事情就会避免。我曾对大腿部也给我消毒持过异议，她说，万一抢救再消毒就来不及了。看来，真还有危险哪。

不错，外科手术就是个手艺活儿，高超的技术是在谨慎小心中建立起来的。同时我也知道了，人对自己双手的支配远比对大脑思维的支配要难得多，一个你做了几千几万遍的动作都仍旧有失误的可能。我曾经说，任何人都不可过分相信自己的理性判断，现在我要说，任何人都不可过分相信自己的双手动作。

多年前看一位医学权威在电视上做节目，白发如银的老太太，她说，所有医术高超的大夫身后，也都跟着一串冤魂。显然很多冤魂还不知道是由于医生的某个偶然的失误把它变成了冤魂，只有医生他本人心知肚明。但在阎王爷那里这统统可以原谅，因为医生总

193

是想把人治好的。这和棺材铺的老板刚好相反。但是现在社会上的情况却不这样，一个司机不小心撞死了人，家属虽然不能完全原谅，但冲上去持刀把司机杀死的情况并不多见，而一个小病把人治死的医生却往往不被接受。患者不可过分相信医生，即使倒霉就得认命。而医生应该像赵青那样，有点儿失误也要大胆承认。当然这需要极大的勇气，虽然是小小的失误，要拉下脸来承认也非常困难。

金 光 寺

1

我第二次去金光寺已经是秋天了。满山的树木大都变了颜色，或红或黄，只有耐霜的榆树依然是绿的，绥芬河两岸就如同一个人拿一支巨大的笔东一下西一下，把山岭都涂得五彩斑斓。下车时天阴起来，冷风飕飕，在小路上向金光寺走，看到路旁的玉米叶子已经干枯，大豆叶子也落光了，所有的庄稼已经完成了它们一年的生命，只等收割，田野的景象有几分凄凉。从金光殿里传出悠扬的念佛声，是一种非常宁静而优美的旋律，我以为是在放录音，转到大殿前一看，只见有六七名身披僧袍的人排成一队口中唱着南无阿弥陀佛——南无阿弥陀佛——在大殿里绕行。在空空的大殿里，歌声显得特别洪亮。他们低眉垂目，神情凝重而端庄，让我感到羞愧。我绕到大殿的后面，在台基上走着，一边听着大殿里悠扬的南无阿弥陀佛，再看看空旷的山野，忽然心中一阵感动，流下泪来。

去年夏天我到这里来的时候，前面的大雄宝殿刚开工不久，水泥地基打好，工地上人来人往，一派繁忙。前来烧香的人也很多，现在大雄宝殿停工了，空无一人，只有那些脚手架和筑起来的大殿柱子立在那里。更让我感到心情沉重的是那次来时智真还活着，现在却已经不在了。那是一个中午，天气很热，我进去看他的时候他睡着了，身穿黄袍，上盖一件紫色的袈裟，睡得无声无息，如同婴儿一般。当时盛传他已经一百零三岁了，但后来又有人说他实际上是九十五岁。

2

柏秀芬那天刚到极乐寺时就看见有一辆尖头的面包车开了过来，她向旁边一让，不料车门打开，一个人对她说，这不是柏居士吗？走吧，我们也正要去见智真和尚，你和我们一块儿去吧。

她是专程从东宁县赶到哈尔滨来请高僧题写寺名的，前几次她来极乐寺遇到的就是这位相居士，相居士对她说，你也不要见了极乐寺的和尚就请他们写，他们这里也有不怎么样的和尚，开口就要钱，你还是等缘分吧。柏秀芬向车上一看，刚好还有一个座位，她忽然想，这就是缘分了。

改革开放以来，东宁县向东打开了对俄罗斯的国门，向西也放开了宗教的禁令，佛教开始传入，信佛的人数达到了二十三名。但是东宁县没有一座寺庙，也没有一个和尚。从 1993 年起，柏秀芬就发愿要为东宁县建一座庙。建庙就要有一位真正的和尚给庙起一个名字，她数次乘火车到哈尔滨来请高僧，总没有成功。上次来，有人向她介绍了智真，但没有见到。智真和尚也是不久前刚到哈尔滨，他从八岁就出家修行，现任西安卧龙寺住持，是中国佛教界有名的高僧。他的侄子接他到哈尔滨来治病，哈尔滨的佛信徒们忽然起了念要把他留下。他们用各种理由把他劝说住，要为他在哈尔滨建一座庙，请他做方丈。经不住信徒们的苦苦挽留，智真这些日子一直处在一种犹豫的状态中。他身为卧龙寺住持，不能一走了之，但又深为哈尔滨佛教徒们的真诚所感动。

柏秀芬跪拜了之后，就向智真说起她想请和尚题写寺名的事。智真问，你们那个县叫什么名字？柏秀芬说，叫东宁县。智真闭上眼，口中念念有词道，西安东宁，东宁西安，东西安宁。然后睁开眼说，好吧，这庙能建成。他提起笔在一张纸上写下了"万佛宝塔金光寺"七个大字。柏秀芬一看愣了，她说，师父，我们只想建一个小庙，这寺我们建不起呀。智真微微一笑说，是的，你们是建不起来的，这寺要我去建才行。柏秀芬又惊又喜，问道，师父您真的要到东宁去？智真说，我真的要去东宁。

当时一屋的人都愣了。

柏秀芬回到东宁把这个好消息报告给了东宁的信徒们，大家几乎不敢相信。他们原打算先把庙建起来，再去请一位高僧到东宁来做住持，想不到竟有这样的高僧愿到东宁来亲自建庙，这真是让人喜出望外的大喜事。然后就开始准备迎接智真的到来，把佛堂重新装饰一番，又给老和尚收拾出一间居住的屋子。但是当柏秀芬带着三个人到哈尔滨去接智真的时候，却被他的弟子们拒之门外了，他们不愿意师父离开哈尔滨到那个边远小县里去。柏秀芬说了许多好话，最后总算让她见到了智真。柏秀芬说，师父你真的不能去东宁了吗？智真说，东宁我还是要去的，只不过是时间拖一拖罢了。

柏秀芬空手而回，觉得没法对教友们交代，见了大家很不好意思。大家说，也许是我们心不诚，只要我们坚持下去，总是会成功的。于是柏秀芬就又去跑了几趟，哈尔滨的人对她一趟一趟地跑，很恼火，智真的侄子说，叔叔年龄太大，已经百岁的人了，不能到那么边远的地方去，万一有个三长两短，你们怎么交代？柏秀芬也觉得人家说得有道理，不能再多说什么了，一行人非常沮丧地回到了东宁。

她最后一次回到东宁，教友们也说，和尚的确也是年龄太大了经不起路途的劳苦，我们就先努力建庙吧，只要把庙建了起来总会有高僧到来的。

大约过了有一个月，忽然哈尔滨那边打来电话，要他们派人去接智真和尚。原来智真和尚从柏秀芬走后就不再进食，他们只好让东宁这边去接走。

1995 年 6 月 18 日，智真法师乘火车到了东宁县。一路上护送他到东宁的还有十八位信徒。

3

那是一个春光明媚的日子，东宁的居士们抬着百岁的智真法师在绥芬河南岸上看察庙址。那是一处临河的断崖，绥芬河从下面流过，水深不可测，接近水面有一个不大的山洞，人称神仙洞。此处原来有一座娘娘庙，"文化大革命"时给拆毁，东宁县政府现在想把这地方建成一个旅游点，所以计划把庙建在这里。东宁的佛子们也都认为重建庙理所当然的就是这个地方。佛子们向智真法师说，下面这条河就是绥芬河，从这里向下大约五公里就流入俄罗斯了。

智真向东一望，但见一脉水流在河谷平原上蜿蜒东去，消失在那茫茫苍苍的天尽头，心有所动，问道，进入俄罗斯之后流到哪里？一佛子答道，穿过俄罗斯土地后就进入日本海了。

智真深深地叹了口气，说道，当年鉴真大师七次东渡终于到达日本，我今天仅仅是来到了一条能通往日本海的河边啊。

当智真收回目光抬头向河北岸望去的时候，两眼忽然发亮了，他看见对岸的山冈上出现一道金光。他问，河对岸是什么地方？大家不知所云，说道，不是什么地方，什么也没有呀。智真说，到那边去看一看吧。

大家只好把他连同轮椅一起抬到了面包车上。面包车下了山，穿过城区，越过了绥芬河大桥，在一条坎坷不平的田间道路上颠簸了好长时间才来到与神仙洞相对的河岸上。果然什么也没有，仅是一片连草也不生长的荒冈。河岸陡峭，绥芬河在下面无声地东流。与神仙洞隔水相望，却似天涯海角。大家把智真法师抬下来，放到荒岗上，他环顾了四面八方，连绵的群山如同莲花瓣一样环抱了这块高冈，坐在这里恰如坐在了莲台中央。他说，金光寺就建在这里了。

众人吃了一惊，面面相觑，县宗教办主任洪珊上前说，老师父，这里距县城可是太远啊。智真用手一指脚下的石崖说，将来可以在这里架上一座桥呀。洪珊苦笑了笑没说什么，架一座桥谈何容易？东宁县跨在绥芬河上自古以来只有一座大桥，那还是日本人所建，一直用到了九十年代，要重建一座，酝酿了十几年才动工，去年刚建成。为一座庙再架一座桥，那是永远也不可能的事情。所以她认为把庙建在绥芬河这岸，县政府绝不会通过。

任是怎么做工作，也不能动摇智真法师要把金光寺建在绥芬河北岸的决定。最后县政府只好答应，因为智真手里有他的信徒们捐给他建寺的二十万元人民币。

4

我在东宁县挂职的时候，有一天晚上在昏暗的大街上走着，忽然听见一阵奇怪的歌声传来，我循着这歌声向前走，竟然走到一个佛堂门前。这是一栋平房，紧靠县气象站，肯定是一处公房，当时觉得很奇怪，县里怎么还给他们出房子呢？后来才知道他们是租用的。大约有二十多个信佛的人在里面唱南无阿弥陀佛。有一个五十左右的男人一手敲着木鱼领唱，歌声里果然有一种超凡脱俗的意境。这是我第一次知道东宁县还有一个佛教组织。过了些日子又听说他们从哈尔滨请来了一个一百多岁的老和尚，法号智真，要在东宁建庙。当时我想他们也不过是说说罢了，国家又不拨款，谈何容易？那时我就极想见一见这位百岁高僧，我这一生尚未见到过百岁以上的人。但一种非常严重的敬畏心理，使我一直也没有能够鼓起勇气去见。

挂职期满，我回到哈尔滨又过了两年，与妻子和我们的老二回东宁县，庙竟然建起来了。当时育忠嫂子在庙里住，妻子要看望她，我们就决定到金光寺，我也有意要看一看智真和尚。连才开车拉我们去金光寺，他是育忠嫂的小儿子，现在俄罗斯做生意，这次回国也正要上山看一看他的妈妈。连才小时候相当淘气，现在也很懂事了，他对我说，叔叔，你说说，不知道的，都会说是我们这些做儿女的不孝，把老人气得到庙里去了，我们真是有苦说不出啊。

开始他是坚决反对妈妈到庙里住的，那次他从俄罗斯回家一看家里谁也没有了，不由得坐地下放声大哭。现在看妈妈住在山上精神很好，过去常犯的一些病也好了，就只好同意她住在庙里了，他们过一些日子就到山上看望一下。他回头对我儿子说，老二，你记得吧，那回我领你们几个小东西到乌蛇沟河洗澡，偷苞米烧了吃，让人家看青的给抓住了？

老二嘿嘿笑道，怎么能不记得？你还让那家伙给踢了一脚，他让咱们把掰了苞米棒的空秸棵都拖出来数一数看咱们偷了多少，我进了苞米地怎么找不到了空秸子了，就又掰掉一个苞米棒子把空秸子拖出来，想想那时候真傻。

妻子说，还说呢，那回没把我们给吓死，你们给抓到西沟去，天黑找不到孩子了，满屯子的老娘儿们一齐叫。两个孩子一齐哈哈大笑，我警告说，连才，好好开车，小心点儿。

连才说，叔叔你放心，咱这车在俄罗斯带开带不开的也有七八年了。

他这话刚说完，拉达车就一头撞在了收费站的隔离墩上，那个大水泥家伙足有五百斤重，给撞得飞出了三十多米远。连才脸吓得都白了，说，看，刚吹完牛，刚吹完牛。后来我们只好又换了一辆车上山。

那次山上正干得轰轰烈烈，金光殿已经完工，三尊佛像在殿里坐好，大雄宝殿正在施工钢筋水泥基础，育忠嫂和一些妇女给这些建筑工人做饭，她们都是各自从家里拿来大米和蔬菜的。我们看了看育忠嫂的宿舍，大炕上每人只有一个不足一米的铺位，二三十个人挤在一铺大炕上，很像我们当年的工棚子。我心里不禁有点儿凄然。她在这里受挤，县城里的楼房却空在那里无人居住。完全是看在育忠嫂的面上，向来一毛不拔的妻子在功德箱里投入了五十元钱。育忠嫂在旁边虔诚而熟练地念了一声阿弥陀佛。这一声阿弥陀佛念得妻子差点儿流下泪来，她一定想起了当年在一起的那些日子，深切感到了今天的恍如隔世。

智真很瘦，面皮黑黑的。我在观察他的时候，他在沉静地睡着。一种从来没有的圣洁感从我心底升起，大气都不敢出。我很感激他在睡觉，如果他醒着，我一定会觉得很惶恐，难以从容面对。那次我以为他作为一个百岁老人仅仅是还活着，大部分的思维和感觉都已经迟钝得进入休眠状态，所以我敢于像面对一个物体一样坦然地观察他。但是后来听人说，他直到圆寂都是耳聪目明，思维也极其敏捷。这叫我很不安。

5

东宁的佛子们在去哈尔滨请高僧的时候，其实仅仅是想请来一位偶像，一个象征而已，没想到请来的智真还非常慧明，大事全由他做主。大家请问这建庙的事由谁来负责，他对柏秀芬说，由你主管即可。柏秀芬说，啊呀老师父，我对建筑一窍不通，这么大的庙我建不起来。智真说，只要你没有私心就建得起来。

柏秀芬回家把这件事向丈夫说了。郝军一声不响地抽着烟，柏秀芬战战兢兢地看着他。有一次她从佛堂回来晚了，锅里的米饭糊成了炭，他一巴掌打得她的鼻血直流。柏秀芬很为难，她不能拂了智真的意，却又怕郝军不让她承担这件事。他抽完烟，手在桌子上一拍，吓得柏秀芬差点儿跳起来。他说，你干吧。她问，真的？他说，你是搞财务的出身，把账弄清楚，能建起庙来也是了不起的一件事。

郝军并不信佛，但是在妻子这种执着的感动下，也无可奈何地只好依她了，后来看她实在是累得不行，也就常常到工地帮她张罗。哪想到后来这也是引起有人反对的一个因由之一。

开头，建第一处房子，搬砖、和泥、扛木头，全是这些已经当了奶奶的老女人们自己干，一个个累得汗流浃背，腿痛腰酸。那时候连吃的水也要用水桶到山下大河里去担，和泥、和水泥要用大量的水，这些五六十岁的人天天从大河里一桶一桶往山上提。她们当中有的人一辈子从来都没有担过一桶水，在这里把肩膀都磨出血。而且这片荒冈上连一个避风遮雨的地方也没有，每天要来回跑几十里路，风里来雨里去，但是大家都坚持下来了，没有一个半途而废的。佛堂建起来，情况有了好转，前来上香的人有了，捐款也到了。

202

建筑队开进来，这些老女人们开始退下来给他们做饭、烧水。

释证海是跟随智真到东宁来的和尚，五十一岁。他本来是在上海法华寺修行，听说智真到这里建庙，也千里迢迢地赶来了。他跑外，柏秀芬主内，证海法师为建金光殿化来了很大一笔资金。金光殿建起来后，他又从上海化缘了一台电视机、一部录像机和一套音响设备。大家开始很不解，佛堂里要这些有什么用？到后来才发现这些东西是现代寺院里不可或缺的。

东宁县是一个偏远的三等小县，既没有教堂也没有庙，宗教活动很少，因此县宗教办也就形同虚设。宗教办主任洪珊一年到头几乎都没有工作可干。佛教徒们要建庙，开始她认为没有政府拨款，根本不可能建成。当捐款到了，轰轰烈烈地开工了，她也就积极地投入到了这次建庙活动中，跑里跑外，上情下达，很是出了一把力气。大庙建成了，金碧辉煌，很雄伟地矗立在了绥芬河北岸，远远地在县城里都看得见，她也有了一种成就感。建庙已经嚷了几十年，在她手里才建成，五年的宗教办主任总算没有白当，终于有了一件可以昭示后人的成就。现在她走在街上都有了一种理直气壮的感觉，过去她洪珊是被领导们遗忘的人，现在经常接到县长张建树的电话，洪主任，下午请你陪市里的客人去看看金光寺吧。

代表县政府来到金光寺，洪珊当然处处受到尊敬，但是有一个人却总让她不太舒服，这就是柏秀芬，这个与自己同龄的女人总是要抢在自己前面向客人介绍金光寺，还总是要说她建庙时吃了多少苦受了多少难，好像这么大个庙是她一个人建起来的。

6

按照智真的计划金光寺是一个很大的建筑群，这里共三重大殿，左右两侧还有偏殿。已经建起的金光殿居中，后面还有一座殿，前面的大雄宝殿是整个建筑群中的最大建筑，是一座能容纳一万多人的大殿。这个建筑群包括横跨在绥芬河上的一座桥，对岸神仙洞上有一座九重宝塔。还有另外一些配殿和祭坛。建成的金光寺将是一座横跨绥芬河的大寺院。智真把他的构想和多个建筑师讲了都无人能画出鸟瞰图，后来从北京来了一位是佛教信徒的设计师，他仔细地看了绥芬河两岸的山脉，一夜之间就画出了一幅金光寺的鸟瞰图。智真一看说，这正是我心里的金光寺。

金光殿完成之后已经是凉秋 10 月了。智真法师忽然要在 17 日这天为大雄宝殿奠基。众佛子一齐向老师父陈述在东北这是不行的，到 10 月中旬这一带将是天寒地冻，从来没有建筑工程在这种时候开基。但是智真说，我已经定下来了，你们就去准备吧。

大雄宝殿奠基这天，天上忽然出现了三个太阳。这是在金光寺人所共见的。当时智真正在念经，有一个人无意间向天上看一眼，吃惊地叫了出来，大家一齐抬头，看见了天上的三个太阳。那时候晴空万里，阳光明丽得如同春天。只有在绥芬河上空有一片闪闪发光的祥云，状如蒲团，凝然不动。这片云后来一直到太阳快落下去才飘走。这是 1998 年 10 月 17 日。本来已经是冷风透骨的天气，在这天一早突然回暖，太阳出来之后山阴处的积雪竟然全融化了。这天来的人很多，有全国各寺院派来的和尚，有省佛教协会的负责人，有省、市分管宗教事务的领导。东宁县的县长张建树亲自主持了奠基仪式。整个东宁县都轰动了，足有三千人参加了这个盛大的仪式。

7

元山法师，是智真专门请来在大雄宝殿开光时念《地藏经》的。他现年六十岁，是吉林宝清寺的方丈。他从吉林来时带来了九个徒弟。元山来到东宁一看这里的风光，山明水秀，就有意在金光寺住下修行。他为人极通达，很快就与县里各机关的人混熟。他的徒弟中有一青林和尚会气功。他就带着青林到处给大家发功治病。对一些不懂佛教的人，他们就认为发功治病这就是佛家的真本事。因此要留住元山的呼声极高。特别是宗教办主任洪珊正在念高中的儿子头痛多年，久治不愈，自从青林大师给发了几次功之后竟然再也不痛了。洪珊因此对元山很是感激。

那是元旦刚过的一天，元山和尚正在打坐念经，洪珊从山下来到金光寺。她对元山说，元山师父，我有一件喜事送给你。元山笑道，出家人哪有什么喜事？洪珊打开公文包，取出一个大红聘书给他说，您看是不是喜事？

聘书上盖着一个鲜红的县政府大印。鉴于智真法师年事已高，东宁县政府正式聘任元山法师为金光寺住持。元山一看果然喜不自禁，口中念道，阿弥陀佛，阿弥陀佛。

当晚，元山献上聘书，跪在智真面前说，从此元山就跟随师父修行了，请师父受徒弟一拜。

智真的住室仅有五平方米大小，靠西窗下是一铺炕，进门的空间不过一米宽窄，所以元山跪在地下距离智真就"近在眼前"了，电灯光下，元山花白的头顶在智真面前可以说是纤毫毕现。智真端坐炕上，闭上眼睛，说了句阿弥陀佛就不再开口。

元山等了一会儿，又说，请师父传我法卷。智真又说了一句阿弥陀佛。闭上嘴巴不再开口。元山就那样跪在地上不起，智真就那么紧闭嘴巴不说话。

这时外面夜色深沉，大雪飘飘。

天亮时，柏秀芬开门一看，只见智真端坐炕上双手合十一动不动，地下元山双膝跪地如一石像，他们僵持了一夜未眠。她悄悄地带上门走了出来。

宗教办主任洪珊对智真法师说，我受县政府委托，已经正式聘任元山法师为金光寺方丈，请老师父把法卷传给他。

智真说，阿弥陀佛，元山非密宗弟子，老僧不敢接受。

8

外地宗教办的领导到东宁参观，县宗教办主任买了五个俄罗斯产的望远镜送他们一人一个。当她把发票拿给柏秀芬报销时，柏秀芬给退了回来，她说，这种票子又不是庙上用的，不能用建庙的款报销。

宗教办的用车、出差、上面来人检查工作的招待费，全都由金光寺开销，因为宗教办没有钱。在宗教办的下属单位，唯有金光寺每天能进一些捐款。

洪珊说，这也是为了向上级联络感情，为了金光寺的发展，为什么不能报销？

柏秀芬说，建庙款都是一笔一笔的捐款，上级从来没有拨款给金光寺，望远镜怎么报销？

洪珊说，这是为公买的，你不报销我怎么办？你能让我个人掏钱？

柏秀芬说，你个人掏不掏钱，这我管不了，反正金光寺不能报销望远镜。

洪珊说，你别把我当不识数的，你家建仓房的水泥、石头、木料都是庙上的，我为公买的东西反倒不能报销？

柏秀芬说，你没有证据，这是污蔑。

洪珊说，我有证人，这是大家揭发的。

206

眼看着寺里每天都进钱，柏秀芬却依然要大家捐米、面、蔬菜给庙上，居士们都有意见。还有一些人外出给庙里办事，报销点儿费用很困难，柏秀芬总是仔细地盘问，一分一分地计算，引起人们的反感。有的居士干一天活儿，回家时顺手从工地上拿点儿钢筋或木料用，只要让柏秀芬看见就会吵得让人下不了台。这些人就把对柏秀芬的不满向宗教办主任洪珊反映，洪珊总是说，人家现在一手遮天，我有什么办法？

　　东宁县的居士们渐渐成了两派，一派拥护宗教办，一派拥护柏秀芬。拥护柏秀芬的一派坚决地反对宗教办聘任的元山，因为智真不传给元山法卷，他们就动议要驱逐元山。反对的一派就站在元山一边。洪珊多次对元山表示，只要她任宗教办主任，聘书就有效。元山的弟子们开始向柏秀芬进行反击，甚至有人给柏秀芬家里打电话相威胁。柏秀芬紧紧地握住保险柜功德箱的钥匙不放手，反对派和元山的弟子们一分钱也得不到手，他们的行动就受到了限制。这些人没有工资，只要金光寺不给报销车票，就是进趟城的车票钱都没有。柏秀芬又把电话装上了磁卡电话机，没有磁卡连向外打个电话都困难。元山和他的弟子们就被困在了金光寺寸步难行。在现在的社会里，没有钱是什么事都办不成的。

　　腊月二十八，元山看看在东宁是年也过不成了，就决定回吉林。他们临走时带走了金光寺的公章、聘书和《大藏经》。外界传说他们带走了几万块钱，其实是一分也没有带走。

9

　　顾永军从来对妻子宋双的信佛不以为然，他们是做生意的，要赚钱，信佛还怎么赚钱？宋双在家里供的是观世音菩萨，他几乎从

207

来都不看一眼。那一次是宋双到南方上货去了，孩子被岳母接走，他独自一人在家，到了晚上，孤灯空屋，倍觉孤独。就在这时，他忽然觉得供在神龛上的观世音非常慈祥地看着自己，朦胧的灯光下，她是那么美丽、那么可亲。他心中一动，我也来拜她一拜吧。于是他就跪下，学着妻子的样子对着观世音拜了一拜。在他跪下的时候，他的心颤抖了。从此，观世音在他的心中牢牢地扎下了根。他每天都要拜上一拜。

顾永军是外县人，父母都是国家干部，他本人当了四年兵。结婚后他和妻子决定离开那个闭塞的小县城到哈尔滨来闯天下。他们就在哈尔滨那个有名的地下商业街做服装生意，专卖裤子。就是从那次以后，他白天在地下商业街卖裤子，晚上回家拜观世音。

这条地下商业街本来是六十年代挖的防空洞，也叫人防工事，后来市里有人突发奇想，把它改造成了一条地下商业街，很快成了哈尔滨最繁华的地方。震惊全国的国贸城特大贪污受贿案就是发生在这里。哈尔滨副市长朱胜文家的抽屉里、衣柜里、沙发下面、地毯下面全是钱。这些钱大部分都是从这个国贸城流到他口袋里的。在他家里搜出的现金就多达一百多万元，为当时全国最大贪污受贿案。当然后来很快就被别人破了纪录。在这样一个现代商业最发达的环境里，顾永军是深有感触的。他对佛教的信仰愈加迷恋，他觉得只有在观世音像前中跪倒的那一瞬间，他才真正是他自己。

后来他常到极乐寺去。极乐寺是哈尔滨最大的佛教寺庙。有一次正赶上居士们过斋，他觉得很好奇，不知道过斋怎么回事。听说是吃饭，就想，斋饭是个什么味道？我也尝一尝吧。他就参加了过斋。他慢慢地吃着的时候，旁边那个人已经吃完离开了。当他也快要吃完的时候，来一个六十多岁的和尚在他身边坐下。这是他平时第一次离一个真正的和尚这么近，他偷偷地看了一眼，忽然觉得这个和尚气宇不凡。这位和尚吃饭时一点儿声音都没有，吃完之后，用水把碗里仅剩下的一点儿菜叶和油星都涮一涮喝进肚里。他大为感动，在和尚起身要离开时，他赶紧问，请问师父怎么信佛？和尚看了他一眼说，你到省佛协来一趟吧。

这个和尚就是上清法师，上清法师送给了他一些佛教的书让他读。顾永军从小就不爱读书，这些佛教书是他一生中读得最认真的书。后来他要拜上清法师为师父，上清说，我介绍一位高僧，你有心修行就去跟随他吧。他介绍的这位高僧就是智真。

1998年5月28日，顾永军乘火车来到了东宁县，拜见了智真之后，就决定留下来料理和尚的起居生活。

我夏天携妻子和老二到金光寺的时候，顾永军正在金光寺，当时我站在智真的面前看着他孩子般的睡相，正觉得有些精神恍惚，顾永军进到小屋里来了。我隐约觉得这和尚很年轻，个子很高，并不知道他就是顾永军。当然也不知道他虽然身穿袈裟剃着光头却并非和尚。我是擅自闯进老师父屋里来的，见一和尚进来很是惶恐，以为他要责备我惊扰了他的师父，正不知如何解释时，他站在我身后开口了，说道，他睡着了，大约能睡十多分钟吧，你要见他可以，等一会儿再来。他的嗓音柔和而纯净，简直银子一样，非常动人。

这次我重来金光寺，在大殿后面听着里面悠扬的念佛声感动得流下泪来，正是因为他的这充满了感情的嗓音。

去年的秋天，宋双来电话说家里经济情况不太好，要他回去照料一下生意，他又回到哈尔滨去卖裤子了。

几个月的相处，顾永军给智真留下了深刻的印象，他离开后智真总是在似睡似醒之间见到这个年轻人的面容。天气渐渐暖和了，智真终于让哈尔滨来看他的居士捎信，让顾永军再回金光寺。

顾永军向宋双说出这件事，宋双说，老师父为普度众生，那么大年纪还到那个偏远的地方受苦，他要你去这也是缘分，你就去吧。顾永军说，对爸妈怎么说？宋双说，我就说你到南方上货去了。

顾永军回到金光寺见了智真法师，离别数月，两个人都很激动，智真感叹道，我这个徒弟谁也抢不走了。

10

九华山化城寺的道静和尚一见智真就说，师父，道静帮你建庙来啦。在西安的时候，道静曾跟随智真修行过三年。二十年过去了，两人见面分外亲切。

道静看看环绕在四周莲花似的群山，看看山下银带似的绥芬河，对柏秀芬说，这大雄宝殿，我建定了！

道静和尚来到后仅仅过了半个月，九华山古建队就千里迢迢地从安徽省的青阳县开到黑龙江省的东宁县。在道静的协调下，他们很快与县宗教办签订了建筑合同。道静和尚的声望为东宁居士们所佩服。这是一支专业修建古代楼台殿阁的建筑队伍，施工能力强，技术精湛。柏秀芬也以甲方的身份在合同上签了字。这时候释证海化缘到的一部分钱款已经到位，柏秀芬又四处求助，从发电厂暂借到几十吨钢筋，又到水泥厂赊来水泥，大雄宝殿就轰轰烈烈地开工了。

气温回升，顾永军把智真搬到轮椅上推出屋来看太阳。漫山遍野的野杏花开了，如同一场春雪覆盖了绥芬河两岸的山岭，在周遭环绕的春山中，绥芬河如银带从脚下穿过，智真有一种端坐莲台之感，情不自禁地念了句阿弥陀佛。顾永军笑道，师父怎么无来由地念起佛来了？智真也笑了笑说，我本就是个无来由之人呀。

风和日丽，朝阳的土坎下一夜之间冒出了些青青的草芽。一阵柔和的风拂到脸上，顾永军想起家来了，他颇有几分忧伤地说，师父，我老婆总是说要来东宁看我，怎么老是来不了呢？

智真在轮椅上哈哈大笑起来，说道，因你不是个大丈夫啊。

顾永军也莫名其妙地嘿嘿笑了。

几个拖钢筋的民工停下脚步向这边看，顾永军就掉转轮椅向河岸走去。他不能让人听到他这个剃光头穿袈裟的和尚还有老婆。

春来江水绿如蓝，绥芬河的水映着绿草如茵的河岸也真是绿油油的。智真轻轻地吟道，春风又绿江南岸，明月何时照我还——

顾永军问，师父你的家乡是哪里？

智真说，我只知道我是八岁出的家，不知道父母为何要把我送到庙里去的，当然也就不知道家乡何处了。

顾永军深深叹了口气。一位居士向顾永军走过来，顾永军对他说，你的事情以后再说吧。那人看了看智真，回头走了。

顾永军问，师父，他们这些居士们总要向我说一些是非，又各说各的理，你说我该怎么办？

智真法师说，多念佛，少说话。

顾永军说，他们让我在你面前传这些是是非非，可我又觉得实在不能向你开口。

智真说，此一是非，彼一是非，结底归根，无是无非。你不单要走出家门，还要走出是非，走出家门容易，走出是非难哪。

顾永军说，我记住师父的话了。

随着大雄宝殿的开工，两派居士们之间的矛盾也越加尖锐起来，反对柏秀芬的人向宗教办主任洪珊告状，洪珊就每次上山来都要和柏秀芬吵一顿。县政府也不断地接到上告信，反映金光寺的人贪污，把建庙的捐款都私分了，说他们山上这些居士都每月开工资。

11

释证海从外面回到金光寺发现道静和他的两个徒弟每人一个手机，就去质问柏秀芬说，我成年累月在外面化缘都不用手机，他们在家里怎么还要买手机用？柏秀芬说，他们说这是建庙工程非用不可的，我有什么办法？

很快，又有人告到了县政府，说金光寺的和尚每人手里都用公款买了手机。

形势越来越复杂，不断有人上访反映金光寺的经济问题严重。市反贪局也接到了上告信，市委责成县里赶快解决。终于，县委、县政府开了一个会，决定由公安局、税务局、法院、检察院、工商局等七个部门共同组成一个专案组，进驻金光寺。查账，整顿。他们封了金光寺的银行账号，命令柏秀芬交出保险柜钥匙，全部接收柏秀芬的账本和现金。大雄宝殿预算是要耗资四百万建成，专案组原以为金光寺一定备有一笔大资金，但是打开金柜查了银行账，发现只有五千块钱，而欠账却高达一百三十多万。于是他们就认定这里面的问题不会小了。社会上也都风传金光寺的人贪污了一百多万。金光寺的账不规范，一时又无法弄得清。

半个月后，大雄宝殿只能自动停工。

本来大家还想把事情瞒住，不让智真知道，大雄宝殿一停工，智真就什么都明白了，但是他一句话不说，也什么都不问，只是不再进食。佛教叫作打饿期。顾永军看着师父那张本来就很清瘦的脸，心急如焚，又不能违背老师父的意愿，只能在心里急，连一句相劝的话都不敢说。智真端坐炕上，双手合十，口念佛经。他彻夜不眠，精神不衰，顾永军大为吃惊。

开始，大家都以为事情很快就会弄清，不料一封无限期。道静法师对大家说，他要回九华山化城寺去看一看，带着两个徒弟和手机走了。一去不回。

外面下雨了。育忠嫂子满脸忧愁地对我说，主要是外面的人对我们不能理解，认为到这里的人都是想发财来了，他们还派了个保安来看着，说是看工地上的建筑材料，其实就是看我们庙上的这些人。这个保安还要庙上给开工资，你说荒唐不荒唐？

我说，的确是很难让外界的人理解你们，自己家里的人不是都不能理解吗？

她家里有一个孙子、一个孙女，还有一个可爱的不满一岁的外孙女，都亲得恨不能成天含在嘴里，她都把他们舍了，住到庙上来。她当然不能是为了钱。

她又说，我知道柏秀芬是冤枉的，她的丈夫是看她累得不行了才到庙上来帮忙的，可是外面都说他们一家到庙上来抢钱了。

育忠嫂是两派之争的局外人，但她很同情柏秀芬。我与柏秀芬短短的交谈中，觉得这其实是一个偏执的女人，她一定是在金光寺很专权的，因此得罪了许多人。居士们对她的不满也不能说没有来由。她目标很明确，就是要在东宁建成一个庙，这个庙叫金光寺。她过于执着，要达到她的目标几乎可以不顾一切。至于说什么普度众生她是不想的。我甚至怀疑她连与人为善这一佛家基本信念也不见得理解。从她那执着的目光里我感觉不到一点儿佛徒的清静之气。

我是有意去访问一下洪珊的，但是因为是国庆节放假，找不到她。查账的结果大出人意料，没查出柏秀芬的贪污事实，也没查出金光寺的居士们分钱（金光寺并没有准备下足够的资金，和尚建庙一般都是一边化缘一边建，九华山古建队开工的费用都是自己垫付的），却查出宗教办主任洪珊贪污了八千元捐款。是一个台湾老板捐的，他直接把钱捐到了东宁县宗教办，恰好洪珊儿子上大学没有钱，就这笔钱留用了。她当了五年宗教办主任还从来没有经手过这么一大笔钱呢。县长张建树勃然大怒，立即把她的宗教办主任给撤职。但是，经这一折腾，金光寺一下子衰败下来，很少有人到金光寺来上香了，更没有人再给金光寺捐款。难道捐了让他们贪污吗？

冷清下来的金光寺孤独地立在远离尘世的绥芬河北岸上，施工队走了，居士们也都散去，只有育忠嫂她们六七个老女人还在凄风苦雨中守着这半截子的大雄宝殿。

12

智真和尚从1999年4月11日绝食，到5月11日，整整一个月了，顾永军记得清清楚楚。这一个月和尚每天只进清水一杯，可是看样子还能无休无止地支持下去，这让顾永军惊讶不已。这天下午，顾永军对智真说，师父，天气很暖和了，真正是春天了，咱们出去看看山吧。和尚微微点了下头。顾永军就伸出双臂从背后抱起智真，他几乎感觉不到一点儿重量，师父轻如鹅毛。他把师父放到轮椅上，又非常从容地把他连同轮椅一起搬出了门外。

顾永军把师父推到河岸边上，流水声隐约从山下传上来。时已黄昏，连绵的群山都变成了一种深黛色，一轮落日正衔在西山顶上，鲜艳的云霞布满了半个天空，绥芬河面上像燃烧起了一片大火，红光沿河向西延伸，直与天上的云霞相接，横贯上下。天地间一片宁静，只有那轮落日在燃烧得轰轰作响。智真向着那落日久久地注视着，眼睛都不眨一眨。顾永军这时从和尚的脸上看到了一种从来没有过的光辉，他目光清澈得如水一样，几乎是一种婴儿的目光。他感动极了，真想跪在地下拜上一拜，又怕惊扰了他。就这样，师徒二人，在河岸上对着一轮落日凝然不动，直到完全落下去，他转动轮椅，把和尚推进屋里。

县长张建树终于知道了智真和尚绝食的事情，命令赶快送到医

214

院强行抢救。县医院的救护车在 5 月 15 日一早开到了金光寺，大家把智真抬上了车。大夫给和尚进行了检查，发现内脏一切正常。他们马上进行输液，插进针头却滴水不进。再听听心脏，跳得如常人一样。这让他们感到好生奇怪。打针不进，药也不吃，大夫们只能束手无策了。

让顾永军不解的是和尚生理活动已经很轻，几乎连呼吸都很微弱，胡子却在疯长，他每天都要给他刮一次。和尚从绝食一月后就出现一种体香，极像是一种檀香气味儿，开始顾永军一给他刮胡子就闻到，还以为是什么人带进来的，后来发现这种檀香气越来越浓郁，他拿起和尚的手闻了闻，发觉香气是从他的袖子里散发出来的。

在医院里住了五天之后，1999 年 5 月 20 日的早晨，忽然听到有一种奇怪的鸟叫声，顾永军看到窗外飞来两只从来没有见过的小鸟儿，它们就在外面的窗台上对着屋里鸣叫，圆圆的小眼睛看着智真，像是召唤他。顾永军向它们挥了挥手，两只鸟儿就飞走了。回头时，听见智真从口里呼出长长的一股气，再吸气却极短暂，他连忙去叫大夫，值班大夫进来给和尚把了一会儿脉，说，没问题。大夫走出不多久，顾永军就发觉师父气息微弱了，他就跪在地上念佛，外面的和尚和居士们也一齐进屋跪着念佛。大约过了半个小时，智真的最后一缕气息断绝。

从 4 月 11 日绝食，到 5 月 20 日圆寂，历时四十九天。

13

我这次本来是专为拜访释证海的，我的朋友采访过他，听说了一些金光寺的故事，我很感兴趣，不料法师又回上海化缘去了。这也就是无缘吧。但是我见到了顾永军，觉得这小伙子很是淳朴，当他身披袈裟吟诵着阿弥陀佛时，有一种让凡人不能接近的神气，一坐下来谈天，却觉得他单纯得像个孩子。他天真地说，只要大家都信佛，我们这个世界就会变得好起来，贪污腐败、偷盗诈骗，甚至假货都不会有。但他一心向佛自己就面临一个困境，他不能出家受戒，因为他有妻子和一个孩子，而且他们感情很好，又不能离婚。与智真师徒一场，他决心为他守灵一年，至于以后怎么办？他笑笑说，我也不知道，只能走着看了。

　　我问他有没有需要捎带的话，我明天就回哈尔滨。他微笑着说，不用，我们常通电话。他用手比作一个电话的样子放到耳边。

　　我要了一柄雨伞走出屋外，秋风秋雨，冷得我打了个哆嗦。俗语说一场秋雨一场寒，今年的天气只会一天比一天冷了，回暖的可能已经很小。地上散乱着一些建筑用的沙石、木料、钢筋，雨下得地面已经很泥泞，我只能挑有石子的地方下脚。中国的古代殿阁都是用柱支撑起来的，阴暗的天空下，大雄宝殿的柱子很雄伟地矗立着，那些钢筋暴露在雨中已经生了红色的斑斑铁锈，脚手架也都淋得湿漉漉的。大殿的前面是四根巨大的雕龙石柱，据说是在河北定做的，在那边雕好才向这边运。从那工艺上看也确是雕得很精细，只有专业的石雕工匠才能干得这样好。佛殿是从来没有雕龙的，但智真却一定要建一个九龙盘柱大雄宝殿，也可以说是独出心裁。民工们居住的工棚空无一人了，有的还进了水，但是他们睡的那些板铺都完好无损地搭在屋里，好像他们走时以为还能再回来。

　　四面一望，群山都隐在了雨雾里，模模糊糊。绥芬河不息地向东流着，一片白雾茫茫。一个不知生于何处的百岁老人，为了他的信念，最终死在这条河边了。

漂满牡丹花瓣的江

孩子时读小说《林海雪原》，那里面唯一的城市，名字叫牡丹江，于是我的意象里就有一条大江浩浩荡荡地流过，江面上漂浮着胭脂似的牡丹花瓣儿，彤红一片。我家有一株牡丹花，我读这书正遇花谢时节，落红满地。

我相信，牡丹江这座城市让世人所知道，最普遍的就是因为小说《林海雪原》。之后，样板戏《智取威虎山》就更是家喻户晓了。座山雕问，许旅长有两件心爱的宝贝……英雄杨子荣回答道，好马快刀。座山雕又问，在什么地方所得？杨子荣回答，牡丹江五合楼！这句念白高亢激昂，让人听上去如雷贯耳。文学作品的作用在这里就显现出来了，可以说在别的方面一钱不值，可是在宣传一个地名上却是任何别的手段也比不了的。比方说李白或杜甫的一首诗里提到了一个地名，今天一定会让那地方建成一个旅游景点。

那条漂满牡丹花瓣的江在我的脑子里流了几年之后，"文化大革命"风起云涌，我流落到了这条江边。那是 1968 年。我只身一人栖栖惶惶出了山海关继续北上，一个黄昏时分，在这条江边下车了。那是早春，冰雪刚刚化，牡丹江正开江，江面上漂的哪有什么牡丹花瓣儿？全是一江大大小小的流冰，拥挤着，碰撞着，向下流去。我一时凄凉透骨，从帆布挎包里掏出一个笔记本，用半截铅笔在上面写道，东出榆关不见家，西风落日孤城斜。我今且把旧情忘，独坐江边看晚霞。

牡丹江两岸根本就不生长牡丹花，谁也不知道为什么要叫牡丹江，而且这座城市也叫牡丹江。尽管没有牡丹花，但牡丹江这座城市也是得天独厚，从名字到地理环境都称得上是一座美丽的城市。它倚山抱水，山是真正的山，水是真正的水，不似北京那景山仅仅是一个土包，北海仅仅是一个人工挖的大水泡子。牡丹江抱城流过，江水虽然不算清澈，可也算得上中国污染较少的江了。北山公园的北山是一座真正的山，我曾经多次爬上去过，很高，在山的极顶可以俯视全城，但见江流如带，青山如画。我也曾在那山顶上向西南极目眺望，我的家乡在那个方向，看到的却只是一片烟云苍茫。

凡是到过牡丹江的人，大都要到江边公园去看看，那里的主题就是那座巨大的"八女投江"花岗岩石雕。各具表情，英勇悲壮。其实八女投江不是发生在这段江岸，而是在下游一条叫乌斯浑河的支流上。我到过那条河，看着滚滚的浊流，想象当年那八位英勇不屈的抗联女战士义无反顾地向着将吞没她们生命的水流中央走去，真是感天地泣鬼神！古今中外怕没有比这更悲壮的场面了。然而也有一个同样叫人悲愤的情节，她们是因为在夜里举火取暖而被发现的。已经进入10月份，没吃的，衣服又单薄，她们冻得受不住了，就点起了一堆篝火。而这个发现了火光又去报告日本鬼子的竟然是一个中国人。

江流依旧，浩气长存。

写作后结识了几个牡丹江的文学青年，成了好朋友。牡丹江对我不再是陌生的，从乡下进城，只要一到，就会有一张张真诚的笑脸相迎。内中有一个最热情的人叫王福岐，我记得他骑自行车载着我大街上乱跑，我吓得要死，他却潇洒地道，你放心，汽车也是有眼睛的。他是我所见到的最乐观的人，一天到晚总是哈哈大笑，他的名言是，我这个人从上到下找不出一点儿缺点，唯一的不足是有一个肚脐眼儿。不幸的是他于今已不在人世。我们一伙中没料到是他最先离开人世。从那以后，我对特别乐观的人就持有一种怀疑的目光去看，你真的是很高兴？

牡丹江的城市越建越美丽了，可是旧日的朋友有的离开了，有的已不在人世，依旧留在那里的，这些年也较少来往。这座漂流着牡丹花的城市又渐渐变得陌生起来。祝福你，牡丹江。在这春节将到的时刻，祝福你们，牡丹江的朋友们。

哭的喜剧

我一进门，姨就说，你三妹妹老婆婆死了，我去好哭！好哭！

这就怪了，亲家母历来是冤家对头儿，姨哭的哪门子？我说，稀罕，你哭什么？姨说，你姥姥不是春天死的吗？我没捞着哭啊，我一哭，你弟弟妹妹们就笑，就笑，气得我没法儿哭了。

我不能不哈哈大笑起来，姨这是借别人的坟头儿哭自己的亲人哪。姥姥从年轻时就严重哮喘，活到九十一岁真是可以了，得到她去世的消息时我也没哭，这些表弟表妹们和远在千里之外的姥姥从未见过面，当然觉得姨的号啕很好笑。哭是需要一个气场的，他们这一笑，姨自然没法儿哭下去了。亲家母一死，她总算得了一个机会。其实追悼会上很多人的哭都是这种情况，难得的是姨能一语道破，而且非常坦然。据说现在还有了专门哭丧的殡葬服务，不管是谁死了，这哭丧人都能在追悼会上哭得撕心裂肺声嘶力竭。毫无疑问，大家都会说这是假装，事实上他的悲伤也许是真的，那眼泪有百分之一百的纯度，只不过并非是为雇主而已。

在官场上更是如此，鲁迅先生说，死人的追悼会是活人的表演场。真是入骨三分！更讽刺地说过那些军阀们是："默哀三分钟，各

220

自念拳经。"

很多千百万人一齐痛哭的场面让人不解，实际上是各人有各人的悲伤。而且，哭是可以互相传染的，进入那个气场，你不哭都不行。我曾经见过在气功大师的导演下让上千人一齐抽筋儿的场面。那比哭不知要难了多少倍！

现在电视上出现千百万人一齐痛哭的场面，甚至有女人哭昏过去，大家都说是假装，这不对，那眼泪是真的，甚至敢说你去你也会哭，那氛围会使任何一个人都流泪，甚至你都不知道哭的是张三还是李四。说是被迫也不对，最好的演员也做不到演得如此逼真。眼泪在一些场合是宝贵的，在一些场合是廉价的，甚至是莫名其妙的。

过　冬

　　没有风，连平时摇曳不止的竹梢也一动不动，每片竹叶都那么静静地印在蔚蓝的天幕上，像人画上去的。阳光很慈祥地照着这冬天的院子，石榴树失去了叶子无可奈何地承受着冬日的寂寞，好在这阳光给了它的枝干一抹金黄。菠菜夜里冻得发黑，现在正从冰冻中融化，慢慢又恢复了碧绿的颜色。月季花的叶子夜里也冻成了琉璃状，像片片翡翠，阳光正在让它们喘息过来。虽说菊花耐寒，老韩种的那三棵菊花也都冻得蔫了，狼狈不堪的样子。非常安静，一点儿声音都没有。大门洞开，门外终日没有一个人影儿走过。坐在炕上读鲁迅的《雪》，虽说这是鲁迅最有生机的文章，但仍旧免不了有些冷艳，有的句子冷得彻骨。想起了毛主席的《雪》，大气磅礴。曾经为"山舞银蛇，原驰蜡象"拍案叫绝，后来却又在一本旧书上发现"银蛇"和"蜡象"原是古人就有的比喻。那本书好像是专为学生对对子的教科书，忘记书名了，只记得开头两句："天对地，雨对风，山花对海树，大陆对长空……"

　　高处不胜寒，楼上是不能去的，没有暖气。今年决定在这全是石头砌的屋子里过冬了，封了门闭了窗——原是两个门，只留一个门出入。这好像田鼠，到冬天也要封闭一个洞口。

严寒的大部队还没有到，它们白盔白甲集结在西伯利亚准备出发，先遣队已经使得这里草枯木落；一直徘徊在门前的那只野兔不见了；树林里那群野鸡也没了踪影；它们迁徙了还是被人算计了？为了保暖，喜鹊们羽毛蓬松起来，没了那溜光水滑的样子，忧郁地蹲在枝头。失去了树叶浓密的遮蔽，麻雀都移居到了院子里的竹丛里，只有这里是它们躲避鹞鹰的巢穴，有数百只，一个热闹的大家庭。全全发现了，声称要弄张网来捕捉，说，上锅一炒，可香了。老韩也赞成，她说，吱吱喳喳吵死了。我说，不行，这是邻居哪。对于麻雀的叫声在老韩听起来是吵闹的噪声，在我听起来是一台欢天喜地的音乐会，我对这些避难到我这里的小生灵充满了同情。

土地上的一切都已经做好了越冬的准备。

树木深处传来一阵嘎巴巴的响声，放眼望去，一个女人在那里折树枝，她把树干的枯枝奋力地折下来，然后用脚踩成一截一截准备做越冬的烧柴。横穿树木的阳光美艳极了，这个女人显得那么生动。我一恍惚，差点儿没认出来，那是老韩，心中一阵感动，四十年前的情景是如此一致，时光在一瞬间倒退。东北的山林整个冬天都是白雪皑皑，我蹚着深雪在桦树林里跋涉，远远地看见一个年轻女人在砍树，敏捷有力，红头巾掀开，乌黑的头发上冒着热气，那就是当年的老韩。在四无人迹的荒林里见到一个人，不仅仅因为她是你的妻子，而且因为她是冰天雪地中的另一个生命，那种亲切感是无与伦比的。

元旦前后一般就是整个冬天最寒冷的日子，我们一起度过了四十多个元旦了，盼着这个元旦快些到来，我不是一个人，麻雀、喜鹊、野兔、妻子，我们将一起迎接它的考验。

对一幅古画的回忆

　　那是四十多年前的一个遥远的下午，午后的阳光斜照在窗棂上，窗纸显出了一种美丽的橘黄色。就是这种映在窗纸的橘黄色使得狭小的土屋里有了一点儿明亮。大人们都出去了，我先搬一个方凳，放在炕上，踏着这个凳子，又一次悄悄地爬上了天棚。天棚是禁止我们上的，因为上面积了多年的灰尘，只要一动就会弄得满屋尘土飞扬。但我偶然发现那上面有一些我从未见过的东西，一些小箱子、小匣子，里面装着祖宗的牌位、陈年账本，或者大红纸的婚帖，更让我惊奇的还有几双只有几寸长的女人的绣花鞋，这种鞋后来我在一些展览会上见过，很多人都惊奇过去女人怎么能穿得上这么小的鞋，其实，那种鞋叫"看鞋"，是女人定亲时送给婆家的信物，制作得非常精致，是显示女人针线功夫的。就是那天，我在上面发现了那幅古画。它像半截木棍躺在灰尘中，我拂去了足有一指厚的灰，看出那是一个纸卷儿，慢慢地把它打开来。借着窗棂上的那一缕光线，我先是看到一片空白，继续往下展开，出现了一根枯枝，极坚硬的样子，恰似鲁迅先生写的那种铁似的直刺向天空的枣树的枝丫。怀着好奇心，我继续往下展开，枯枝的下面出现了一片叶子，很小的，还未长成叶子，楚楚可怜的样子。我已经有些激动了，我发现了一件奇怪的东西。下面开始出现一些渐渐大起来的叶子，像在这纸上索索地抖动着。继续往下展开，长度已经是天棚那狭小的空间放置不下，我把它从天棚上垂下，已经顾不得被大人发现了。终于，几朵肥大的牡丹花出现在了下午那片美丽的光线中。在农村，在那之前除了年画我还没见过任何国画。我激动得呼吸都急促起来。当它完全展开的时候，我已经觉得心跳都停止了。那只是一幅墨牡丹，没有一点儿红色，但是那墨的浓淡竟能把牡丹花的那种娇艳、那种细嫩让你感觉得淋漓尽致。肥大的花朵在颤巍巍地动着，让人有一种欲动又怕的感觉。

从天棚上爬下来，把炕上的灰擦干净，我走到了院子里，太阳已经西斜，东面的土墙金光灿烂，就连那墙头的狗尾巴草也枝枝如金子做的一样了。我眯着眼睛看了看这堵熟悉的土墙，忽然觉得有一种陌生的感觉，再看看我家那大公鸡，还有那只狗，它们也都似曾相识，但已经变了样子。我再看看自己的手，也因为拿过那幅古画有些异样的感觉。

从那天以后，我每过几天就悄悄地爬到天棚上去看那幅画，它成了我的一个秘密，也是我的一个宝藏。只要我知道有一天大人们会不在家，我坐在课堂上就蠢蠢欲动，总惦记着赶快跑回家去看我的那幅画。这样过了好几年。

到后来，还是被大人们知道了，爷爷告诉我，那是他的爷爷传下来的。我们家原来也并不是一个穷人家，是爷爷抽大烟，硬是把家败落了。但是爷爷为此很自豪，如果不是他把家产弄没了，我们会成为年年挨批斗的地主分子。

多年之后，在我流浪到东北的时候，那幅画是唯一被我从关里老家带到东北的东西。在冰天雪地的黑龙江，只有它能让我看到家

225

乡。再后来，我结婚了，有了孩子，开始为生活成年累月奔忙。有些忘记它了。有一年我终于盖起了自己的房子，但是后窗却没有钱安装窗扇。滴水成冰的严寒天气里，那用土坯砌死的后窗结上了雪白的冰霜，妻子忽然不知从哪里把那幅古画找出来挂在上面，用以挡风寒。我虽然觉得可惜，可是也没有怎么当回事。我想也好，挂在那里也可以看一看。哪知没注意，到春天化冻的时候，那些冰把画全给洇湿得一塌糊涂。我心疼得直跳，可是也没有办法。

当我开始学习写作的时候，我认识了县城里的一位朋友，他能帮我看一看作品，他是一位县里的干部，大学毕业。我每写完一篇作品就跑到县城里，拿给他请他给看一遍。在我们那个矿村连一个能读一读文章的人都没有。无以报答，我终于有一天，把我的这幅古画就送给了他。

一个人从小到老，穿过的衣服，用过的东西，玩过的玩具，不知有多少，但是能给你留下记忆的却不是很多。对于我来说，只有这幅古画至今让我怀念，我已渐入老境，它让我想起了那些少年时光，想起了那灰尘厚厚的天棚，那金色阳光照着的土墙，甚至那陈旧的灰尘的气味都似乎能闻得到。我为那幅古画痛惜，可是送给人了也无可奈何。今天我都不知道它在哪里了。但愿它依然完好。

黑龙江上除夕夜

　　到抚远去拜访一位志愿军烈士，小时候我就见过他家门上钉的"光荣烈属"牌，后来又听说他还活着，住在中国最东北角的抚远县。那年我跑到抚远，他却因事到佳木斯去了。从东宁到抚远，都是中国东北边境县，我整整走了三天，我决心等他。不料没等到他，却等来了一场大雪，于是，他回不来，我出不去。已经是年底，大年三十那天，旅店里服务员都回家过年去了，只有我一个人。受不住孤独寂寞，我走出县城，爬上了北边的一座小山。这座县城当年就是一个村子，没有一座楼房，没有一座工厂，更让人不可思议的是全县连一亩耕地都没有，所有的生产就是打鱼，靠黑龙江里的鱼为生。时值黄昏，阒无人迹，江对面一片黑乎乎的林子就是苏联。站在山顶上向西北放眼一望，只见冰封的大江辽阔得就是一片苍茫茫白皑皑的大冰原。它又像一个巨大怪兽，自天边气势汹汹奔涌而来。我浑身战栗，恐惧得匆匆下山，在深雪里连滚带爬。

　　到山脚下才发现江面上有一个黑色的小窝棚，旁边竟然还有一个人！只要见到一个人，就是亲人！我急忙奔过去，是一个老头子，他手中举着一根树枝不停一挑一挑地动着。我走上前问，老大爷，你在做什么？他头不抬地说，钓鱼。钓鱼？我从来没见过如此钓鱼的。

他把鱼钩从脚下的冰洞里提上来让我看，这是四个爪儿的鱼钩，并没有鱼饵。我明白了，他这是等鱼上钩，只要这样不停地一下一下挑着，鱼只要从鱼线这边经过就会给钩住肚皮。但是，黑龙江里有这样傻的鱼？有这样多的鱼？可真是姜太公钓鱼——愿者上钩。他机械地就那么不停挑着鱼钩，可并没有鱼上钩，他毫不气馁。天色暗下来，气温更低，我冷得受不住了，不停地跺脚。他终于放下鱼竿说，屋里暖和一下吧。

窝棚里竟然生着火炉！我大吃一惊，啊呀，不会烤化了冰掉下去？

掉下去？他讥笑地看了我一眼，不做解释。但他的神气让我安心了。

你住在这里干什么？

他说，看网。这时我看到冰面上有一大洞，洞口里有一根缆绳，绷得很紧，可以想见下面系着一张很大的网。他无疑是给生产队看守渔网的，那时候所有的东西都是生产队的，甚至包括人。有一个木棍子搭的床，床上铺着乌拉草和一床烂被子，床下堆着一些冻得劈柴一样的鱼。东北地区有很多这种老光棍男人。我忽然说，我和你在这里过年行不行？他只回答了一个字，中。这些孤独的老光棍由于常年不与人交流，语言能力极度退化，我也不善于言辞，我们两个默默无语地坐在这中国最边远的江面上，下面是奔流不息的大江。半天，他问，哈酒？我问，你是山东人？他点了点头，不出声。

两个人吃了一条在火炉上烤的鱼，很难吃，还有股怪味儿。困吧，他说。床很窄，勉强躺下，他忽然把我的脚塞进他的怀里搂着，我感觉到了他的温暖，我也毫不犹豫地掀开衣襟，把他的脚贴着我

228

的肚皮塞进来搂着。我想到了古人所说的"抵足而眠"，大约就是这样吧？

耳边响着汩汩的江流声，身下的床微微颤动，透过两米厚的冰层，流水那巨大的力量传上来。我渐渐睡去。

半夜，隐约有抚远县城的鞭炮声。老头子也醒了，他摸索了一下，忽然一个熟悉的声音响起来："这里是中央人民广播电台，我们给全国人民拜年，新年好！祝大家在新的一年里……"我的泪水流出来。

多年后，我又去抚远，打听这个老头子，只记得他姓黄。但他们都说从来没听说过有这么一个人。难道那是我做的一个梦？

今天再回想，觉得那黑龙江上的除夕夜更像是一个梦了。

废　墟

　　废墟立在夕阳中满是怨尤，夏天时它们用繁茂的野草和浓密的树叶遮蔽自己的残破，现在冬天了，草枯木落，它们既怨恨又惶恐。当我试图从当年的门廊进入废墟的时候它们表示了不可压抑的愤怒，那丛密不透风的荆棘凶猛如毒蛇般纠缠住了我，寸步难行，当我退出来时，那些尖利的刺钩还不让我轻易脱身。

　　还是寻找到一处破绽，我走进了这座废墟。现在我站在当年正屋的基础上，夯筑的土墙已经风吹雨打完全坍塌，花岗岩砌的房基却依然完好。满院荒草，野棘横生，四周围墙上爬满葛藤，屋里的地面上长出一棵洋槐树，碗口粗。东墙根石砌的鸡窝一如当年，西墙根的猪圈也在，修建如此之牢固，仿佛要让它们居住千年。金黄的阳光溢满这无人的小院，山墙上的烟道暴露出来，弯曲着如同岁月黑色的血管。时间在我身边汹涌，从发间指间流过，汩汩有声，空气充满了陈旧的气息，一切恍如梦境。

　　当年的女主人，今天八十三岁的老妇，向我叙说废墟的往事。月光如水，照耀着西山的峰峦，十八岁的少妇和二十岁的丈夫雄心勃勃，一心成家立业在这条荒无人烟的山沟，他们以为这里不但是自己一代的终生居留所，而且将是祖祖辈辈的老家。把鸡窝砌得坚固如堡垒，任是狐狸黄鼠狼都无法偷得一只鸡；把猪圈垒得那么高，最淘气的猪都不能拱得坏；把平仓房砌得严丝合缝，老鼠都不能钻进一只。这个荒院里的每一块石头都浸透了他们的心血。一连生育了五个子女，个个生龙活虎般地长大，这条荒凉的小山沟里充满了孩子们的欢声笑语。

然而长大之后，他们经不住村里"繁华"的吸引，特别是那电影和电灯的诱惑，最终不得不抛弃这个家，迁进了村子里。荒废了，失去了主人的家不再是家，特别是下面又建起一座水库之后，这里就成了与世隔绝的荒野，只有春天的时候，迁徙的候鸟还来看一看去年曾经待过的柿子树。

草木横生的院落，四无人声，连风声都止了。我屏住呼吸，低下头，钻进石头砌的仓房，这仓房是平顶的，上面用大石条密密地铺成，四周都是方方正正的巨大的石块，连一个窗户都没有，长不过三米，宽不过两米，空空如也，泥土地下只有虫子爬行的踪迹。身置这狭小的空间里，忽然听得豁啷一声响亮，一个广大明亮的大千世界在我心里展开了，每一个细胞都舒畅无比，有生以来最安宁的沉醉。我想象着在这石屋里用木板搭起一张床铺，我坐在上面，盘起腿，直视着这面石壁，让心灵自由地飞翔……

五彩缤纷的生活，繁华的世界，其实是对心灵最大的禁锢。

长白山下

　　故乡的树将要落光叶子，通红的太阳悬挂在林梢。我注视着它，看不出它在沉落，只觉得光线暗下来，渐渐变成紫红，它是那么又大又圆。一阵酸楚涌上心头，我怀念遥远的长白山下那条小山沟，那里，柞树是不落叶的，在秋天是绛紫色，阳光穿透时，变得红彤彤一片。冬天来临，漫山遍野就是深褐，整个冬天都黏在枝头的枯死叶子在北风中飒飒作响，雄浑的色彩和声音构成东北山林的苍凉。当然，这是无雪的时候。大雪降临时又是另一个样子，白皑皑一片。

　　把一些年轻的盲流驱赶到一条荒山沟里，让他们自力更生——其实是任其自生自灭。奇迹发生了，他们赤手空拳，盖起了能避风雨的小窝棚，建立了一个小小的山村，还挖出了一个小小的煤矿，公社立刻宣称对它拥有全部主权。公社真是个怪物，我们流血流汗开垦出的田地归它所有；我们风里来雨里去打下的粮食归它所有；我们冒着性命危险开掘的煤矿归它所有；我们在阴暗井下挖出的煤炭归它所有；甚至我们的人身也归它所有，不经它的许可不准离开这个小山沟一步。有一年我们集体跑到国营煤矿去了，它硬是抓逃犯一样把我们一个个给追了回来。草民，真的具有如野草一样的生命力，只要给它们一点儿缝隙，它们就能蓬勃地生长起来。我们一边开荒种地，一边下井挖煤，我们盖起了土坯房子，我们养起了家畜，我们在这里娶妻生子，开始了人生当中最好的年华。蚁民，真的如蚂蚁一样，大地随处一道皱褶就足以让我们幸福地度过一生。

风雪像扬着白色鬃毛的马群扫荡过山谷，小小的荒村蜷缩在长白山下坚忍地抗拒着严寒；暴雨雷电击打着山峰和树林，大地在震颤；孩子一脸惊恐地扒在窗前看激流穿过院子；早晨，阳光照亮各家的篱笆，鸡鸣狗叫，孩子的欢笑和女人们的召唤声溢满了浅浅的山谷。

故乡的树叶仍旧在飘落，触地有声。其实，落叶归根无意，无可奈何而已。长白山下那个小村子已经衰败得不能居留，浅浅的一点煤层在采掘二十年后很快就枯竭了，住下的都是没有别的出路的伙伴们，他们靠耕种那瘠薄的山坡地艰难度日。回归故乡后，所有的梦境无一例外仍旧是长白山下那条小山沟。妻子同样如此，常常半夜坐起，相对述说当年。唉，异乡一梦四十年，黑发出关白发还。松花江上春波绿，长白山下秋风寒。不胜唏嘘。

那年回去，丰德刚带我去看他在西山坡上开垦的土地，他就孤独的一个人，在这山上一镐一镐，历时十多年，开垦出这么大的一片土地。这是一片山坳，坐北向南，很开阔，远远望去，峰峦层层，天上朵朵发亮的白云，尽头是一道蓝色的山峦，那就是长白山。我们想望的故乡在山那边更遥远的地方，年轻时的风景依旧。他颇有些激动地说，老家和我已经断了，将来我就要在这块地上了。他甚至在地中央栽上了一棵小松树，说是给儿子留下标记，让坟坑一定要挖在这儿。我们俩坐在山坡上，谁也不说话，我觉得喉头有些发紧。一阵很小的风从树林那边吹过来，松针发出细小的啸声。他生活很贫苦，但他在这里有了一个让我羡慕的归宿地。

你幸福吗

颇有几分悲哀地对伙计感叹道，唉，日子过得真快啊，转眼又要过年了。

伙计嫉妒地说，你那是过得很幸福，像我一点儿小病，牙痛，现在就一分一秒都觉得难熬。

我一惊，幸福就是日子过得快？有道理，不说那些有病的人，就我所知有两个人今年过年就很难熬，一个人儿子出了点儿毛病，信用卡透支进了监狱，我借给他五千块钱，他竟然给我跪下磕头，他这个年肯定难熬。还有一个朋友，亿万富翁，奋斗了一辈子，和地方政府关系没搞好，因为是上市公司，被定为"抽逃资金"判了无期，正在上诉，他在监狱里肯定这个年也难熬。

幸福就等于"日子过得快"，也就是等于没感觉，没记忆。回想我过的六十六个年记忆最深的一个年的确就是一个过得很艰难的年，六十多个"年"都过得毫无记忆。那一个"年"我差点儿撑死，真是一秒一秒地过。本来，那二十斤面我是主张分成每天一斤全家熬粥喝，这可以过二十天的好日子。但是父母那种老观念，一定要过一个幸福的"年"，包饺子。结果把我差点儿撑死。全家六口人，我相信他们也都过了一个分分秒秒都难熬的"年"。本想过的一个幸福的年，结果适得其反。父亲倒是提前做出了警告，一定要少吃，别撑坏了。可是你想，已经吃了几个月的草根谷糠，一吃饺子，如何控制得住？撑死的滋味儿比饿死的滋味儿肯定要难受得多，肚子胀得坐也不是站也不是，吃完了年夜饭就盼着快天亮，天亮了仍旧没好，我觉得要死了。什么办法也没有，只有盼望着时间流逝。过一秒就意味着接近"幸福"一步，大约中午时分才好了。就是这样的年才给我留下了印象，别的都不知不觉就过去了。

有人搞了一个"你幸福吗"活动，问遍全国人民。其实这是一个傻得不能再傻的问题，人对幸福是没有感觉的，感觉深刻的是痛苦。你看那些回答"幸福"的人对着镜头都要略想一下，而回答不幸福的人都是张口就来。回答不幸福，他正肚子痛还用想吗？回答幸福他当然要思考一下，做出一个权衡，一个比较。

叔本华的观点，人生就是痛苦的，生活好比一个杯子，这个杯子里的水总是满的，里面盛满了痛苦，你把它倒出来，另一种痛苦立刻就会自动充满。幸福就是杯子空的那一瞬间，记住，只有一瞬间。

但愿 2013 年的这个春节大家都过得没什么感觉，不留下印象。

当代英雄

　　矿主亲自带我下井，进到掌子我就上气儿不接下气儿了。矿主看着我笑笑道，不行了吧？我摇摇头。足有二十吨，一堆采下待运的煤在狭小的空间里显得特别大，简直山一样，我一看就绝望了，现在，这堆煤让我哭也哭不出去。两个年轻的矿工在装车，嚓嚓抡着大锹，内中一个虽然满脸汗水和煤灰，但看上去眉清目秀，像个女孩子。走出掌子，我对矿主说，那小伙子像个女孩子啊。矿主道，怎么还像个女孩子，就是女的，在我这矿有好几对夫妻每家包一个掌子，打眼放炮，推车，全是两口子干。

　　晚上我和矿主正在吃饭，一个年轻妇女来领钻杆，矿主用下巴一指，就是她。她向我笑笑说，哎呀，客人哪，在井下也顾不得打招呼。我站起来让座，无意间像那些傻瓜记者似的提了个傻瓜问题："你为什么下井啊？"她说："俺又没别的本事，总得给孩子挣出来念书上学的钱吧，现在学费又那么贵，还能让他像爹妈一样下煤矿？"

　　看她扛着钻杆走出去那单薄的背影，我脑海里忽然跳出一个词——英雄母亲！对，这就是不折不扣的英雄母亲。多年后，她的

236

后代会对他的后代讲，当年，咱们的女祖先，为了咱们的今天，曾经下煤矿挖过煤……

事实上我们的每一位矿工都是英雄，每一位留在了井下的矿工都是烈士。每次我在电视上看到死了的从井口抬出来，活着的义无反顾地填进去，心就想，真正是前仆后继啊！他们从小处说是为了家人，从大处说就是为了整个社会的温暖，为了全人类的幸福，在英勇奋斗。这是我们人类真正的英雄、真正的烈士，岂是那些同胞兄弟自相残杀的英雄和烈士能比的？能与之相媲美的只有那盗天火予人类的神话英雄普罗米修斯。

但是，可曾有一位矿工被授予英雄称号？可曾有一位死在井下的矿工被追认为烈士？

那一年，在哈尔滨，我被组织去参观东北革命烈士纪念馆，我真正地被感动了，别说还要和强大百倍的日本关东军厮杀，就是能在冰天雪地里活下来就是奇迹了。他们是真正的英雄，例如杨靖宇，那个指挥追杀他的日本关东军将军岸古隆一郎都赞扬他是中国大大的英雄，并且为杨靖宇题写墓碑，亲自主祭，隆重地举行了葬礼。这样的英雄理当千古流芳。驱车两个小时，参观的下一站，某某纪念馆却让我愕然了。某某纪念馆面积是东北烈士纪念馆面积的数倍之大，那豪华程度更要数十倍的豪华，这么大的一座纪念馆只有某某一个独享。下一步更让我愕然了，一进大厅被解说员命令对着某某的塑像脱帽鞠躬致敬。所以愕然是因为我们刚才在东北革命烈士纪念馆并没有被要求鞠躬，某某再大也大不过那么多的抗日英雄啊。我相信，我们这个四十多人的参观团没有一个人心里会不别扭，但大家都像模像样地低下头，弯下腰。我垂着头，心里对某某说，老某啊，你是个实在人，我相信你不会让大家这样，俺老孙给你鞠躬了。要论一不怕苦二不怕死，俺老孙可比你丝毫不差，要论贡献，第一口油井又不是你打出来的，世界的惯例是打出第一口油井的人才是英雄。就说你那件最英勇的事迹吧，对煤矿工人，那算什么呀，不就是跳到水泥浆里用身体搅拌水泥浆吗？俺可是经常十几个小时就在泥水里掘进啊。谁说过俺是英雄？大家不是都这样吗？

在中国就是这样，常常按照需要来树标兵，树英雄。树英雄特别是领导的需要，英雄一旦树起来，那英雄的领导立刻就光芒万丈起来。所以树英雄的第一步就先是组织一个写作班子，搜罗所有的好事都堆在一个人身上，然后就领导到处讲。而真正的英雄都在那里默默无闻。

我认为中国当代最大的英雄是死在井下的鸡西矿业集团总经理赵文林，下井就意味着危险，他以一个正厅级领导的身份天天下井，这是一种"明知山有虎偏向虎山行"的大无畏的英雄气概。当人类为了生存所需向地下伸手攫取宝藏的时候，就像那位盗取天火的普罗米修斯一样，不能不触怒宙斯，宙斯把普罗米修斯吊于山崖上，天天让老鹰啄食他的心脏，对人类则不断地以血和火把这些进军地下的尖兵毁灭于地层深处。但是这些英勇无畏的英雄们前仆后继，为了全人类的温暖，仍旧奋斗在那黑暗阴冷的地下。赵文林是他们级别最大的统帅，最终以身殉职，死在了井下。新中国成立以来，像他这个级别的领导干部有几人？任何一个行业，像他那个级别的干部都没有奋战在危险一线的。我们号召全国学习的英雄与之相比都黯然失色。但是他并没被授予烈士称号，更没有被宣传部门要全国人民学习。今天还有几人能记得起他？惭愧，就连我这个他曾称为朋友的人，今天要写这篇文章时忽然记不起他的名字了，只好查当年的日记。赵文林任职在中国煤炭行业最艰难的时期，在他的努力下鸡西矿业集团刚刚起色，他却殉职于井下。"出师未捷身先死，长使英雄泪满襟"啊。

话说阳历年

　　尽管辛亥革命之后就把公历年的第一天定为元旦（在此之前，所谓的元旦指的是农历的大年初一）；尽管 1947 年 9 月 27 日中国人民政治协商会议通过决议决定中华人民共和国以公元纪年；元旦在中国老百姓心理上仍旧不把它作为一个节日，而仅仅是一个年代划分标志。世界绝大多数国家都把元旦这一天最珍贵融入了他们的民俗成为一个欢乐的节日，甚至如汉文化圈儿的国家日本都在这一天约定俗成地有了许多民众庆祝的节目和禁忌，只有我们中国，从来没有任何民间庆祝活动或者禁忌。相比那每年成了交通灾难的春节简直不可同日而语。中国人以前把元旦叫阳历年，直到今天在老百姓口中仍旧是阳历年居多。这"阳历年"含有一种不屑的意思，谁如果报自己的名字用的是公历就被认为是在赶时髦。在我童年的时候元旦根本就算不上"年"，"新年""过大年"都是指的春节，阳历年从来都是无声无息，连顿饺子都吃不上，即使在今天，在我生活的圈子里也没见有人为了庆祝元旦多打一斤酒。元旦永远成不了中国人的真正节日。这是中华文化超稳定的又一证明。

　　所谓的"年"本来就是一个年代划分的标志，但因为春节这个年是我们祖宗传下来的，所以我们给予了它极大的热忱。其实我们的农历纪年法是非常粗糙的，比如说闰年，可以随意地在一年里加上一个月。自从我知道了闰年之后，我对自己的生日就再也没有兴趣了。我们所谓的生日，大体上就是在地球环绕太阳转这一圈儿上的一个点，每年的生日就是地球又转到这一个点上了，我们就纪念一下。所有的节日都是这样。那么你在这一圈儿上加了一个月，这个点就不知差到哪里去了，真是十万八千里了。还有什么可纪念的？当然，阳历年的随意性也很大，例如二月份的二十八天居然是凯撒大帝的一时心血来潮。但比咱们的春节还是精确多了。因为它是洋的就排斥它，这很荒唐，据说公历元旦这一天的确定是来自埃及，那么无论对法国人还是对英国人，它都是"洋"的。

中国人有经典情结，只要是祖宗传下来的经典总要念念不忘。经典曾经是精华，这毫无疑问，但经典也是陈化粮，它曾经有它的价值，但它也会随着岁月的变迁而改变，也会成为毫无用处的东西，很多经典已经是陈化成土的粮食了，弃之可惜也得弃。大家总觉得很多东西是年头越久越好，酒要秦汉的配方，养生秘籍传自黄帝，养颜则是轩辕氏。最近有位学者在电视上讲学，他发现《道德经》上就有量子力学原理。前些日子还有学者宣称，他正在专门研究《周易》，要从里面找到自然发展的规律。前些年韩国经济发展神速，就有一篇轰动一时的文章，讲是因为他们很好地继承了儒文化，四书五经是韩国小学的必修课程。这些人怎么说怎么做都有他的自由，但谁要是逼迫我的小孙子去读四书五经我就豁出这条老命不要跟他拼了！

父　亲

　　他小名叫"连群"，却只有孤单单的哥儿一个。他家只有两口人——他和母亲。小时候，我只记得他家日子过得很"抠"，街上有根草他也要立刻拾回家交给母亲。我母亲说，不要总到他们家去。我问为什么？母亲压低声音说，他们家是"国民党儿"。我们这一带都称国民党叫"国民党儿"。儿化音很尖。后来知道，他刚一岁的时候，他的父亲就扔下了他们母子跑到台湾去了。在农村，孤儿寡母那日子过得该有多艰难！但孩子往往不会注意到这些，我只记得我戴上红领巾，他脖子上空荡荡的，有的孩子欺负他，他从来不反抗，只是悄悄躲开。他很早就不上学了，我初中毕业后在村里教夜校，大家根本就不正经上课，乱吵乱闹，只有他认认真真地拿出课本问我生字。那时候他已经是一个高大的小伙子，正襟危坐在小板凳上的样子很滑稽。不久，"文化大革命"开始，夜校也散了，大家都戴上了红卫兵袖标，只有他没有。村里成立了民兵连，我们都是民兵，只有他不是。

　　我离开家乡流浪到东北后，时常想起他，在我的印象里，他总是形单影只，郁郁寡欢。八十年代，两岸关系缓和，忽然听说，他找到那个"国民党儿"父亲了，美元有的是！

　　退休回故乡，重见童年伙伴，他已经是一个胖大的老头子了，体重二百多斤。他正鲁智深似的袒胸露乳，坐在案子前给一堆童裤穿皮筋儿，他说这是老伴儿揽的活儿，据说是出口日本的。我自然提到他的"国民党儿"父亲。他说，通过一个什么"同乡会"他给那个"国民党儿"写了一封信，很快联系上了，约在香港会面。那天晚上，"国民党儿"父亲和他的后老伴儿住一房间，他和母亲住另一个房间，母亲哭了，说，早知道这样，还不如不来啊……

　　"国民党儿"到台湾五年后就和这个老伴儿结婚了，而他们母子在海这边却孤苦伶仃巴巴地守了四十多年！

　　谈到美元，他说，找到父亲后，他每年都去台湾探亲一趟，为的是去打工挣点儿钱。他一到那边就赶快找活干，探亲只有三个月的期限，还要挣回路费，只有拼命地干，多干，快干，白天黑夜地干，锯木场扛木头，车站扛大包，掏下水道……什么都干过，总之，什么活儿累，什么活儿脏，他就干什么。是的，一个种地的人，到城里只能这样。他说，为了多挣点儿钱，有一年春节也是在台湾过的，不过他没有在"国民党儿"那个"家"里过，是在一个打更的小屋里过的。想想那个两岸欢庆、家家团圆的大年夜，他一个人孤独地在他乡的一间小屋里该是何等滋味？

　　父亲和他这个儿子，只是血缘，感情上形同路人。

　　见过面后不几年，母亲就去世了。母亲病危时他给父亲去信，父亲寄回了六十块钱。

　　最让他难过的是父亲前些年还告了他一状。父亲出三万块钱，让他在家乡建房。他费了九牛二虎之力把房子建了起来，父亲却要写自己的名字。三万块钱根本就建不起来，他不仅出了力也出了钱，他当然不同意。父亲就委托律师，一纸诉状把他告上了法庭。判决是他归还父亲三万块钱，房子归他。

我问，你父亲没有钱吗？他说，不能说是很多，但还是有钱的，他在青岛买了两处房产。

我眼前一亮，说，等他死了后，你就起诉，要求分割遗产！

他笑了笑说，一处是写我弟弟的名字，一处是写我妹妹的名字。

是那边的弟妹。

父亲留给他的遗产只有童年、少年、青年半辈子的苦难。

把老虎当成大猫

　　在昨天，大家都从电视上看到，又发生了老虎伤人事件，一个孩子在动物园里给老虎咬死了。他是翻过护栏把手伸进笼子里拿东西喂老虎的，结果老虎倒咬住了他的那只手，他用另一只手去救这只手的时候，另一只老虎又扑上来咬住了他的这一只手。两只老虎隔着铁栅栏把这孩子给活活地撕扯死了。我们也都看到了有人在调查，到底谁应该负责任？首先是老虎笼子没安装铁丝网，致使孩子把手能伸进去，这显然是动物园的责任。动物园负责人说是资金缺少，没有钱。还有，为什么没有管理人员巡视？这显然又是动物园的责任。动物园负责人说当时的巡视员正在别处忙。记者甚至追问了上级管理部门的责任，他们没安装铁丝网为什么就允许开业？有人还说了，因为老虎当时正饥饿，又处在一种发情的暴躁时期，所以发生了这种情况。

　　说的人振振有词，可是他却有意回避了一个问题，孩子为什么翻过护栏去拿东西喂老虎？这等于在铁轨上有火车运行的时候跑到铁道上去了，那防护栏本来就是避免让人接近笼子的。一米多高，十岁的孩子翻过去要费很大劲儿的。显然孩子自己负有责任。而孩子为什么就不怕老虎呢？这就是近几年来我们教育的误导了，孩子错把老虎当成了大猫，甚至是可爱的猫咪，他一片好心地伸进手去喂它。

由于很多野生动物濒临灭绝，人们发出了救助它们的呼吁，这本来是正常的，可是矫枉过正，近些年来，媒体上开始大张旗鼓地宣传起人跟野生动物的感情来了：有人在非洲大草原上和狮子友好相处十几年；有人和熊产生了深厚的感情，谁也离不开谁；甚至有的人和鳄鱼共居一室，可以把脑袋伸进鳄鱼的大嘴里。过去有一个词叫"谈虎色变"，现在孩子们在电视上看到的全是"可爱的虎宝宝"。这个被咬死的孩子正是一片爱心地去喂一喂那只可爱的虎宝宝的。

人类与动物的感情空前高涨，一个大学生在北京动物园里拿硫酸泼了黑熊，全国一片哗然，纷纷发表文章、讲演，谴责他这种迫害狗熊的残忍行为，为了救助受伤的黑熊还发起募捐活动，那么多有爱心的人参加了捐助，甚至比救助一个受伤的孩子还要踊跃。这个大学生所受到的谴责无论是规模还是严厉程度都远远超过了那个杀害三个同学的另一个大学生马加爵。

有一个青年在四川参加了一次用于"活熊取胆"的熊的放生行动，回来后发表文章称这是他一生做的最激动、最有意义的行动。

北京出现了救助瞎猫瘸狗的慈善家，报纸电视也大加宣传。到农村去看看，需要救助的瞎眼瘸腿的孩子有的是呢！不惜一切代价去救助那些瞎猫瘸狗那是他们个人的爱好、个人的权利，谁也无权说三道四，可是媒体上大加宣传就用不着了。我们人类还达不到对所有动物讲感情示爱心的程度。除非大家都成了吃素的佛教徒。我参观过一个屠宰厂，开始还没觉得有什么不安。当我看到一头被捅翻的牛突然露出那白色的硕大的乳房时，我震惊了，这是头奶牛呀。在到这里之前人们还喝它的奶汁，也许因为它年龄大了，产的奶少了，就给牵到这里屠杀了。事实上这也是必然，所有的奶牛在产奶量减少的时候都要给送进屠宰厂的。你喝牛奶吗？你吃牛肉吗？我们对牛就是先喝它们的奶再吃它们的肉。如果要对动物讲感情，那首先就应该是对牛。吃着牛肉，喝着牛奶而大谈爱动物讲感情就不能不假惺惺的了。

就在我看电视上那个孩子被老虎咬死的报道的时候，恰好在山东老家的妻子打电话来说，她正在青岛的小珠山公园里看狮子吃牛的表演。工作人员把一小牛赶进去，两头狮子扑上它的身上乱咬乱抓，因为它们已经不太善于捕猎了。小牛浑身给咬得鲜血淋漓，小牛挣脱不了，发出悲惨的哞叫向人求助。妻子说站在外面看的人脸色都变了。因为她的同伙们都是农民，而农民和牛的感情是远远地超过了狮子的。可是他们爱莫能助，这牛是公园里的牛，人家是花钱买来专门让狮子咬死的。最后还是有一头狮子咬住了小牛的脖子，把小牛给憋得窒息而死。整个过程残忍冷酷。同样是动物为什么人就对牛如此残忍而对狗熊老虎就慈祥友爱？

如果说狮子吃牛肉是天经地义的，那么人吃狮子的肉也应该是天经地义的——只是价格太高。如果养牛取奶喝是天经地义的，那么养熊取胆汁治病也就没什么不妥当的。如果熊的胆汁真的有那么大的功效，能治病救人。野生动物保护者大可不必那么义愤填膺，我亲自参观过一个活熊取胆的农场，那里绝不比屠宰牛的场面凄惨。

保护野生动物是人类的利益所在，绝不是什么感情所在。你对你养的小狗有感情那是你个人的事情。老虎狮子能和人和平相处，鳄鱼能和人亲吻也是个案，不能作为经验推广。如果你曾经在山野里生活过，你就会知道人对猛兽是有一种本能的恐惧的，哪怕它还没出现在你视野之内，在你看到它之前，你就会产生一种极大的恐慌。正是我们的大力宣传教育，使得孩子们开始失去了这种本能上的恐惧，面对老虎都不再害怕。

帝王到你家

　　如果你对一个人说，他现在正过着帝王一般的日子，他一定会说你在开玩笑，但是你不妨跟他认真地"理论"一番。首先看看故宫里面皇帝的寝宫，你会发现，既没有安装空调也没有暖气。他三伏天的酷热和三九天的严寒肯定不如现在一个一般市民好过。再看看他们睡的床，那虽然叫作龙床，但是没有现在一个普通人家的钢丝床有弹性。金銮殿上的那把龙椅除了皇帝任何人都没资格坐，可是，今天一个小老板的沙发椅坐上去都要比那舒服得多。再说一说帝王们穿的吧，那些东西虽然看上去很威风，什么皇冠、龙袍，但是麻烦，别扭。要说有多么好看，也不见得。在长春的伪皇宫里，我看过溥仪穿的一件貂皮袍子，据介绍是他当年心爱的，但是现在来看，送给大款们他们会觉得穿不出去。有好几处都掉毛了。吃的呢？秦始皇贵为九五之尊，可是他绝对吃不到今天的红富士苹果，连国光也够呛。如果你想知道秦始皇们吃的水果的口味，只要你爬到东北的山里去采一把山葡萄尝一尝就知道了。还有山梨，又苦又涩，哪怕给你一个你都吃不下。面包他老人家是肯定吃不到了，小米饭里沙子是免不了的。就算他吃的馒头也比今天差得很远，加工工艺不行，用的是石磨。你知道石磨磨面要吃多少石粉吗？石磨一年要请石匠凿三次，凿成很深的石棱，用不多久就磨平了。这些石头哪里去了？全在面粉里，吃到肚子里去了。所以，鲁迅先生推测孔子有胃病：他吃那么多的石粉在肚子里，又要坐车到处跑，路不好，车颠簸得厉害，石粉全沉淀在胃里了，自然有胃病。鲁迅先生是学医的出身，他的判断是不会错的。所以，孔夫子他老人家吃东西特别小心，什么割不正不食的穷讲究，正是他的胃口不好。你以为皇帝骑马很好玩儿吧？但是让你骑马上跑二百里路会累得你腰痛脖子酸。再看看那时候的车吧，我敢说，现在的一辆普通的大卡车也比秦始皇乘坐的六匹马拉的马车要快得多。论舒服，他的车连普通的公共汽车都不能比。没有海绵垫，坐一天要颠痛屁股的。我坐过马车，有这经验，坐了半天车痛了好几天屁股。何况那时的道路不行呀，都没铺柏油也没有铺水泥。秦统一六国之后，除了统一度、量、衡之外，还有一项改革叫作车同轨。就是车轮之间的宽度要统一。为什么呢？如果几十年前到东北农村看过那些田间的道路，你就会恍然大悟。车轮把道路压进了深深的两道沟，这就叫车辙。车轮就在这两道辙里转动，像轨道一样。如果宽度不一样，寸步难行。现在的高速公路上你到哪里能看到车辙？再过几十年，这个"辙"字，恐怕就很少有人能理解了。所以也就不必"车同轨"了。对今天来说，秦始皇的这一改革没必要。

以上讲的是衣、食、住、行，人的最基本生活条件。你还不相信我们正在过着帝王般的日子？还有收音机、录音机、电视机、电脑、VCD、DVD、MP3，他们更是享受不到。我常常想，就是我们现在随手扔掉的一个塑料可乐瓶，退回去几百年就是一件非常珍贵的宝贝。你知道古代用的行军水壶是什么？是用瓦罐，笨重且不说，而且一碰就破。如果给他们现在这样一个饮料瓶，结实美观，轻巧耐用，他们一定会当作稀世珍宝献给皇帝享用。可是我们都当作废物扔掉了。

我们人类已经是被上帝宠坏了的孩子，只知道对大自然一味地无节制地索取和浪费，总有一天，我们会受到大自然严厉的惩罚。

大 口 井

　　大口井是专为灌溉修建的，足有一个标准游泳池那么大，其实就是一个池塘了，但是很深。当年修建时什么挖掘机械都没有，土方全是由我们村里这些年轻人一锹一锹挖下去，一筐一筐抬出来的，然后，又用石头砌起井壁。那些劳累的日子里唯一能给大家快乐的是听一个姑娘唱歌儿。她很漂亮，黑黑的，歌声特别好听。她一点儿也不扭怩，大家齐声喊，再唱一个，她就一甩那粗大的辫子放开嗓子唱了起来。于是大家挖泥时心里就一直惦记着快休息，只等哨子一响，幸福就来了。这块荒凉的工地于是就对我们村的年轻人有了吸引力，即使天黑回到家也盼着明天早早来这里上工。后来她成了一位朋友的媳妇，再后来年纪轻轻就死了，她就葬在离大口井一百多米的地方，那里是我们村的公墓。

　　退休后我在大口井前边修建了一座石头房子住下来，天天要到大口井去看一看。生产队取消了，大口井也荒废了，多年失修，石壁坍塌，长满了水草，真正是断井残垣。倒是有一些叫不上名字来的鱼儿成群结队在里面游着。有时我抬起头看看对面那处荒冈，那唱歌儿的姑娘就在那里。

　　去年冬天，据说是半个世纪来的最寒冷的冬天，海面都结冰，此地所有的河流和水湾自然都封冻了。一只灰鹳不知从哪里飞临大口井，大约它从高空看到苍茫大地只有此处还有一湾未曾封冻的水面，于是翩然而下。它足有一米高，是一只真正巨大的鸟儿。当我第一次见到它时惊呆了，那是个冬天的黄昏，夕阳金色的光辉把石墙照耀得有些金碧辉煌，它就那么站在石墙下面，我已经习惯了这空旷的池塘，一时间怀疑眼睛花了，是幻觉，再定睛看，它就在那里。它也发现了我，一伸那美丽的脖颈立即起飞，那动作的协调优美让人惊叹。惊鸿一瞥就是这样子吧？从那天起我每天都要去看它，几乎是迫不及待，但每次它都会被惊起，它扇动巨大的翅膀，非常优雅地只扇动那么几下就飞上了蔚蓝的高空，越飞越远，然后就变成一个小点儿，消失在遥远的天边。第二天我再来，发现它仍然在这里。我曾试图让它发现不了，但是总失败，只要我一伸头准被它看见。我兢兢业业，每天来看它，直到半个月后，它才对我报以信任，不再起飞。那段日子里我们默默相对，我欣赏着它的一举一动。它修长的腿站立在水里，一步一步走着，显得很是忧郁，是啊，它是孤独的。据说鹳是雌雄终生为伴侣的，一只死后它的伴侣也就会永远孤独。在那个荒凉而寒冷的冬天，四周一片沉寂，只有我和它在那些黄昏的日子里陪伴。大口井又成了我每天向往的地方。

春天它就飞走了，再也没有回来。现在是夏天，我依旧每天都要到大口井那儿待上一会儿，尽管我天天都走，小径还是被汹涌的草给淹没，我拨开草丛，怀着一丝希望向那里走去。水里有两棵柳树，还有就是水草，断井残垣，别的不再有。有一天，我越过河沟，向对面的公墓里走去，按照朋友指示的标志我去找那个黑黑的姑娘的墓，在众多的坟墓间转了半天也无法确定哪个是她的墓。这里风俗，只有两口子都去世才能立碑的。而她的丈夫早已另有伴侣，她的墓是永远也不可能立碑了，她也就永远孤独地待在这一片荒草萋萋中。

我和儿子们

谈自己的儿子，明显是自吹自擂，可是要谈别人，我又知之甚少，不管他们成没成才，现在可都算是大学毕业了。

老大在中科院海洋研究所读博士，在一般人眼里应该是成才了，可是我到现在也弄不清他到底是在为了这个学位学习，还是在真正研究什么东西。至于研究出什么成果，更是渺茫得很。我曾经问过他，你到底是在学什么？他说，说了你也不懂。可是王选研究的激光照排系统，袁隆平研究出的杂交水稻，虽然不能说全懂，也能懂个大概。再说，连牛顿的万有引力也略知一二，爱因斯坦的相对论也听说过，怎么他学的我就听也听不懂？儿子研究的东西难道比那些大科学家研究的还要深奥？这显然是蒙人。我是一向不怎么看重学位的，在他们读中学的时候也没有管过他们的学习，因为我就没上过大学。我知道大学仅仅给你个饭碗，真正要成才，那全得靠自己。同事们都说我曾经强迫儿子陪我下棋，不让他们学习功课。我不记得是不是真的强迫他们扔下功课陪我下棋，但是我下棋确是两个儿子上中学时教会我的。这就来那句歌词了："谁种下冤仇他自己遭殃。"开头，他们觉得好玩儿，很热心地教我，既然教会了我，我来棋瘾了，再不和我下，那于理于情都说不通吧？我下输了棋拿他们发脾气，那就是活该他们自己遭殃了。

我两个儿子都体格很好，比我高大得多，我尚且能靠力气挣饭吃，他们自然不会成问题，所以我从没有把他们能不能考上大学当回事。我记得有一次要开家长会，老大先给我打预防针说，爸，老师肯定要留下你，说我的不是，你别听他的。那是当然，怎么说是一家人，当老子的绝不会胳膊肘儿向外拐。家长会开完，我果然给留下了。老师清了清嗓子，开始讲……我很礼貌地打断她说，自己的儿子，我当然知道。老师不再讲下去。

小儿子学习比他哥哥还不如，每次家长会我去看成绩榜，都是从末了往前找，他的大名总在倒数前几名。有一年好长时间不开家长会了，到期末还没开，我问他的同学，你们学校怎么不开家长会了呢？同学说，早开过了呀。我一愣，人就是这样，叫你去的时候你很不情愿，但是真正不叫你了，你又会觉得是一种失落。我就问小儿子，怎么回事？小儿子说，俺哥给我去开过了。我笑了。再也不用从后面给他找名次了。

我在这里绝不是说小孩子可以放任不管。我们刚到哈尔滨不久，老大刚上初中，可能十三四岁吧。有一天他忽然对我说，爸，我不想在这个家里待下去了。那天我可真是大吃一惊。日子一直是和和平平地过着呀？怎么忽然要出走了？我问他，你要到哪里去？他说，不用你管，反正不想在家里待下去了。我想了想说，好吧，你能先跟我说一声儿，这很不错。那么我也不应该拦你，这样吧，今天晚上你先到车站去过一夜，试一试，如果你觉得行，你就不用回来了；如果你觉得不行，你再回家来。行不行？他说行。开门走了。那时候天还很冷，我一夜没睡好，不知道他在车站能不能给冻坏。天还没亮就醒了。妻子和我一样，也是惦念着，推推我说，怎么还没回来，你不去车站看看？我硬着头皮说，没事儿，走了也会回来的。她披上衣服去那屋看了看，一声不响地回来了。我翻身问，没回？她轻轻地笑道，正睡着哪。我嗵地一块石头落地了。

后来他告诉我们，他是下半夜回家的，车站太冷，他和一个小要饭的挤在一个角落里睡，还被警察踢起来，赶了出来。我放心了，他再也不会出走了。

男孩子大约都曾有过一段心理逆反时期。老二的这种反叛发生在他考上大学之后。他一直是学习不好的，在班级里数第四十几名。就是临近高考举行的模拟考试，他仍然还是四十多名。到真正高考时，他竟然考到了前二十名。在关键的时候他一下子提高了二十个名次。这真让我没有想到，就是他的老师和同学都吃了一惊。升高中时他也是这个样子，原本连老师也没打算他能考上重点高中，可是一发榜，他考上了六中。他得意地回家说，老师说我，啊呀，你是真人不露相啊。

就是这位"真人"，在上完一个学期的大学后，在返回学校的路上，突然改变了主意，大学不上了！火车离开北京向南进发，他的学校本来是在郑州，但是到郑州他不下车了，坐在列车上继续向南跑，一直跑到了武汉才下车。他在武汉给我们写了一封信，他说，爸爸妈妈，我决定不上大学了，我要独立，你们不要管我，我已经十八岁，有权安排自己的生活了。我愣住了，这好不容易考上大学，不上是个价值上万元的大损失啊。可是有什么办法？抓不住找不到。

他跑到三峡去了。那时候三峡大坝工程还没正式开工，他找到了一个建筑队打工，这个建筑队是给那些大坝工程人员修建住房的。他就在工地上当小工，搬砖、和水泥、挖土方。每天二十块钱的工资。那都是包工，你是给包工头儿干活儿，一天干到黑，十几个小时，只有中午给半个小时吃饭时间。他虽然个子很高，但是干活儿还显然不行，累得个七死八活。干了几天，就觉得这生活实在是不如在大学课堂里听课轻松了。好不容易熬到第八天，决定不干了，还得回去上学。于是我们又收到了一封电报，爸爸妈妈，你们不用挂念了，我又回到学校了。

当初老大连重点高中都没考上，本来我应当花点儿钱让他进重点高中，可是我觉得学习好坏，全在个人，与学校关系不大，所以也就没在意。他到普通中学一年之后，我才发现完全不是那么回事，数学我不懂，可我一看他的语文作业，后悔了，这老师简直是个白痴！我痛恨在中学就分什么重点与非重点，一个孩子在这时就能决定他的命运？这么一分，非重点的中学不仅仅是学生失去了信心，最可怕的是这些非重点的教师抱着一种摔破罐子的心态。大学，他自然没考上。又复习了一年，考上了。此后，他就硕士研究生、博士研究生一路读了下去。

两个孩子考上大学之后，我就觉得他们的事情与我无关了，我从不过问，他们也从不向我征求意见。现在大学都毕业了。如果说，大学毕业就算成才的话，那么他们算是都成才了。我认为，成才的标准应该是做出什么公认的成就，而不是这样仅仅有了一个饭碗。他们成才了吗？我总觉得还要以后再说。

从莫斯科到基辅

　　从莫斯科到基辅的故事我曾经对人讲过，是目前的局势使我不由得又想起来。这是一个与政治无关的笑话，在当前这让人喘不过气来的紧张局势下，重新来讲，让大家轻松一下。

　　从莫斯科到基辅是一夜的火车，首先让我感到新鲜的是没有检票口，就跟中国的公共汽车一样，随便上车，上车之后验票。跟中国最大的不同是每个房间只有两个铺位，把门一关就是两个人的天地了。翻译兼带队刘宪平等大家坐定之后，第一件事就是分配房间，我们一共是四男一女，他让我和苏联翻译萨沙一个房间，雷抒雁自己一个房间——雷兄已经先走一步了，在此悼念他一下。最后他对女诗人说，今晚只好你和我一个房间了。女诗人嚷道，这怎么行？回国后万一传出去让人怎么说？我对我爱人怎么解释？刘宪平的脸一下子涨得通红，当年他还是一个小伙子，而这位女诗人已经是半老太太了。他对女诗人解释说，咱们这不是包厢，我倒是想让你自己一个房间，万一半路上再上一个外人到你的房间里，我是担心你的安全呀。

　　女诗人说，万一没人再上呢？

刘宪平说，好好好，就这样吧，你自己一个房间。

安顿好了，大家都聚在我们房间里闲聊，萨沙在上海读过四年书，汉语没问题。我现在还记得那次我们踩着泥泞去参观一个教堂时，他气喘吁吁地说，孙同志，你知道为什么外国人总打不败我们的原因吗？我说，不知道。他说，唉，就是我们的路太难走了。

现在，每当我看二战的专题片里那茫茫的俄罗斯大地，就会想起萨沙的这句话，确有道理！

快开车了，车厢一直没再上人，女诗人面有得意之色，我说过的吧？

车轮动了，女诗人说话的声音都高起来。不料，车厢里忽然进来一个扛着大包的高大的苏联人，五十岁左右。大家一齐盯着他，女诗人的眼睛都睁圆了，眼见他径直进了女诗人的房间。女诗人惊慌失措地说，这怎么办？这怎么办？刘宪平说，我不是早就告诉过你吗，咱们这不是包厢，没办法。女诗人连连嚷着，不行！不行！我不能和一个陌生男人住一个房间！刘宪平只好请萨沙去找列车长交涉。不一会儿萨沙回来了，说，还好，那边房间里是一个女人。

我们就帮女诗人提上行李去那个房间。敲开门，果然是一个三十岁左右的苏联女人。大家放心地转身要离开时，突然背后一声尖叫，女诗人跳出了门外，大叫着，狗！狗！狗！萨沙进去一看，出来说，这个女人带了一只小狗儿，很小，不怕的。女诗人一路尖叫着，我怕！我怕！跑回了我们房间。萨沙回来说，我跟那个女人说好了，让她管好她的狗，她说她的狗从来不会咬人的。女诗人惊魂未定地说，不行！不行！萨沙耸耸肩，摊开双手无奈地说，你看，一边是狗，一边是男人，你总得选择一方。女诗人沉默了。

时间一分一秒地过去了，列车在黑夜的大平原上穿行。雷抒雁作为四人访问团的团长说，你做出选择吧，一边是狗，一边是男人，总不能让大家这样坐一宿啊。女诗人最后说，还是选择男人吧。

萨沙去那房间一会儿，回来说，我跟那人讲明白了，让他先睡下，面朝里躺好，你进去吧。

我们的女诗人这才一步一蹭进了她的房间。一夜无话。

第二天一早，女诗人进到我们房间激动地说，那人很有礼貌，那人很有礼貌……

大家一声不响。

基辅给我留下最深刻的印象是橡树，市区里一片美丽的杏黄色。在中国的东北，每到秋天橡树林是一片火红，不知道为什么他们的橡树经霜不红。那里的橡树很高大，结的橡实也大，满大街都是，我带回几个。但那时住在哈尔滨，无处可种，后来不知扔哪里去了。

灵 山 岛

　　那群小鱼儿完全像一个整体，在水里游动时动作的迅捷、一致、顺畅，是任何群体动物都做不到的。我们曾经惊叹仪仗队的士兵那整齐划一的挥臂踢腿；惊叹雁群那有条不紊的飞行动作，但跟这些鱼儿比起来那是僵硬的，如果像这些鱼儿这般急速地转弯闪躲就更不可想象了。这数百条小鱼儿在水里为逃避人的捕捉那种腾挪折转快如闪电，又优美顺滑，简直就是一块绿绸被一只无形的手牵着舞动。它们被集体堵截在这个小小的海湾里了，海水又是这样清澈，水底的沙子粒粒可数，看得见这些小鱼儿的鳞片和那圆圆的眼睛。它们通体绿莹莹的，急转身时闪闪发光。游人都被它们的美艳惊呆了，同时又激发了要攫取占有的贪欲，大约人人对美的东西都会有这种不正常的心理吧？在人们的围追堵截中，这群鱼儿虽然有些惊慌失措，但队伍依旧纹丝不乱，像一道闪光在众多的腿间穿梭飞行。

　　是孙子那狂喜的惊叫促使我加入了捕捉队伍，利用自己的狡诈，我终于把鱼群堵截进了一条狭窄的石缝儿，张开一个塑料袋儿捉住了十多条美丽的精灵。我们又买了一个小桶把它们装进去，但是不再有那种美艳的荧光了。爬到山上时它们就开始死亡，一条接一条。

吃过中饭后，它们全都死掉了，倒在地下丑陋不堪的一堆死鱼而已。这就是那次游灵山岛的愧疚，罪过。痛悔不已。

灵山岛隶属于胶南，和这边海岸隔海相望。明朝时曾设灵山卫所，和威海卫、天津卫同级别的海防据点，防的就是倭寇。面积约七点二平方公里，海拔五百一十三米，是中国第三高岛，距大陆十公里。小时候就想过要到这里看一看，倒不是为那些仙岛灵山的传说，恰恰相反，是想看一看它的贫穷。有这样一个故事，有一个农民锄地，到晌午了，数了数他锄的地是十三块，不对，他的地是十四块，肯定还有一块没锄完。他就找啊，找啊，无论如何也没找到那遗漏的一块。没办法，饿得实在不行了，只好放弃，回家。哪想到他拾起蓑衣要走时，忽然发现这块地压在蓑衣下了。种过地的人想一想吧，这么小的土地如何种庄稼？这是一个故事，但现实中确实有夜里被人把地给偷走的事情发生。

公社成立后，有一严格的规定，民兵在码头上严加盘查，决不允许岛上的姑娘乘船渡海——她们过了海就不会回来。渡海的女人只允许年龄大的，最低是生了两个孩子的。但仍有年轻的女人抛下孩子不顾，一去不返。虽然只有一衣带水，但在当年的海运条件下，这就是咫尺天涯，这座海上孤岛贫穷闭塞，特别对年轻人，就是一座监狱。

今天的灵山岛已经是旅游胜地，岛上居民大富，据说要在岛上落一个户口差不多就跟在北京落一个户口一样困难。

走 阿 陀

　　大年初五走阿陀，摩托车坏了，只能骑自行车。一骑上自行车，我忽然有了一种被解放的感觉。骑自行车就意味着你不用考虑路的问题了，什么路都可以走，大不了扛起自行车。

　　我专拣人迹稀少的山路走，我喜欢这些只印着羊蹄印的小路，走在这样的小路上便于胡思乱想。只要大方向正确终会走到的，不必担心走错路，自行车轮在两边都是枯草的小路上转动让人很惬意。忽见前面沟里升起一股青烟，春节刚过，这里怎会有人烧纸？走过去一看，原来是一个妇女在沟底烧玉米地里的残茬，好勤快啊，刚初五就动手要种地了！她抬起头奇怪地看看我，这人怎么骑车走到这里来了？她没说话，我也没说话，两个人无声地错过去了。继续前行，一道大沟截断去路。如果硬要爬过去也不是不可能，但一场雪刚化了，沟崖上满是泥泞，我犹豫了半天，终于还是决定绕过去。沿沟帮向下，自行车也骑不得了，只能推着走。转过一堵山崖，出现一户人家，红瓦石墙，大门上贴着崭新的春联，与这猩红的春联相对的是门前一丛翠绿的竹子，仍旧一片冬日苍黄的山沟里这是唯一的绿色，分外醒目。但是，门上却挂着一把锁，主人已经不在这里居住了。现在深山沟里很多人家都迁居到村镇里，山沟里的旧居不忍拆除就扔在这里，但过年仍旧要回来贴春联。这是一处被主人遗弃的故居。整条山沟里寂无一人，我站在门前感受着这红绿相映却又荒凉的凄美。

脑海里想象着这一家团聚在村镇里的人们，不知不觉走进了一处公墓里。过年新烧的纸灰，供台上摆放的点心和水果都还在。这些年我经常拜访公墓，因为一半故人都是在这里相见了。看了看墓碑，大部分姓刘，于是我知道了，这是小刘家庄的公墓。一个一个地随意看着，忽然一个熟悉的名字出现在一块黑色大理石墓碑上——王之华。还有些疑惑，这是一个很普通的名字，同姓名的很多。但再一细看，确定遇到故人了。慈母王之华之墓。生于一九四六年十二月十一日，逝世于一九八四年七月二十三日。

王之华，小学同学，我们的班长。记忆犹深的是她那张红红的脸，鲜艳得如同红苹果，在同学中非常明艳可爱。岂不知这正是她不长寿的原因，她的兄妹们都有着鲜艳的红脸膛，也都是英年早逝。关于她的记忆不多，因为她过早就休学了，小学也没有念完。1958年大跃进，年龄大一些的小学生都被退学去参加大炼钢铁，孩子也是劳动力。1947年是个杠儿，她比我大一岁，我继续上学，她却离开了学校。其实，她只比我大一个月。

"文化大革命"，她的二哥王之春是红卫兵司令。我那时参加了另一个组织的红卫兵，我们是一群乌合之众，只是在一起唱唱歌，拉拉胡琴。但他们那个兵团却要消灭我们，不断地挑起事端，甚至要抓我。有一天在大街上忽然遇到了王之华，走过去时，灵机一动，我叫了她一声。她已经出脱得成一个美丽的大姑娘了，愣愣地站在我面前，我说，跟你二哥说一声吧，我们只是凑一块儿玩一玩，根本就没有什么革命目标的。她一甩辫子说，他们的事儿，我管不着呀。说完就走了。

　　从那以后，王司令再也没找我们的麻烦，我对同学王之华心存感激。后来我到了东北，再也没见到王之华，再后来听说她嫁到了小刘家庄，再后来听说她死了，还不到四十岁。想不到在这里见到了她的坟墓，她已经离开人世三十多年了。坟头上长满黄色的蒿草，中间压着一张草纸，风吹得像旗子在飘动。供台上还有一把水果糖，五颜六色很好看。一大片土坟，跟她的一样，一个一个静静地立在阳光下，已经接近中午，阳光明亮得耀眼，我看看四周，很想找个人说点儿什么，荒野中没有一个人。推起自行车要离开时，忽见她一甩辫子说，他们的事儿，我管不着呀。我已是白发苍苍，她依旧貌美如花。

方 块 儿

村长打电话说，方块儿回来了，你来吧。

方块儿是外号，她的小名叫梅花，我们就拐个弯儿，叫她方块儿。我首先想到的是一件褂子，黄绿相间的颜色，图案是一个个的硕大的叶子，说不准是什么植物的叶子，像是黄烟的叶子，但又有些歪曲。直到今天将近半个世纪过去了，我还记得清清楚楚一件褂子。人的记忆真奇怪。这件褂子就穿在方块儿身上。我还记得她鼻子尖儿上冒出的细密的汗珠儿。天气太热，我们合锄一垄地瓜，面对面。那时生产队里锄地都是这样。那次我们是在割麦子，我远远地割到了前头，在一块瓦片上画上一排字，等我去东北挣了钱回来娶你做老婆，扔到她的麦垄上。第二天我就跑到东北去了。在黑暗的煤矿里，那些年，我一直想，她的鼻子就是女人应该长的鼻子；她的眼睛就是女人应该长的眼睛；她的嘴就是女人应该长的嘴。她的标准就是女人的标准。她很矮，皮肤也很黑，长的就是标准。但是没等我挣到钱，她嫁给一个工作队员，进了省城济南。我安慰自己，人家当初并没许诺你什么。当年一个省城的人能娶一个农村姑娘，可见她的确是漂亮。

村长的办公室有一张大得吓人的写字台，上面积了许多烟灰。方块儿坐在大写字台对面，听见我进屋，回过头来。我吓了一跳，真不敢相信眼前这个老太婆会是当年的方块儿。她朝我笑了一下，我赶紧移开眼睛看村长。人都是要老的，老了都是要变丑的，她这副样子还是我不能接受。村长哈哈笑着说，你们已经快五十年没见面了吧？我说，没有，四十五六年吧。

　　方块儿上下打量了我一下，啧啧，你老成这样子了，怎么头发都没了？我自嘲道，用脑子用的。

　　她转过头去不再理我，尖声尖气地和村长迫不及待地说一件事情，我听了，是说她这些年虽然远在省城，但每年都跑回来，如何照顾她的娘，如何出钱修家里的老房子，等等。我觉得无趣，说了声，你们谈着吧，我还有点儿别的事。村长招呼说，别啊，中午我请客。

　　走出村委会，外面阳光艳丽，我骑上车子一边蹬着一边哼着一支歌儿：麦浪滚滚闪金光，棉田一片白茫茫……这是我们年轻时唱的一支歌儿。我忽然发觉不对头，麦浪滚滚闪金光的时候棉花还刚刚一拃高哪，怎么会"一片白茫茫"？我又努力去想那件黄烟叶子图案的褂子，也模糊不清了。

　　中午，村长打电话说请我和方块儿吃饭，我撒谎说有事不去了。又问她回来干什么，村长说，跟她弟弟分房产。

遗　老

　　老岳又慷慨激昂地朗诵他的诗作《文化革命开新宇》，末了还歌星那样陶醉地闭上眼睛高高地举起手来。这就是老朋友，虽然大家都不认同他的观点，但这并不影响我们的感情。"文化大革命"是他一生中最辉煌的时期，他曾当过村"革命委员会"主任，公社民兵连长，虽然并没有干过什么坏事，但也算权倾一时。等他朗诵完了，睁开眼，我也叹了口气说，唉，当年咱老岳画地为牢……在他"画地为牢"的时候我已经跑东北去了，是听伙计们说的，很想听听他本人说说具体是怎么操作的。他总是不上当，一到这时就闭口不谈了。

　　老岳对手机总是持怀疑态度，这小玩意儿连根电线也没有，就能通话？我们在一块儿有时给家里人打个电话，他就用一种不屑的眼色看你，好像说，又装！任是怎么说明他也不相信。终于，我们派一个人到老岳家里，一个人这边把手机按老岳耳朵上，手机里传来老岳嫂子的骂声，你这个老穷种还不回来吃！他目瞪口呆。总算相信了这玩意儿真能通话，但还是有百思不解的样子。那天我和他约好一起去李庄看那棵千年白果树，我骑摩托车从大路走，他骑自行车走小路。我带了一大包吃食还有水。到达后却一直不见他的踪影，等了又等，热锅上的蚂蚁急得团团转，快中午了还是不见人。我怀疑他摔坏了，可是又无法去找。没办法只好回来到他家里找，他老兄正躺在炕上要睡午觉呢，原来是没出门自行车就坏了。我说，你总该打电话说一声啊。他理直气壮地说，我这座机怎么能打你的手机？

老岳最大的愿望是有一天能去看望一下十字路的老房东。那年他带领一千多民工到十字路修水库，水库没修成，却和房东结下了深厚的友情。将在外，君命有所不受，那一千多人的工作，包括吃喝拉撒睡完全是他一个人说了算，大约画地为牢的事就发生在那特殊时期。而当时的房东就把他当成了当年的八路军指挥员，结成了军民鱼水情。据他说当工程下马他要走时，房东的孩子甚至抱住他的腿放声大哭不让他走。最近他终于打听到了他的老房东，却被告知，已经去世。老岳非常悲伤。怀念了二十年没有去见一面，我猜想是他后来的境况使他总不能成行。

老岳说，他决定辞掉打更的活儿不干了。他为人耿直，一些个体工厂争相请他去给看大门。他说，不干了，谁来请也不干了，收拾收拾好上路了……

故人往事之一

我在县城挂职的时候，幸福也到县城里打工，我们是煤矿的伙计。他打工就是被城里人叫作"站大岗"的那一类。成天站在街头等雇主，像站岗一样。既不会瓦工也不会木工，一个挖煤的矿工进城打工只能当力工，装车，卸车，扛、抬等。有一天我上前问他，一天能挣多少钱。他说，哪天也能弄个六十七十的，弄好了一百也是他。我一算，这样一个月一两千块，比我差不了多少。我说，你这混得不错啊。他说，那当然了。我们又说起当年在井下刨煤推车，一天累个七死八活，才能挣二三百块钱，现在在城里站站大岗就能挣一两千，真了不得啊。感慨良多。

后来我向另一个伙计说起幸福的打工来，这个伙计说，你别听他吹，你还不知道他？他一天能平均挣十块就不错了。我说，那他怎么会这样说呢？这个伙计说，他是在煤矿待不下去了才到城里来混的，村里的女人们要撕烂了他。我问出什么事了，这个伙计说，村里这几年都传，他今天和这个女人睡了，明天又和那个女人相好，村里都吵翻了天，很多家里都打起来了，最后找到一起一对证，全是幸福自己到处讲的。我开心地哈哈大笑起来。有一件在我心里搁了十几年的事，让我一下子放下了，心里特别轻松。我在煤矿时，他曾经对人说他摸过我老婆。虽然我也常摸别人的老婆，但轮到自己的老婆被人家摸了总是心里不痛快，但又不能说什么，如果你去找他兴师问罪，大家都会笑话你为人太小气。哈哈，现在证明他当年是吹牛了。

我们小煤矿有两个好吹牛的人，除了幸福另一个叫"大吹"，但那个大吹撒谎只是当笑话讲了让大家开心。他是赶牛车的，那时候经常进城的只有他，每次他从县城里回到村里，都能带回一件新闻。哪里打雷劈死了一个狐狸精，哪里发洪水冲倒了五层楼。最有名的笑话是他说，中国发明了一种炮，一炮弹打过去，把苏联的坦克化成了琉璃。那时候正是珍宝岛战役，大家都相信了。几天后，他却说，那是他编的。幸福的撒谎可不同了，他是要你相信，如果你提出质疑，他会发誓赌咒说是千真万确。如果你再说不相信，他就和你翻脸了，好几天不理你。多年来，他已经撒谎成性，不停地制造谎言。他总是说他和某某女人相好，可是他实在没有能吸引女人的地方。但他讲得有鼻子有眼，时间、地点无一不全，让你不得不将信将疑。现在终于狐狸的尾巴暴露出来，在煤矿再也混不下去了。说起来，他撒谎也并不是怀有什么恶意，只是为了引起人们的注意罢了。在村里，有一个人说话能让大家听，往往会产生一种极大的成就感。他就是陷在这种虚荣里不能自拔。

前几天我去县城又看见幸福了。一辆装满煤的卡车在街旁一停，站大岗的一哄而上，抢着往车上爬，内中就有幸福。他由于在井下腿受过伤，跑不快，刚刚抓住车厢，车轰地开走了。我赶紧回过身，怕他看见我。他已经五十多了，大家都不愿和他搭伙，如果有人拉他一把，他是能爬上车去的，但是大家都看他笑话，谁也不伸手。看到把他给甩下了都在车顶上哈哈大笑。

故人往事之二

　　那是三十多年前的春天，我和老贵在犁地。他对我说，小孙，你想想办法给我介绍个吧，半货子也行。老贵那年四十五岁了还没有老婆，他说的半货子是指寡妇。在农村，一个男人打光棍除了生理上的困难之外，还有一个被人看不起的理由。但在当时我不能理解老贵的心情，尽管他那充满期待的目光望着我，我还是嘲笑地说，我还没有老婆呢，要有我还先要了呢。他说，你还年轻啊，有的是机会。

　　那时候，我们这些年轻人回关里老家骗一个媳妇还是不成问题的。比方说，我一个伙计他在东北是种地的，但是说他在工厂当工人。他在回关里之前一个月关在屋里"捂白"，过去的姑娘在出嫁之前都要关在屋里"捂白"，为的是好看。他捂白为的是骗人。但是这办法对老贵没用，他太矮，只有一米五左右。长相也丑。弟弟的孩子都背着书包上学了，他还是光棍一条，眼看就要一生没后了。人生不孝无后为大，对一个农村人来说还不仅仅是孝不孝的问题，你到老来要成为一个无依无靠的老东西。所以老贵那种焦急那种迫切是外人很难理解的。

第二年，他终于回关里领来一个媳妇。很丑，智商有点儿问题，但是年轻，比老贵整整小二十二岁。老贵很满足，那天得意地对前去看媳妇的伙计们说，明年，到咱家来看小伙子！第二年，还真是生了一个儿子，取名叫胜利。胜利这儿子在别人看来是一眨眼就长大了，在老贵眼里可是盼了又盼。胜利智商也是较低，上了八年学还在三年级。孩子们都叫他老干部。因为他年龄最大，老师让他当班长管理孩子们。别人都一个个升级了，上中学了，他还是留在三年级当班长。真正是一个老干部了。老干部很快就能够和母亲抗衡了，有一次他的母亲打不过他，就狠狠咬了他一口，他抗议道，你还兴用嘴咬啊！那意思是他妈犯规了，打架只能用拳脚，不兴用嘴咬。

　　胜利不久也娶媳妇了，但是这媳妇不让他同床。他对外人讲，那媳妇厉害得把他的全身都抓破。两年后终于离婚了。

　　没媳妇的胜利日子很难熬，还远不如当年父亲老贵的日子，因为父亲那时从来还没有过女人，有了再失去对一个男人是最难过的日子。他脾气于是就变得更加暴躁，但他又是个没有胆量也没有本事的人，发脾气只能对自己的父母，打骂父母是经常的事，而且毫不掩饰。有一次给邻居家帮工盖房子，父子俩正在和泥，老贵不知说了句什么，胜利铲起一锹稀泥兜头就给老贵扣在了脑袋上。当时在场的人都惊呆了，但是满头满脸泥水的老贵只是把脑袋上的泥往下抓，嘴里一边说，这孩子，你看这孩子。

　　这孩子眼看也三十岁了，长得个子不高，但很健壮，见了我总是很有礼貌地叫叔叔。那次在县城的一个饭店里我意外地见到他了，他站起来叫道，叔叔……有些不知所措的样子。我一看，桌边坐着一个打扮得有几分妖艳的女孩子。我心里想，他和这样的女孩子谈恋爱？能成？我对他挥挥手说，坐吧，我吃过饭了。后来，我向小煤矿的人问起胜利的事来。他们笑道，那是什么谈恋爱？那是小姐。胜利在嫖娼呢。这让我吃惊不小，只听说过大款找小姐，有钱人找小姐，想不到胜利这样的农村里的半吊子也能嫖娼。

老贵一家的日子就这样过，煤矿黄了之后，他们一家就全靠在山坡上种几亩大豆，秋天卖了弄几千块钱，然后，大部分就让胜利拿到县城里去送给小姐们了。老贵一生是最节省的人，当年没汽车他进城从来都是步行三十里去，而且赤脚走，到城里再把鞋穿上。现在，他一年辛苦弄几个钱，却让儿子去嫖娼。

我和老贵无话不谈，说起这事，老贵脸红了，半天才说，有什么办法？这样也好，他知道干活儿了，一年到头好好干，进城去玩几天，要不怎么办？

是的，要不怎么办？

故人往事之三

　　老毕的头发胡子全白了。我一算，他已经将近八十岁。但是两只眼睛仍旧亮晶晶的，全不像这个岁数老人的眼睛。一般来说，人到这个岁数就是视力正常，眼睛也会浑浊的。我不想理他，装作不认识。不料我刚走过去，他在背后开腔了，这不是老孙吗？我回头对他打官腔，你认识我吗？他张开一个牙也没有的口笑道，咱们不是大楼邻居吗？我只好回身说，你这老东西记性不错啊，眼力也好，你还记得大楼的事情？

　　我们共同住过的那个"大楼"其实只是一座二层小楼，但是在荒山沟里那是唯一的高层建筑物，所以那一带的人们就送了它一个"大楼"的称号。"大楼"差不多就是一座废墟，破败不堪，门窗全无，墙上布满了弹洞。据说，这里曾经有日本关东军当年的一所陆军医院，战争时全被炸毁，不知道这座二层楼为什么幸存了下来。四周一片碎砖烂瓦，绵延整条山沟。在我离开那里多年之后，人们才发现那就是著名的关东军东宁要塞，也是亚洲最大的军事要塞。我当年就住在要塞的中心。我们六户外地人流浪到此无处安身，就暂时住在那座遗弃的"大楼"里。其中就有这个老毕。

他说，哪还能不记得？我一辈子都不会忘的。

我问他，你还是那样啊？

他有点儿难堪地一笑，嗨，我这个人就是太认真，结果把大家的阶级感情儿给伤了。

那时候他不断地和邻居打架，有一次大家一齐手，把他和他儿子都给打跑了。他儿子的脑袋也给打破了，流了很多血。他父子一边跑边回头叫道，你们等着，有人来收拾你们。他告到了公社派出所，但是人家不管。因为他在村里也总是打架。被人打破脑袋已经记不清是多少次了。现在，他仍旧说是因为他这个人太认真，事实上事情并非是这么简单。他当年像警察一样看着我们这些邻居，一有点儿小事就到村里去报告。经常告发我们偷生产队里的庄稼。那年头偷地里的庄稼不是什么稀罕事，但也不像他说的那样大楼里住的都是贼。他曾经在夜里每户的门上去给拴上头发，只要你一开门头发就会断，第二天早晨他就知道你夜里出去过。因为他有这个特点，生产队里就分派他看庄稼，当监工。他老是检查出小冷割豆子不干净，落下几棵豆棵子没割倒，小冷就被扣工分儿。有一天他又检查到了小冷，小冷这天是下定了决心一棵也不落，让他检查不出。可是老毕又走到他后头说，小冷，今天又落豆子了，还是要扣二分。小冷回头一看，他身后的田垄上果然竖着几棵没割倒的大豆棵子在那里站着。他万分奇怪，回头去把那几棵豆子拔出来一看，原来插上去的。这是个火气很旺的小伙子，一镰刀就砍在了老毕的腰上。让我讨厌他的是一件小事儿，那是我刚到大楼不久，有一次图省力，从庄稼地里走过，被老毕看见了。他叫住我好一顿教训，并且声色俱厉地说，我是看在咱们邻居的面上，否则，我一定把你送到村"革委会"去！

那次打架他们全家人一齐动手，这我们这边也是全体出动，他终于被打出了大楼，搬到村里去住了，所以提起大楼他说一辈子都不会忘记。他搬到村里又是不断地和邻居打架。真是怪了。他就是这么个人。

我问他，柱子现在干什么？老毕说，唉，种地，你说能干什么？

我们做邻居时他儿子小柱子只有十七八岁的样子，走路总是垂着头像在算账，他很古怪，很少和人说话。你在他脸上看不到任何表情。一个小伙子老气横秋地像个心事重重的老人。但是，他的一个同学告诉我他的一件事，在中学时，学校开批林批孔大会，他突然跳上台去要求发言，他首先在衣袋里摸了一下，说，呀，发言稿子忘记带了——但是，没有发言稿我也不会放过这个林秃子和孔老二！下面他慷慨激昂地开始了他的大批判，滔滔不绝一口气批了半个小时。一下子把全会场的老师和同学都给震了。但是事后，他的同桌揭露了他的秘密，他那几天什么也没干，就是背那批判发言稿。会上的那一幕都是排练好了的，发言稿其实就在他口袋里装着。

曾经有那么一个时期，全中国都在推广针灸治疗，就像当时流行的那首歌里唱的："一根银针治百病。"针灸是万能的，天下没有不能治好的病，而且很快把针灸发展成了一场轰动全国的政治运动。这个小柱子又大出风头。他就是拿他有神经病的母亲做试验品，一本医学书没读过的人到处演讲他如何用针灸治病的经验，还常常把他妈妈弄上台去当场演示。那场闹剧结束了，他也就再无声息。

人们也许忘记了，当年有一个政治运动叫"割资本主义尾巴"。农民里不能养猪养羊，甚至养几只鸡也叫资本主义，都要上缴。我们大楼的居民多数没有户口，靠开点儿荒地种粮吃。那时候老毕家已经搬到村里去住了，这个运动一开展，小柱子就立刻回来反攻倒算，到山里把我们种的开荒地给毁了许多，他扛一把锄头，把我们地里的大豆、玉米苗全给铲光。妻子到地里一看她种的玉米给铲了，坐地下就哭起来。这些玉米苗儿她先是开荒刨地，然后起垄，再刨坑再逐个坑点上种子，再埋上去，用脚踏实……一棵一棵都有她的心血，好不容易盼着它出土，绿油油地长大，那种心爱真正是自己的孩子一样。可是要毁掉非常容易，锄头一挥嚓的一下就完了。大楼的人气疯了，管他什么尾巴不尾巴，到山上去抓他，他早已经跑掉了。

老毕叹了口气说，我那儿子，也是为人太认真，这社会，认真的人就吃不开啊。

我笑了笑不想和他说什么，他这一辈子就陷在这个误区里出不来了，一个人可以检讨他的行为，但是永远无法检讨他的思维方式，就跟俗语所说的，镰刀永远削不了自己的柄一样。老毕总是一切都要按某时某人制定的规则想事，完全不讲人与人之间的感情联系。也许是他们家天生就对任何人都没有感情。如果是这样，那就是一种天生的缺陷了。规则在社会生活中固然重要，但人类的一切生活都按规则运行将是十分可怕的。

故人往事之四

　　天气冷了，哈尔滨的深秋来得特别突然，看看转眼间变黄了的树叶，叫人简直不敢相信一年又将过去。我无端地想起史占学来，不知道他现在的日子过得怎么样？这话有毛病，他过得肯定不怎么样，而是怎么过下去？靠什么生活？十几年前，在医院他的病房里，我还和他算这样一笔账，煤矿给他两万块钱，他存到银行里去，一年利息大约能有将近三千块钱，他是可以维持生活的。他当时还不相信能得到这么一笔钱，说，人家能给这么多？因为煤矿已经承包给了我的一个伙计，我答应给他问一问。其实这次事故责任完全在煤矿，他是掘进工，打一条贯通巷道，本来已经要打通了，他却完全不知道，在井下，只有经过技术员的测算才能知道什么时候贯通，人是不能提前知道的。那天他点着了炮之后，就出来，躲到另一工作面上坐下来，没想到他正面对着那条贯通巷道的反面，炮响之后，一下子打通了，好比射击时突然炸膛了，所有的爆炸力反方向射在了自己脸上，于是把他的双眼打瞎。当时他觉得能得到这么多的一笔钱他就什么也不用担心了。

　　后来好像是真的给了他两万块钱，打发他回老家了。想不到利率一降再降，现在两万块钱利息一年大约只能得几百块钱吧？他依靠那两万块钱的利息如何能生活下去？好像说国家利率降低对穷人有好处，可是对他这个穷人反而是个天大的灾难。

用堂堂一表凛凛一躯来形容史占学一点儿也不为过，当年他一到我们那个小煤矿，我一见到他就觉得这可真是一个标准的男子汉。一米八十多的大个子，一张棱角分明的脸上有着浓眉大眼。矿长也说，嗬！招来了个人种。但是个"人种"偏偏娶了一个不爱他的媳妇。据他说那个王美秀漂亮得像妖怪似的，他从小学上学时就爱上她了，他们是同班同学。后来就一门心思地追求，经过了千辛万苦总算娶到家了，可是第一天夜里，王美秀就告诉他，她有一个心上人，他们早就在一起睡过了。史占学痛不欲生。可是发誓赌咒既往不咎，只要从结婚那天起能真心爱他就行。史占学对这个王美秀是爱得不知怎么才好。王美秀是汗脚，他每天晚上都给她洗脚，一年到头，天天不误。但是王美秀总是不能忘记以前的那个人，还是经常来往。有那么几次给史占学撞到了。王美秀就说，我确实爱不起来你，要不，咱们离婚吧。史占学说，你杀了我吧，杀了我也不离。只要你告诉我，你为什么不爱我？王美秀说，你没有男子汉气。

史占学一气之下，闯了关东，而且下了煤矿。他要让王美秀看看他是不是真正的男子汉。

他刚到我们这个小煤矿干了半年。

我到医院看他的时候，见到的一张不是人的脸了。两只眼睛不只是完全瞎了，而且瞎得彻底，连眼的轮廓都没有了。

今天能记起他来，可能还有一件事儿。那天我问他，现在眼睛有什么感觉？他说，孙师傅，眼前墨黑儿墨黑儿的呀。这让我大吃一惊，我一直认为书上形容盲人面对的是一个黑暗的世界的说法是不对的，因为盲人既然没有视觉理所当然地连黑暗也不会感觉到，他们面对的是一个空无的世界。只是因为天生的盲人他不知道什么是黑白，由着人们瞎说罢了。我把这当成了我发现的一个真理到处跟人争论。可是史占学就告诉我，他眼前"墨黑儿墨儿的！"我们都知道，世界上任何物体本没有颜色，是反射了光的颜色。眼睛完全失去光感了，为什么还会有黑的感觉？这让我百思不得其解。多年之后，我总算有点儿明白了，这就是说，黑色本就不是一种颜色，只是一种虚无的感觉。我这一生弄懂这件事，就是史占学让我明白的。

来的时候是一个仪表堂堂的小伙子，回家乡的是一个双眼全没有了的瞎子。我真觉得还不如一炮打死他算了。现在他怎么生活？那个王美秀肯定是离开他了。他本来是为了向这个女人证明自己是一个真正的男子汉，却成了一个瞎子。这就是命运哪。

故人往事之五

　　我见到小木的时候，一眼就发现了他没戴手铐，只戴着脚镣。他手里提着一根黑色的线绳儿，下端把地下的脚镣吊起来，这样走路时就不致像电影上常见到的那样，脚下拖着铁镣，每走一步就哗啦哗啦响。我是第一次进入真正的监狱，在长长的走廊里，我很紧张，一个连杀三条人命的凶犯，他会对我怎么样？会不会突然对我发疯？当他走进会客室，在我对面坐下来，一抬头认出我来时，两只眼睛放射出见到了亲人的目光。我一直提着的心放下了，长长地出了一口气。他双手紧紧地抓住我的手握着，说，少山，少山，我想不到你能来看我啊！

　　小木个子不高，大约在一米七，但是干起活儿来有一股狠劲儿，推车，掘进，手脚敏捷，力气也大，以他那干瘦的身躯，叫人想不到的大。那时候我就觉得他不是一个善良人，身上有一种好勇斗狠的杀气。他以自己在井下干活儿的能力，一步步给提升为副矿长、矿长的，后来却因为和一个工人的老婆发生了关系，闹了起来，给刷掉了矿长的职务，调离了煤矿。再后来就染上了赌瘾，再后来就杀了人。

看守所长老金问他，小木，你要先吃罐头呢还是先抽烟？老金给他带来两个橘子罐头，一包饼干和一盒烟。小木说，抽烟，抽烟。我从来没见过这样吸烟的人，他贪婪得几乎是在吃烟而不是在吸。老金看着他那副样子，叹息了一声，你这个小木啊……老金是个朝鲜族人，年龄很大了，已经当了半辈子看守所长，真是奇怪，这个监狱看守所长几乎把进这里的犯人都当成自己的孩子一样关心爱护。很多劳改出狱的犯人家都顾不得回，一释放就跑到这里来先看望老金。

小木吸完了烟，对我说，少山，我是杀了人，但是我没杀好人。我点了点头。他杀的这三个人都是本县有名的赌徒。

人在一起时间长了就会产生一种友情，当工人有"工友"，当兵有"战友"，上学有"学友"，下棋有"棋友"，住院有"病友"，甚至蹲监狱都有"难友"，唯独赌博永远不能成为朋友，世界上从来没有"赌友"这一说。赌博会越赌越仇恨。小木把三个在一起最久的"赌友"，一个个谋害了，做得绝对秘密，他把他们先后用棒子打死后，神不知鬼不觉给埋在了地下。连他们家里的人在失踪了两年之后都不知道亲人已经不在人世了。小木的作案真称得上一位高手，这三个人彻底从这个世界上消失了。不仅是没破了案，是根本就没发案。没想到两年之后，其中的一具尸体被一个烟厂的职工掘地时无意之中给掘了出来。于是案子就破了。

真是天意啊，小木叹息道。他只求速死。

那个赌徒已经腐烂了，但是他的衣袋里有三枚灌上铅的骰子和两张粘在一起中间夹了磁铁的百元钞票，表明了他的身份。他那天夜里就是用这种道具又把小木从一个亲戚家借来的三千元全部赢了去。其实小木早已经准备好了，你如果今天输给我，我就放你一命，只要你再把我这三千块钱赢去，我就打死你。他果然又赢了小木，小木也果然打死了他。他在两年之后又通过这三枚骰子告发了小木。真是神奇的一个案子。这种专业的赌徒很少按时回家，四处赌博，所以失踪了家里人也毫不知情。小木本以为事情永远过去了，两年后却突然暴露。

告别时，小木执意要送我，按狱规死刑犯是不能出这监舍的，但是他不顾一切地说，不行，我一定要送一送少山！老金沉吟了一下，没说什么。这样，小木就送我来到大院子里。那时候是冬天了，已经很冷。我握住他的手说，外面冷，你快回去！他忽然抱住了我，哭着说，伙计，今生再也不能见面了。我流下了眼泪安慰他说，过了年我再来看你。其实我知道他过不去这个年了。

走在大街上，我想起我们一起在井下挖煤的那些日子，眼泪更加汹涌地流出来。在那时间内，我觉得在这个世界上他是我最亲近的人了。心里难过得无法形容。人的真情是无法装出来，也无法掩盖的，他在那寒风中拥抱我的那一刻，那种亲切是刻骨铭心的。

过了春节我又回到那个县城的时候，小木果然已经被枪毙了。那天上车的时候，别人扶他一把，他说，用不着。一跃就上了一米多高的卡车。在押赴刑场的路上，执行死刑的法警们甚至和他开玩笑说，木矿长，回头看，多少警车来给你送行，有多威风！小木笑道，哥们儿，别逗了。

图书在版编目(CIP)数据

钱多少够用 / 孙少山著. — 北京：中国文史出版
社，2020.2

（中国专业作家散文典藏文库·孙少山卷）

ISBN 978 - 7 - 5205 - 1409 - 5

Ⅰ. ①钱… Ⅱ. ①孙… Ⅲ. ①散文集 – 中国 – 当代
Ⅳ. ①I267

中国版本图书馆 CIP 数据核字(2019)第 245045 号

责任编辑：卢祥秋

出版发行：**中国文史出版社**

社　　址：北京市海淀区西八里庄 69 号院　邮编：100142

电　　话：010 - 81136606　81136602　81136603（发行部）

传　　真：010 - 81136655

印　　装：廊坊市海涛印刷有限公司

经　　销：全国新华书店

开　　本：720 × 1020　1/16

印　　张：18.25　　字数：220 千字

版　　次：2020 年 2 月第 1 版

印　　次：2020 年 2 月第 1 次印刷

定　　价：59.80 元